Ronald Hummel
Die Sünden Barbaras

Ronald Hummel

Die Sünden Barbaras

Ein Krimi aus dem Jahr 1388

Die Abbildung der Stadtansicht auf Seite 14/15 wurde mit freundlicher Genehmigung der Klassik Stiftung Weimar aus der Schedel-Chronik entnommen.

© November 2009 by Ronald Hummel.

Satz und Herstellung: BUCHFLINK Rüdiger Wagner, Nördlingen.
Umschlaggestaltung: Michael König, Nördlingen.
Illustrations-Bearbeitung: Uwe Ortlieb, Nördlingen.
Korrektor: Horst Lenner, Nördlingen.
Druck: Missionsdruckerei & Verlag Mariannhill, Reimlingen.
Bindung: m. appl GmbH, Monheim.
Printed in Germany.

Bezugsadresse:
Ronald Hummel, Oskar-Mayer-Straße 16, 86720 Nördlingen.
www.ronald-hummel.de

ISBN 978-3-00-028995-8

Inhalt

Das neue Leben fällt in Scherben   7
Barbaras Entscheidung   31
Die Gier ist geweckt   52
Auf Schatzsuche   71
Die Falle des Mörders   100
Auf der Flucht   124
Ein unerwarteter Freund   156
Barbara zieht in den Krieg   178
Dem Mörder ganz nah   207
Die große Reise und der Tod   234

Altertümliche Begriffe   271

Erstes Kapitel

Das neue Leben fällt in Scherben

»In Demut und Reue bekenne ich meine Sünden.«
»Gegen welche Gebote hast du verstoßen, meine Tochter?«
»Ich war unkeusch.«
»Hast du dich mit deinem Leib versündigt?«
»Nein. Nein, nein, das nicht. Nun ja, außer, es zählt, dass ich mich dem Mann hingegeben habe, der mich heiraten will. Als Vorschuss, sozusagen.«
»Wann soll denn die Hochzeit sein?«
»Ihr tätet besser daran, ihn das zu fragen, Hochwürden. Bei mir redet er immer drum herum, hält mich hin.«
»Wenn ihr fest entschlossen seid, bis Ostern zu heiraten, ist ›der Vorschuss‹, den du gegeben hast, verzeihlich.«
»Wie viel Vorschuss darf man denn so geben?«
»Was?«
»Er wollte es halt jeden Tag. Ich hätte ja nichts dagegen gehabt, aber nur als Eheweib. So habe ich es nur alle paar Tage zugelassen. Das

war ihm zu wenig, da haben wir immer gestritten. Dann ist er auch manchmal weggelaufen. Einmal bin ich ihm nach. Und was glaubt Ihr, wo er hin ist? Direkt ins Frauenhaus!«

»Das am Steffinger Törle?«

»Äh, nein, es ist im Spitalviertel zwischen Rotem Tor und Schwiboger Tor. Ich wusste gar nicht, dass es mehrere gibt.«

»Ist er hineingegangen?«

»Ja. Zuerst redete und lachte er mit den Huren davor, dann ging er mit einer rein. Hochwürden, wir müssen doch unser Geld zusammenhalten! Wisst Ihr eigentlich, was so ein ... was das kostet?«

»Natürlich nicht, meine Tochter.«

»Verzeiht mir, so hatte ich das nicht gemeint.«

»Schon gut. Aber bisher sind wir nur bei den Sünden deines zukünftigen Mannes.«

»Es geht ja noch weiter. Ich habe dem Treiben der Huren vor dem Haus eine Weile zugesehen, bis jede mit einem Mann drinnen verschwunden war. Dann wurde ich mal wieder zu neugierig und habe durchs Fenster geschaut. Ehrlich gesagt, hoffte ich, dass ich sie – äh, bei der Arbeit sehen kann.«

»Und? Hast du sie gesehen?«

»Nein, unten ist nur eine große Schankstube. Da wurde gefeiert und getrunken, aber die Frauen verschwanden mit den Männern über eine Treppe nach oben, wenn es zur Sache ging.«

»Was sind denn nun deine Sünden?«

»Nun, ich weiß es eigentlich nicht so genau. Als gute Christin müsste ich über so etwas doch entsetzt sein, oder?«

»Die Menschen, die dort verkehren, sind ja auch gute Christen. Die meisten, hoffe ich doch. Und das Haus ist eine Einrichtung der Stadt, also nichts Verbotenes. Aber ich weiß schon, was du meinst: Das Sündige müsste eine ehrbare Frau in ihrem Innersten eigentlich abstoßen.«

»Ja, genau so meinte ich es. Heißt das, dass ich keine ehrbare Frau bin?«

»Es ist nicht schändlich, wenn sich solch ein junges Ding wie du noch keinen Reim darauf machen kann.«

»Aber wenn es mich einfach nicht mehr loslässt? Das schummerige Licht, die Heimlichtuerei, und wenn sie nach oben gegangen sind – Es geht mir nicht mehr aus dem Kopf. Wie, ja, wie ein schöner Traum. Ist das Sünde?«

»Sündige Gedanken sind das Anklopfen der Dämonen. Erst, wenn du ihnen öffnest, versündigst du dich. Hüte dich vor den Orten der Lust und Versuchung. Nähere dich ihnen nicht noch ein weiteres Mal. Dann sei dir vergeben. Willst du noch etwas beichten, meine Tochter?«

»Die Geschichte geht ja noch weiter. Als Endres heim kam, hielt ich ihm vor, was ich entdeckt hatte. Er verbarg seine Scham hinter der Entrüstung, dass ich ihm nachstellte, sagte, ein gutes Weib tue so etwas nicht. Ist das wahr, Hochwürden? War das Sünde, meinem Verlobten nachzuschleichen und ihn zu schelten?«

»Als künftiges Eheweib bist du natürlich gehalten, den Frieden im Haus zu wahren. Sünde ist das nicht direkt, wenn du deinen Mann selbst bei einer Sünde ertappst. Du hättest ihn dazu bringen sollen, zur Beichte zu gehen.«

»Oh ja, das wäre bestimmt besser gewesen.«

»Besser als was?«

»Na ja, nach dem Streit ist er abgehauen und nicht wiedergekommen.«
»Wie lange ist er denn schon weg?«
»Zwei Tage.«
»Oh. Hast du gebetet, dass er wiederkommt?«
»Ähm, nein, nicht direkt.«
»Dann tu das. Und bete zehn Vaterunser. Nimm dir die Stelle ›und führe uns nicht in Versuchung‹ besonders zu Herzen.« Der Domvikar murmelte die Absolutionsformel, dann entließ er Barbara.

Er konnte nicht umhin, den Vorhang im Beichtstuhl zur Seite zu ziehen und mitzuverfolgen, wie sie zur nächsten Kirchenbank ging. Sogar unter dem wollenen Wintergewand und der um die Schultern gehüllte Decke waren die weiblichen Rundungen ihrer Hüften und der für eine kaum Sechzehnjährige recht üppige Busen deutlich wahrzunehmen. »Herr, auch, wenn du ihr einen sündhaften Leib gegeben hast – bewahre sie vor dem Bösen!«, murmelte der Geistliche. Bei sich dachte er: »Das geht nicht gut aus mit der.«

Indem sie ihre Buße absolvierte, betete Barbara die farbenprächtigen Glasfenster, vor denen sie kniete, regelrecht an. Sie waren der Grund, warum sie ihre Sünden im Dom ablud. So etwas Wunderbares wie die Heiligen, die da leuchtend auf sie herabblickten, hatte sie noch nie in ihrem Leben gesehen. Gott selbst musste den Künstlern die Hand geführt haben, anders war solche überirdische Schönheit kaum vorstellbar. Dieses erhabene Gefühl nahm sie mit hinaus bis in die schmalen, finsteren Gassen des Handwerkerviertels an den Lechkanälen, wo ihr armseliges Häuschen zwischen Sparrenlech und Schäfflerbach stand. Das Licht der Heiligen in den Domfenstern glomm noch vor ihrem Auge, als sie die Tür öffnete und den einzigen Raum des Hauses beinahe völlig dunkel vorfand – Das einzige kleine Fenster in der Flechtwand mit der grob verarbeiteten Lehmschicht war mit großen Lumpen abgehängt, um nicht noch mehr Kälte hereinzulassen; in der grob gemauerten Esse drohte das letzte Stückchen Glut vollends zu erlöschen. Barbara blies es rasch an und entfachte ein kleines Feuer, groß genug, um den Körper zu wärmen, wenn sie sich direkt davor setzte. Der Schein der Flamme wurde vom Stroh auf dem Boden und im Bettkasten ein wenig aufgenommen. Die einzigen Möbel, ein Tisch und zwei Hocker, zeichneten sich ebenso schemenhaft ab wie das Wandbrett, auf dem ein Krug, zwei tönerne Becher, zwei Holzteller, zwei Löffel, ein irdener Schmalzhafen und ein Körbchen mit Gerste standen. Zusammen mit ihrem Korb, in dem ihre Spindeln lagen und dem Eimer für die Notdurft war das der ganze Hausrat.

Sie legte einen knorrigen Ast nach. Bis morgen würde das Feuerholz noch reichen, dann musste sie irgendwie neues beschaffen. Das Gleiche galt fürs Essen – vom restlichen Schmalz im Tiegel, dem Kanten Brot und der Handvoll Gerste für das Mus würde sie vielleicht zwei Tage lang satt werden. Nun gut, sie hatte in der Zwischenzeit schon drei große Spindeln Garn gesponnen, die vierte würde sie bis zur Nacht fertig machen. Die wären insgesamt zwei Pfennige wert, damit käme sie schon ein Stück weiter. Das Problem war nur, Endres hatte die fertige Wolle immer mitgenommen zur Arbeit bei seinem Webermeister. Ihre Hoffnung, dass Gott ihren Gang zum Dom vielleicht mit der Rückkehr von Endres belohnte, hatte sich ja nicht erfüllt. Sie konnte doch nicht einfach selbst zu Meister Fugger gehen, oder? Wie sähe das denn aus, wenn sie Endres anträfe und mit ihm vor den anderen Gesellen in Streit geriet? Sie beschloss, noch eine Nacht darüber zu schlafen.

Am nächsten Tag war er immer noch nicht da. Alle Verlegenheit nützte nichts, sie musste die Barchentwolle zu Geld machen. Außerdem waren Schaf- und Baumwolle gar, sie brauchte Nachschub. Schweren Herzens packte sie ihre Spindeln in den Korb und machte sich auf den Weg.

Vor dem Haus von Hans Fugger herrschte geschäftiges Treiben: Ein Gespann mit zwei Rössern stand davor, Knechte luden große hölzerne Teile ab und trugen sie ins Haus. Barbara lauschte unwillkürlich dem Gespräch zweier Männer in der schlichten, aber soliden Kleidung von Handwerksmeistern – ein Schreiner, der gerade einen neuen Webstuhl lieferte und der Webermeister selbst.

»Mehr passt aber beim besten Willen nicht mehr in Eure gute Stube«, lachte der Schreiner gerade.

»Keine Angst, ich habe schon noch genug Arbeit für Euch«, erwiderte Fugger. »Wenn Euer neuer Webstuhl ebenso gesegnete Früchte abwirft wie die anderen, werde ich eine weitere Stube einrichten können.«

»Kriegt Ihr den ganzen Barchent hier in Augsburg überhaupt noch los?«, wollte der Schreiner wissen.

»Nun ja, ich muss mich langsam auf weiter entfernten Märkten umsehen, denke ich. Ich habe schon mit einigen Kaufleuten gesprochen.«

»Kaufleute? Hört doch auf, die hauen uns Handwerker nur übers Ohr. Selber müsst Ihr mit Eurer Ware Handel treiben. Und die von anderen noch mit dazu nehmen. Nur so werdet Ihr reich.«

»Natürlich habe ich schon daran gedacht. Aber ich bin Weber und kein Handelsherr. Ich kümmere mich erst einmal darum, dass ich ordentliche Tuche herstelle.« Er wandte sich Barbara zu. »Ah, du bringst Futter für den neuen Webstuhl«, sagte er frohgelaunt mit einem Blick auf ihren Korb. »Ich kenne dich gar nicht. Spinnst du schon länger für mich?«

»Nein, das ist die Wolle, die Endres immer mitbrachte. Hm, ist er denn schon da?«

»Wer, Endres? Nein, warum sollte er? Du bringst ja die Ware.«

Barbara war verwirrt. »Er hat sie immer zur Arbeit mitgenommen.«

»Welche Arbeit?«

Allmählich schwante Barbara Übles. »Ist er gar nicht Geselle bei Euch?«

»Endres? Nein. Der hat nur die Spindeln gebracht, kassiert und ist wieder gegangen.«

Barbara zuckte mit den Schultern, als ob dieses Missverständnis nicht weiter von Bedeutung für sie wäre. Aber in ihrem Inneren zog sich alles zusammen – Endres hatte ihr nur vorgegaukelt, dass er Geselle beim Fugger sei. Aber wo hatte er dann das Geld her, das er im Frauenhaus und sonst wo verprasste?

Sie riss sich zusammen und konzentrierte sich auf die Wolle. »Kann ich sie Euch gleich geben?«

»Warum nicht«, sagte der Weber, rollte eine Elle des Fadens ab und zog ihn prüfend zwischen Zeigefinger und Daumen durch. Er nickte anerkennend, griff in seinen Beutel und gab ihr vier Münzen. Barbara starrte auf das Geld in ihrer Hand. Vier Pfennige – doppelt so viel, wie Endres immer herausgerückt hatte! Schon wusste sie, wie er an einen Teil seines Geldes gekommen war.

»Kann ich auch künftig für Euch spinnen?«

»Ja natürlich, wenn die Qualität immer so gut ist. Komm mit herein, lass dir Wolle und leere Spindeln geben.« Damit wandte sich der Meister wieder dem Schreiner und dem Zusammenbau des neuen Webstuhls zu. Eine Magd gab Barbara ein Bündel mit Schaf- und Baumwolle sowie vier Spindeln, und sie ging wieder.

Auf dem Weg durchs Weberviertel mischte sich das wachsende Unbehagen, Endres als Spitzbuben zu entlarven, mit einem seltsamen Glücksgefühl: Sie hatte es trotz allem geschafft, in dieser wunderbaren großen Stadt Fuß zu fassen. Schon immer war ihr Augsburg von dem kleinen, engen Lechhausen aus als die große Verheißung erschienen. Mit nicht ganz zehn Jahren war sie ausgerissen und hatte sich tapfer auf den Weg dorthin gemacht. Nur ein Blick in

die goldene Stadt war ihr vergönnt gewesen, gleichsam wie damals Moses der Blick ins gelobte Land. Am Stadttor hatte das Abenteuer geendet. Aber nicht einmal die Tracht Prügel bei ihrer Rückkehr hatte ihr die Sehnsucht nach dieser wunderbaren Stadt wieder nehmen können. Und jetzt lief sie über den hohen Weg und stolperte immer wieder, weil sie ihre Augen nicht von dieser überwältigenden Landschaft aus Türmen, mehrstöckigen Fachwerkhäusern und Mauern lassen konnte, die sie umgab. Diese glanzvolle Welt stand ihr nun offen, denn sie hatte Geld in der Tasche. Mit dem Wollbündel trug sie ihre Zukunft auf dem Rücken, es bedeutete weiteres Geld.

In diesem Augenblick der Freiheit vermisste sie Endres, diesen Lumpen, gar nicht mehr. Sie kaufte Feuerholz, einen Laib Brot, gönnte sich gar eine Blutwurst und kehrte nach Hause zurück. Dort wurde sie übermütig, ging noch einmal hinaus, holte sich in der nächsten Schänke einen Krug Bier und hielt ein kleines Festmahl am flackernden Kaminfeuer.

Doch der nächste Nackenschlag ließ nicht lange auf sich warten. Am übernächsten Tag, als sie gerade die vierte Spindel voll machte, stand ein Mann in unangenehm eleganter Kleidung vor ihr. »Ist Endres da?«, bellte er statt eines Grußes.

Als sie verneinte, trat er dreist über die Türschwelle und warf einen Kontrollblick in den Raum. Offenbar rechnete er damit, dass sich Endres vor ihm verkroch. »Sag ihm, übermorgen ist der letzte Termin für den Pachtzins. Wenn er dann nicht zahlt, habe ich eine andere Verwendung für das Haus.« Er musterte Barbara: »Gehörst du zu ihm?«

Barbara nickte und verkniff sich die übliche Erklärung, dass sie bald heiraten wollten. Sie glaubte selbst nicht mehr daran. Die Erkenntnis, dass Endres das Haus gar nicht gehörte, ließ den letzten Rest Hoffnung schwinden, dass sich doch noch alles zum Guten wandte.

»Es soll mir egal sein, von wem ich das Geld bekomme«, sagte der Mann. »Übermorgen habe ich es, oder ihr seid draußen.«

»Wie viel bekommt Ihr denn?«, fragte Barbara.

»Einen Gulden, zwei Groschen und vier Pfennige.«

Barbara wurde schlecht. Das war ein Vermögen. Sie wusste nicht, ob sie jemals in ihrem Leben einen ganzen Gulden besitzen würde. »Für welche Zeit ist das denn der Zins?«

»Na, für die ganzen acht Wochen, in denen ihr jetzt schon drinnen wohnt.« Damit verließ er grußlos das Haus.

Sie sank auf das Bettstroh und nahm den Kopf zwischen die Hände. Es wunderte sie nicht mehr besonders, dass Endres das Haus gemietet hatte, ohne einen Heller dafür zu bezahlen. Trotzdem war es nun zuviel für sie. Er hatte sie restlos hintergangen und in dieser Hütte nur gehalten, um sie bespringen zu können. Zudem hatte er sie um die Hälfte des ohnehin kargen Lohnes fürs Spinnen betrogen. Wer wusste schon, wo er das andere Geld her hatte, mit dem er offenbar in Saus und Braus lebte.

Ihr neues Leben hatte sich in Nichts aufgelöst.

Sie lieferte die Wolle ab, packte am nächsten Tag ihre Habseligkeiten in den Korb und verließ das Haus, bevor sie kamen, um sie hinauszuwerfen. Schweren Herzens ging sie durchs Jakobertor und kehrte der verheißungsvollen Stadt den Rücken. Als sie an der Stelle vorbei kam, wo man sie als Kind aufgegriffen und ihren abenteuerlichen Ausflug beendet hatte, stiegen ihr die Tränen in die Augen.

Auf dem Weg nach Lechhausen setzte leichter Schneefall ein. Am Dorf angekommen schien es ihr, als müsste sie unsichtbare Mauern durchdringen, die sie von der Rückkehr abhalten wollten. Die Wirtsstube, wo sie so lange nur Schinderei, Unfreundlichkeit, Kälte, Erniedrigung und Anzüglichkeiten erlebt hatte, war voll. Zahlreiche Augenpaare, die sie kannten, wandten sich ihr zu. Der Anblick, wie sie abgekämpft mit ihrem Korb dastand, erzählte schon die ganze Geschichte. In nicht wenigen Gesichtern spiegelte sich Häme wider.

»Na Barbara, war's nichts mit der großen Welt?«, dröhnte eine besoffene Stimme, und Gelächter erfüllte den Raum.

»Wo ist denn dein vornehmer Tuchweber aus der Stadt?«

»Hast schon geheiratet? Wie viele Zimmer hat denn euer Haus?«

Hilfe suchend blickte sie hinüber zum Wirt. Immerhin war er so etwas wie ein Vater gewesen, nachdem sie ihre

Eltern verloren hatte und als Magd bei ihm schuften musste. Er grinste genauso gnadenlos wie seine Gäste: »Willst wieder als Magd bei mir unterschlüpfen, was?« Er deutete mit dem Kopf in eine Ecke des Schankraumes: »Hast Pech, ich hab schon eine neue.« Die Frau, von der er sprach, lachte Barbara triumphierend aus, obwohl sie sich gar nicht kannten. »Die frisst mir nicht die Haare vom Kopf, so wie du. Die verdient mir nebenher noch gutes Geld.« Ein Blick auf die Vorhöfe der Brustwarzen, die über den Ausschnitt ihres engen Kleides lugten, ließ kaum einen Zweifel, wie Barbaras Nachfolgerin das Geld verdiente.

Sie konnte das boshafte Gelächter nicht mehr ertragen. Ohne dazu gekommen zu sein, ein Wort zu sagen, machte Barbara kehrt und ging hinaus. Mittlerweile hatte Schneegestöber eingesetzt und es dämmerte bereits. Aber lieber wäre sie in der Nacht elendiglich erfroren, als sich noch einmal Hohn und Spott auszusetzen.

Ein Schlupfloch hatte sie noch: sie ging zu einem alten Bauern und seiner Frau, die zeitlebens gut zu ihr gewesen waren. Hier fand sie eine Suppe und ein Lager für die Nacht. Am nächsten Morgen ließ sie ihr altes Leben endgültig zurück und stapfte durch den mittlerweile fast kniehohen Schnee wieder zurück nach Augsburg.

Nachdem sie den Pflasterzoll entrichtet hatte, machte sie im Bogen des Jakobertors Rast. Wieder hatte heftiges Schneetreiben eingesetzt, aber hier war sie geschützt. Schutz. Wo war der zu finden? Sie machte einen Versuch beim einzigen Haus, wo sie schon einmal welchen gefunden hatte, ihrem alten Wohnhaus. Barbara konnte hartnäckig an Hoffnungen festhalten – immerhin war es möglich, dass Endres zurückgekehrt war, die Mietschuld beglichen hatte und alles wieder in Ordnung kam. Ja, das wäre doch eine Erklärung gewesen – er war die ganzen Tage über verschwunden, weil er das Geld auftreiben musste, irgendwo, in einer anderen Stadt. Ihr halbes Leben lang hatte sie mit Tagträumen zugebracht, wie sie ihrem tristen Dasein einmal entfliehen würde. So war im Kopf der Bauernmagd die Phantasie herangewachsen. Phantasie und Phantasien.

Aber an der Haustür war es schnell zu Ende mit dem Wunderglauben – ein riesiges Vorhängeschloss hing daran. Barbara klopfte, ungeachtet der Tatsache, dass ja gar niemand hinter der verschlossenen Tür sein konnte.

Sie suchte in einer Gasse Schutz vor dem Wetter, fiel beinahe über einen Haufen Unrat, der unter der Schneedecke nicht zu sehen war. Plötzlich erschrak sie – Waffengeklirr. Sie lauschte. Es kam offenbar aus einem der Hinterhöfe. Aber in das Geklirr mischten sich Gelächter und heitere, übermütige Rufe. »Du musst höher mit der Deckung!«, war das einzige, was sie verstand. Offenbar übte hier jemand.

Nur ein Haus fiel ihr noch ein, wo sie Zuflucht suchen konnte – ein Gotteshaus. Zum Dom war es ihr zu weit bei diesem Schneetreiben, also flüchtete sie in die nahe gelegene Stephanskirche.

Einige Leute beteten in den Bänken, der Kirchendiener bereitete am Altar eine Messe vor. Barbara ließ sich nieder. Nach den stundenlangen Strapazen seufzte sie auf, so wohltuend war die Rast. Sie genoss die Messe, doch dann meldete sich wieder die harte Wirklichkeit unterhalb des Himmelreiches: Sie bekam Hunger, die Kirche wurde geschlossen und es dämmerte. Wenigstens der Schneefall hatte etwas nachgelassen, aber es war jetzt so kalt, dass man es draußen kaum mehr als eine Stunde aushielt. Barbara kaufte bei einem Bäcker einen kleinen Laib frisches, warmes Brot und aß ihn in einer Seitengasse zur Hälfte auf. Wieder ein kleiner, angenehmer Augenblick wie eine Insel im Eismeer. Aber das drängende Wort ließ sich nicht mehr länger hinausschieben: Wohin?

Sie lief, nur um warm zu werden. Im Kopf hatte sie kein Ziel mehr, aber ihre Beine trugen sie unwillkürlich ins Spitalviertel beim Roten Tor. Hier war das Frauenhaus. Hier hatte sie Endres vor dem Streit zum letzten Mal gesehen. Vielleicht war er ja gerade da? »Und wenn schon!«, wies sie laut diesen Gedanken zurück. »Was will ich denn von diesem Hurenbock? Ihn da raus ziehen und ihn zwingen, uns sofort eine neue Bleibe zu suchen? Nichts da, mit dem bin ich fertig.« Dennoch strebte sie unbeirrt dem Frauenhaus zu.

Das warme Licht, das durch die gelben Butzenscheiben schimmerte und die fröhlich lärmende Gesellschaft machten ihr die Kälte – nicht nur die des Winters – und das Elend erst so richtig bewusst. Wie gebannt starrte sie das Fenster an und sehnte sich nach nichts anderem, als dahinter fröhlich mitzechen zu dürfen.

Sie hatte keine Ahnung mehr, wie lange sie so gestanden hatte, als eine ältere Frau mit einem Kübel voller Küchenabfälle herauskam. Sie schlurfte an ihr vorbei um die Ecke und entleerte das Behältnis. Als sie zurückkam, blieb sie stehen und sah Barbara an. Ihr Äußeres bestand aus Widersprüchlichkeiten: Sie war stämmig und bewegte sich mit der Eleganz eines Zugpferdes, doch sie trug ein Kleid aus feinem Barchent in teurem Blau. Über der Hand, die den Dreckkübel trug, prangte ein silbernes Armband. Ihr Gesicht, grob und von feisten Backen aufgepolstert, war geschminkt; sie hatte Rouge aufgetragen und die Augen mit Holzkohle fein nachgezeichnet. Die Augen allein waren schon ein Gegensatz an sich: Die Gefühle dahinter hatte die Zeit verhärmt. Dennoch wirkten sie geschäftig und aufmerksam – wie die eines Marktwächters, dem kein noch so flinker Griff eines Diebes entgehen darf.

»Suchst du Arbeit bei mir?«, fuhr sie Barbara an.

Arbeit im Frauenhaus! Barbara war so konsterniert, dass sie sich nicht regte.

»Komm erst mal rein.« Ein Anflug von Mütterlichkeit lag in der festen Stimme; allerdings der einer Mutter, die von ihren Kindern nicht viel hielt. Sie blickte in den Himmel, um zu ergründen, ob er neue Schneemassen für diese Nacht bereithielt.

Hereinkommen. Barbara überlegte nicht lange, sondern folgte der Frau in die Wärme. Der erste Moment rief schmerzlich die ähnliche Situation vom Vortag in Erinnerung, als sie sich Hohn und Spott in der Bauernwirtschaft aussetzen musste. Doch hier war es ganz anders: Erstens zog sie mit ihrem Eintreten längst nicht die ganze Aufmerksamkeit auf sich, denn die Gesellschaft war viel zu sehr mit sich selbst beschäftigt. Und wenn der Blick eines Gastes auf sie fiel, dann gewiss nicht mit

Geringschätzung oder einer anderen Art von Bösartigkeit. Im Gegenteil – Barbara nahm anerkennend hochgezogene Augenbrauen und wohlwollendes Kopfnicken wahr, nachdem sie das schneebedeckte Tuch abgenommen hatte. Die ersten freundlichen Reaktionen seit Langem.

Sie folgte der fülligen Gestalt, die sich nicht durch die Menge drängen musste, sondern der sich ganz von allein eine Schneise auftat. Das war eindeutig die Wirtin. Sie verschwand in einem Nebenraum. Barbara setzte sich auf die Kante einer Bank. Ihr entbot sich ein buntes Panoptikum von elegant gekleideten Herren in Brokat, Samt und Seide, schneeweißem Leinen, Faltkrägen, mehrfarbig leuchtenden Hosen. Sie schienen keinen Wert auf Standesunterschiede zu legen, scherzten und würfelten mit Handwerkern in einfacheren Gewändern, deren Stoffe und Farben sich aber immer noch von denen der Bauern oder Taglöhner abhoben. Tauchte tatsächlich einmal einer aus dem einfachen Volk auf, war auch er willkommen, solange er mit Münzen klappern und mit Trinksprüchen unterhalten konnte. Und überall dazwischen die Hübscherinnen mit ihrem aufgesetzten Lachen und ihren keck ausgeschnittenen Kleidern.

Als es Barbara peinlich wurde, reihum die Leute anzustarren, betrachtete sie den Raum. Abgesehen von dem Stroh, das säuerlich nach einer Mischung aus verschüttetem Bier, Wein, Urin und Straßendreck roch, war das hier kein Vergleich mit ihrer Hütte oder den Bauernhäusern, die sie kannte: Der Lehm war nicht einfach grob aufs Wandgeflecht aus Haselzweigen geschmiert, sondern glatt verputzt und sogar geweißelt. Die beiden Tische waren so lang wie der ganze große Raum, auf Gestellen an den Wänden reihten sich Teller aus glasiertem Ton und sogar Zinn auf, Henkelbecher hingen an fein gedrechselten Zapfen. Die Treppe, die an einer Wand entlang nach oben führte, war mit Schnitzereien versehen. Vor der sorgfältig gemauerten Esse luden Bänke mit wohlig anmutenden Schaffellen zum Aufwärmen ein, daneben stand eine Küchentür offen, aus der Düfte drangen, die Barbara das Wasser im Mund zusammen laufen ließen.

Hier kam die Wirtin, man rief sie Rudolfin, mit zwei Weinkrügen wieder heraus, gefolgt von einer der Huren, die eine große Holzplatte voller Brot- und Wurstscheiben, kaltem Braten, Käse, Zwiebelringen und Tiegeln mit Gewürzen trug. Sie servierten das Weinmahl einer Gruppe von Gästen. Die Jüngere sah gar nicht so schlecht aus, obwohl sie die Dreißig schon überschritten haben mochte. Tiefe Stirn- und Mundfalten und freudlose, wenn auch schöne braune Augen spiegelten die Unerbittlichkeit des Schicksals wider, das sie wohl von Kindesbeinen an gegeißelt hatte. Ihr Haar glänzte schwarz, war aber an den Spitzen ganz verfilzt. Nun ja, vielleicht sahen die Männer, genau wie in ihrem stechenden Blick, eine gewisse Wildheit darin.

Sie blieb vor Barbara stehen, stemmte die Arme in die Hüften, musterte sie eingehend und wandte sich an die Wirtin, als ob Barbara gar nicht da wäre: »Was willst du denn mit der?«

»Na, was wohl?«, brummte die Rudolfin. »Du weißt doch, was hier bald los sein wird. Da können wir Jede gebrauchen.«

»Wir haben doch gar keine Kammer mehr frei.«

»Ach was! Brauchen denn alle Damen ihr eigenes Gemach? Schau doch – drei Betten sind jetzt gerade gefüllt, ihr anderen Weiber trödelt hier unten herum. Wir könnten sogar noch zwei, drei dazunehmen.«

»Und wo soll sie schlafen?«, fragte die Frau, die Els hieß, wie Barbara später erfuhr.

»Na, hier unten. Die riesige Stube braucht nicht die halbe Nacht lang ungenutzt sein. Außerdem ist doch immer wieder mal Eine bis in der Früh auf Hausbesuch, dann bleibt wieder ein Bett leer.«

Jetzt nahm Els Barbara wieder ins Visier. »Und du meinst, die taugt was? Die ist ja nicht mal blond, die Haarfarbe ist wie Dreck. Sollen das eigentlich Locken sein? Dran ist ja schon was an ihr, das muss man ihr lassen. Aber das käsige Gesicht mit den Rossmucken, das wirkt mir doch ein bisschen bäuerlich für unsere Herren, meinst du nicht?«

Jetzt musterte sie auch die Wirtin wie eine Kuh, die zum Verkauf stand. »Also, ich weiß nicht, was du hast. Die sieht doch ganz hübsch aus. Und sie wirkt unverbraucht. Schau mal, grüne Augen hat sie, und eine gerade Nase.«

»Aber das Maul ist zu breit. Und Kieferknochen hat sie wie ein Gaul.«

»Also, gerade du solltest doch wissen, was den Kerlen gefällt. Gegen einen großen Mund hat keiner was; sie kann sich die Lippen ja schön anschmieren. Und die Kiefer wirken markant.«

»Markant! Willst sie malen lassen, oder was?«

»Darf ich auch einmal was sagen?«, meldete sich Barbara zu Wort. »Ich weiß ja gar nicht, ob ich hier – arbeiten will.«

»Hä?«, entfuhr es Els. »Was hast du dann hier verloren?«

»Jetzt lass sie sich doch erst einmal umschauen«, sagte die Wirtin, wobei der Ton nicht zur Gutmütigkeit der Worte passen wollte. Barbara schien es, als warf sie der anderen einen viel sagenden Blick zu. »Tisch ihr was auf.«

Mürrisch tat die Hübscherin, wie ihr geheißen wurde, brachte einen Teller mit Wurst und Brot und einen Becher voll Bier. Als Barbara nach dem Brot greifen wollte, fiel ihr eine junge Frau in den Arm, die sich unbemerkt neben sie gesetzt hatte. »Überleg dir das gut!«, sagte sie mit heller und dennoch rauer Stimme. Barbara blickte in ein Gesicht, das sie von alten Mägden kannte, die sich darein gefügt hatten, dass ihnen nicht mehr viele gute Tage bevorstanden. Dabei hatte die Frau doch noch ihr ganzes Leben vor sich. Sie war hübsch, mit großen, blauen Augen, die noch offenherziger wirkten als der Ausschnitt ihres Kleides. Ihre Haut schien sogar im Winter sonnengebräunt und ihre Lippen waren so voll, wie sie für dieses Geschäft sein sollten.

»Was gibt's da zu überlegen?«, murrte Barbara.

»Mit Bier und Wein fängt immer alles an. Wie bei mir damals in Gersthofen, meinem Heimatdorf. Mit einem aufgetragenen Botengang hat sie mich zu sich nach Haus gelockt und betrunken gemacht, die Dorfkupplerin. Dann hat sie einen Kerl über mich drüber gelassen. Als es raus kam, jagte mich mein Vater aus dem Dorf. Ich wusste nicht, wo ich hin sollte. Der Kerl, der mich damals ins Unglück stürzte, hatte immer von diesem Frauenhaus erzählt und dass hier Frauen in Not Unterschlupf fänden. Den habe ich auch gefunden. Jetzt sitze ich hier fest.«

»Was hat das mit meiner Brotzeit zu tun?«

»Hier kriegst du nichts geschenkt. Du musst nicht gleich bezahlen. Aber lass dir noch eine Nachtstatt anbieten, iss und trink morgen auch noch was. Schon ist eine Zeche beisammen, die du nur noch abarbeiten kannst. Dann hat sie dich.«

Barbara zögerte. Als der Duft des gewürzten Presssacks und des Starkbieres ihre Nase erreichte, langte sie schließlich zu, und zwar kräftig.

Die junge Frau seufzte. »Ich bin die Kathrin«, stellte sie sich vor.

»Barbara. Wie ist es denn hier so?«, fragte sie kauend.

»Na ja, ich würde lieber was anderes machen, wenn ich es mir aussuchen könnte. Aber wer hier landet, kann es sich nicht mehr aussuchen. Andererseits – die Anna meint, woanders wäre es viel schlimmer. Und die kennt sich aus. Sie wurde vom Regensburger Frauenhaus hierher verkauft.«

»Verkauft?« Barbara spuckte vor Entsetzen einen Brei aus zerkautem Brot und Presssack quer über den Tisch auf ein vornehmes Seidenwams. Zum Glück bemerkte der Herr nichts davon. Er hielt die Augen geschlossen, während sich die Hübscherin auf seinem Schoß rhythmisch hin und her bewegte.

»Ja, das ist ganz normal in unserem Geschäft. Und ich sage dir was: Anna war froh drum. Sie wurde dort in einem Verschlag gehalten und hat tagsüber nur Lumpen zum Anziehen bekommen. Mit denen konnte sie gar nicht unter die Leute gehen.« Kathrin fuhr fort: »Die Els, du hast sie ja schon kennen gelernt, ist auch verkauft worden. Vom Henker, da war sie fast noch ein Kind.«

Barbara zeigte sich entsetzt und wollte zugleich mehr über Els erfahren. »Schon ihre Mutter war eine Hure«, kam Kathrin dem Wunsch nach. »Aber das war wohl ganz anders damals. Da war noch der Henker für Unsereins zuständig, so ein Haus wie das hier gab es da nicht. Ich habe gehört, Frauenhäuser waren früher wirklich nichts anderes als Zufluchtsorte für Frauen in Not. Armselig, aber so etwas wie Hurerei kam nicht in Frage. Jedenfalls hauste die Mutter von Els beim Henker. Als sie starb, war Els zwölf oder so. Sie musste sich als Magd für den Kerl schinden, bald wurde er zudringlich und wollte sie zwingen, das gleiche Gewerbe wie ihre Mutter für ihn auszuüben. Ein Jahr oder so wehrte sie sich noch, dann gab sie es auf. Fast zwanzig Jahre muss das laut der Rudolfin her sein. Das war dann so die Zeit, als die Stadt das Frauenhaus hier eröffnete, um die Hurerei in geregelte Bahnen zu lenken. Damit trug der Rat auch Sorge, dass ehrbare Frauen von notgeilen Böcken in Ruhe gelassen wurden.«

»Da hat der Henker Els an die Rudolfin verkauft?«

»Ja, man sagt, sie sei ihm das Geld zehn Jahre lang oder gar für immer schuldig geblieben. Er sei nachts immer wieder betrunken hier aufgetaucht, um es einzufordern. Meist hat ihn die Wirtin dann umsonst über eins der Mädchen gelassen, dann war wieder Ruhe. Die Rudolfin hat es ja auch nicht leicht gehabt damals. Ihr Mann, ein Wollfilzmacher, war im Jahr zuvor gestorben und hatte ihr nicht gerade viel Geld hinterlassen. Sie versuchte sich als Krämerin und Pfandleiherin, aber mehr schlecht als recht. Als dann die Stadt eine Wirtin fürs Frauenhaus suchte, kaufte sie sich ein. Sie machte dafür enorme Schulden bei einem Juden, hat sie mal erzählt, als sie betrunken war. Das Haus habe sie bis heute noch nicht abbezahlt, behauptet sie.«

»Die Arme!« Beide kicherten. »Komm, was weißt du über die anderen? Über die dicke Margret, zum Beispiel.«

Kathrin machte eine geheimnisvolle Miene: »Das ist seltsam mit der. Die hat etwas Schreckliches erlebt, aber keine weiß, was. Sie kauerte eines Morgens im Pferdestall hinterm Haus, völlig verängstigt und voll blauer Flecke. Wir dachten schon, sie sei närrisch, aber sie redete ganz normal. Alles, was wir über ihre Vergangenheit wissen, ist, dass sie nicht aus der Stadt stammt. Adelheid will gehört haben, sie hätte dort, wo sie herkommt, gestohlen und wäre geflüchtet, weil man ihr sonst die Hand abgehackt hätte. Aber sie erzählt es ums Verrecken nichts, frisst alles in sich hinein.«

»Im wahrsten Sinne des Wortes.«

»Ja, und sie ist immer noch ein wenig ängstlich. Bei den Männern wirkt sie deshalb irgendwie unterwürfig. Manche mögen das. Adelheid ist da grad das Gegenteil: Sie ist von ihrem Ruffian viel geschlagen worden. Aber irgendwann hatte sie genug davon und schlug zurück.«

»Ihren Zuhälter?«

»Nein, so mutig war sie nicht. Die Männer, die so etwas wollen, schlägt sie; mit in Wasser aufgeweichten Besen. Aber sag ja niemandem etwas, die kommt sonst in Teufels

Küche. Na ja, und sie ist nicht aufs Maul gefallen, das wirst du schon sehen. Es ist immer recht lustig mit ihr. So, dann bleibt noch die Ursel. Das ist eigentlich eine ganz Fröhliche, ein bisschen schusselig manchmal. Aber sie erzählt, sie habe gewalttätige Kerle angezogen wie ein Scheißhaufen die Fliegen. Die haben sich ein paar Mal gegenseitig fast tot geprügelt.«

»Warum?«

Kathrin zuckte mit den Schultern. »Solche brauchen keinen Grund. Jedenfalls ist die Ursel regelrecht hierher geflüchtet, quasi vor sich selbst. Irgendwann wäre einer gekommen, der hätte sie erschlagen, davon ist sie überzeugt. Hier geht es wenigstens friedlich zu, von den Wutanfällen der Wirtin einmal abgesehen. Aber alles in allem ist es besser als in einem Stall oder auf der Straße.« Genau das wären Barbaras einzige Auswege gewesen.

Die beiden plauderten weiter, Barbara leerte den Bierbecher und irgendwann stand wie von Zauberhand ein weiterer Becher vor ihr. Sie ließ sich nicht lange bitten, nahm einen Schluck und hätte vor Schreck fast noch einmal das Wams gegenüber bespuckt. Es war Rotwein. Sie hatte noch nie in ihrem Leben welchen getrunken. Er schmeckte ihr gut. Sehr gut.

»Sag einmal, was verlangst du denn so?«, fragte sie die Kathrin.

»Frag mich nicht solche Sachen. Ich werde dir keinen Unterricht geben, wie man zur Hure wird.«

Barbara nahm vertraulich Kathrins Arm. »Nun komm, ich bin doch bloß neugierig. Sag schon.«

»Also, unter zwei Pfennigen darf man keinen drüber lassen.«

»Zwei Pfennige? Da muss ich ja fast zwei Tage dafür spinnen!«

»Wenn ein vornehmer Herr besoffen ist, ist ihm in seiner Geilheit der Preis egal. Dem kann man schon mal vier, fünf Pfennige rausleiern, wenn man geschickt ist.«

Fünf Pfennige. Dafür müsste sie mehr als eine halbe Woche spinnen. Hier hätte sie das in einer Viertelstunde verdient.

»Und es ist noch mehr drin.« Kathrin sah sich verstohlen um und raunte Barbara ins Ohr: »Wenn du was Besonderes bieten kannst, zum Beispiel.«

»Wie, was Besonderes?«

»Na, ja, offiziell ist ja nur ganz züchtiger Verkehr erlaubt. Du weißt schon, du liegst brav auf dem Rücken, der Kerl oben drauf. Dass sie alles andere streng verboten haben, ist das Beste, was uns passieren konnte. Du kannst es dir nämlich teuer bezahlen lassen, wenn du ein bisschen Abwechslung bietest – mal von hinten, mal die Beine hinter dem Hals des Mannes verschränkt und so weiter.

Das sollte etwas Besonderes sein? Das hatte Barbara mit Endres alles schon gemacht.

ZWEITES KAPITEL

Barbaras Entscheidung

Jetzt trat ein junger Bursche an den Tisch, in feinem Wams aus gefälteltem Leinen und seidener Hose, aber nicht mehr nüchtern. Er zeigte auf Barbara: »Ha, ein neues Pferd im Stall. Komm, ich will dich reiten.« Er setzte sich, legte den Arm um ihre Hüfte, beugte sich zu ihrem Ohr und sagte: »Drei Pfennige.«

Barbara hatte den Wein schon intus und weil sie ihn nicht gewohnt war, zeigte er bereits Wirkung. In ihrem Kopf schwirrten nur noch Geldmünzen und nackte Leiber umher. Gegen beides hatte sie nichts einzuwenden. Wie zufällig stand die Wirtin am Tisch und bemühte sich, eine freundliche Grimasse zu ziehen: »Die erste Stube oben rechts könnt ihr nehmen, wenn's beliebt.«

Barbara folgte dem Mann wie durch einen Nebel, als er sie die Treppe hinauf führte. Auch alles andere übernahm er, er zog sie und sich aus. Sie genoss es, sich in dem riesigen Daunenbett zu rekeln. Der warme

Körper auf ihrem passte wunderbar in diesen Traum, sie schlang Arme und Beine um ihn und stöhnte.

Ihr Bewusstsein kehrte erst am Morgen wieder zurück. Zuerst glaubte sie, sie träume noch, dass sie zwischen weißen, weichen Wolken schwebte. Solch ein herrliches Bett hatte sie noch nie gesehen, geschweige denn, darin geschlafen. Sie war alleine. Als sie die drei Münzen neben ihren Kleidern entdeckte, kam die Erinnerung zurück. Rasch zog sie sich an und betrachtete von der Tür aus noch einmal die kleine Stube. Das Bett war die einzige Einrichtung; durch ein winziges Fenster drangen die Strahlen der Morgensonne herein.

Sie ging nach unten. An einem der langen Tische saß Els. Barbara grüßte freundlich; ein feindseliger Seitenblick belehrte sie, dass hier alle Liebesmüh vergeblich war. Schon kam die Wirtin heraus und stellte Barbara das Frühstück hin, Graupenmus und Wasser.

»Sind wir jetzt eine Herberge, oder was?«, murrte die Schwarzhaarige in Richtung Wirtin.

»Die schafft jetzt hier genau wie du«, gab diese barsch zurück. Zu Barbara gewandt forderte sie: »Zwei Pfennig krieg ich von dir.« Barbara wusste, dass die Wirtin ein Drittel des Verdienstes kassierte. Den anderen Pfennig machte wohl ihre bisherige Zeche aus, sagte sie sich.

Dieser Irrtum sollte sich erst aufklären, als es zu spät war.

Jedenfalls zahlte sie die zwei Pfennige, ihr blieb ja einer übrig. Von ihrem Lohn fürs Spinnen waren noch drei Pfennige und ein paar Heller in dem Tuch verschnürt, das sie als Beutel benutzte. Sie hatte das Gefühl, wohl versorgt zu sein.

Während sie frühstückte, kamen zwei weitere Frauen die Treppe herunter. Zum Glück war eine davon Kathrin, die auch gleich bei Barbara Platz nahm. Die andere setzte sich zu Els, ohne Gruß oder sonst ein Wort. Barbara und Kathrin tuschelten abseits miteinander. »Na, wie war deine erste Nacht?«, fragte Kathrin freundschaftlich, aber mit säuerlicher Miene.

»Ich kann mich gar nicht dran erinnern«, kicherte Barbara. »Du weißt schon, der Wein.«

Kathrin fand das gar nicht lustig. Da besann sich Barbara erst der furchtbaren Geschichte ihrer neuen Freundin, denn deren Leben war mit dem ersten Rausch quasi ruiniert gewesen. Schnell wechselte sie das Thema: »Du, die Wirtin war gestern ganz scharf drauf, mich zu behalten, weil irgendein großes Ereignis bevorsteht. Hast du eine Ahnung, was das sein soll?«

Jetzt lächelte auch Kathrin, sah verschmitzt über die Schulter, ob die Rudolfin auch weit genug weg war und sagte: »Eine Ahnung habe ich schon; auch, wenn sie bisher nur der Els davon erzählt hat. Es ist nämlich so, dass sie als Frauenhaus-Wirtin ein Kriegspferd für die Stadt halten muss. Sie gibt dem Klepper immer nur so viel zu Fressen, dass er gerade mal nicht zusammenbricht. Aber seit zwei Wochen mästet sie ihn. Man kann die Rippen schon gar nicht mehr sehen.«

»Du meinst, es gibt Krieg?«

»Schlaues Köpfchen«, lobte Kathrin. »Sie will sich ja beim Rat nicht blamieren und eine Schindmähre abliefern.«

»Aber was hat das mit uns zu tun?«

»Du hast schon recht, normalerweise nichts. Die Hälfte der Zünfte und Patrizier stellt halt ihre Truppe auf und los geht's. Aber, sage ich mir, es kommt ja vor, dass die Stadt mal nicht für sich alleine kämpft, sondern mit einer anderen Armee verbündet ist.«

»Und du meinst, diese Armee kommt her?«

»Für mich sieht es ganz danach aus. Wenn ja – was glaubst du, was bei uns los ist, wenn ein Haufen Soldaten einfällt, die alle ihre Lanze irgendwo rein stoßen wollen?«

Barbara fiel das Geklirr der Waffenübung ein, das sie tags zuvor in dem Hinterhof vernommen hatte. Ja, es sah ganz so aus, als ob man sich auf Krieg einstellte. »Aber wer macht denn einen Feldzug im tiefsten Winter?«

»Wenn die Zeit drängt, geht es vielleicht nicht anders«, sagte Kathrin.

»Wieso sollte die Zeit drängen?«

»Na, sag nur, du hast nichts gehört von der Gefangennahme des Salzburger Erzbischofs?«

»Doch, ja, auf dem Markt haben sie davon geredet. Das war doch letztes Jahr am Nikolaustag, nicht wahr? Ich weiß es noch, weil ich da gerade erst ein paar Tage bei Endres lebte. Aber was hat das mit dem Krieg zu tun?«

»Du weißt ja, dass sich ein Haufen Städte gegen die Bayernherzöge vereint und immer wieder Krieg gegen sie geführt hat. Augsburg ist seit letztem Jahr dabei. Der Salzburger Erzbischof steht auf Seiten der Städte. Er hat sich am Nikolaustag mit dem Bayernherzog Stephan zu Verhandlungen im Kloster Rottenhaslach getroffen. Aber sie konnten sich wohl nicht einigen.«

»Da hat Herzog Stephan den Bischof gefangen genommen?«

»Stephan nicht, aber sein Bruder Herzog Friedrich. Der stand schon bereit und hat den Bischof mit seinem ganzen Gefolge im Kloster überfallen, nach Burghausen verschleppt und in einem Turm festgesetzt.«

»Und da sitzen sie jetzt noch?«

»Ja, aber der Städtebund lässt sich das wohl nicht gefallen. Wie es aussieht, haben sie ihr Heer zusammengezogen. Sie können ja nicht auf schönes Wetter warten, während ihr Verbündeter im Gefängnis hockt.«

»Den wollen sie gleich mit einem ganzen Heer befreien?«

»Beim Befreien wird es kaum bleiben. Die fangen schon einen richtigen Krieg an, denke ich.«

»Und du glaubst, das ganze Heer kommt nach Augsburg?«

Kathrin nickte. »Erstens macht das Augsburger Kontingent keine Anstalten, auszurücken. Sonst hätte es hier schon längst die üblichen Abschiedsfeiern gegeben. Das spricht dafür, dass die anderen herkommen. Zweitens sind wir ja die letzte schwäbische Bastion vor dem Lech, also der Grenze zu den Bayern. Es würde schon passen, dass sie von uns aus losschlagen.«

Barbara war beeindruckt, was Kathrin alles wusste. Kein Wunder, kamen hier im Frauenhaus ja Reisende, Kaufleute, Ratsherren und andere bestens informierte Männer zusammen. Dadurch hatten sich in Barbaras Welt die Höheren schon immer von den Niederen unterschieden: sie wussten einfach mehr. In diesem Sinne gehörten auch die Dirnen zu den besseren Leuten, unehrbar hin oder her. Eigentlich blieb bei ihnen einiges von dem Leben hängen, das sich einer Magd niemals erschloss: Bei der Arbeit trugen sie schöne Kleider; sie feierten fast täglich bei Wein, Festmählern und Ausgelassenheit, hochgestellte Männer gaben sich die Klinke in die Hand.

Waren das alles nicht die Dinge, nach denen sich Barbara so sehr gesehnt hatte, wenn sie allabendlich auf ihr Strohlager zwischen dem Vieh im Stall fiel? Sie war fest entschlossen gewesen, etwas zu erleben, hinauszukommen, ein Leben zu führen, an dem die frohen Tage die tristen überwogen. Wann wäre sie diesem Traum näher als jetzt? Oder, nüchterner gefragt: Was gäbe es denn sonst für sie? Nichts. Die finstere Straße, den kalten Schnee. Kein Dach über dem Kopf. Kein Mensch, bei dem sie Zuflucht suchen könnte; außer Meister Fugger, der ihr ein paar Pfennige fürs Spinnen zahlen würde.

An diesem Abend beschloss Barbara, den Weg zu gehen, auf dem sie bereits die ersten Schritte eingeschlagen hatte. Der Preis war, sich zur Hure zu machen. Das wurde ihr wenigstens mit barer Münze entlohnt. Wer gab ihr schon etwas dafür, dass sie keine Hure war? Sie ging erneut mit einem Kunden auf eine der Kammern und als die letzten Gäste die Wirtsstube verlassen hatten, teilte sie der Wirtin ihre Entscheidung mit. »Na, dann willkommen bei uns.« Die Rudolfin sagte das ohne jede Herzlichkeit, ja, fast mit einem sarkastischen Unterton. Als Zeichen der Zugehörigkeit bekam Barbara die Erlaubnis, ihre Habseligkeiten in einer der Truhen oben zu verstauen.

Dann holte die Wirtin ein verkorktes Fläschchen, stellte es auf den Tisch und legte einen kleinen Schwamm daneben, der an einem Stab festgebunden war. »Das gehört zu deinem Handwerkszeug«, sagte sie auf Barbaras fragenden Blick. Als die angehende Hübscherin den Korken herauszog, die Flasche zur Nase hob und vom Geruch von Essig und scharfen Kräutern zurückschreckte, fügte sie hinzu: »Das träufelst du nach getaner Arbeit auf den Schwamm und führst ihn in die Scheide ein.«

»Gegen Schwangerschaft?«, vermutete Barbara mit verzogenem Gesicht.

»Richtig. Glaubst du vielleicht den Unsinn, dass Hübscherinnen fast nie schwanger werden, weil sie beim Verkehr nicht zum Höhepunkt kommen? Oder weil ihre Gebärmütter vom vielen männlichen Samen ›verschlammt‹ und verstopft sind? Willst du dir lieber mit einem Amulett aus getrockneten Katzenhoden behelfen, so wie die depperte Ursel, bevor sie hier ankam?«

Barbara schob das Fläschchen angewidert von sich. »So was schmiere ich mir jedenfalls nicht zwischen die Beine. Ich denke, gründliches Auswaschen genügt.«

Das Gesicht der Wirtin schien sich regelrecht zu verwandeln. Barbara wunderte sich, wie solch feiste Züge plötzlich so hart wirken konnten. Hart und unerbittlich. »Jetzt pass einmal auf«, sagte die Rudolfin, wobei es schien, als pumpe sie Luft wie ein Maikäfer. »Eine, die gleich meine erste Anordnung verweigern will, kommt mir gerade recht. Das fängst du gar nicht erst an. Ich bin nicht scharf auf eine Geiß, die ich im Auge behalten muss. Und wenn du statt in meiner warmen Stube draußen auf der Straße im Schnee sitzen willst, kannst du jetzt abhauen, verstanden?« Barbara schwieg und die Wirtin setzte nach: »Ob du verstanden hast!« Barbara nickte. Aber das genügte ihr nicht, sie wollte den klaren Sieg in diesem ersten Kampf: »Was? Ich höre nichts!«

»Ja«, brummte Barbara.

»Wie?«

»Jaahaaa!«

»Was, ja? Hast du nur verstanden, oder willst du auch hier bleiben und spuren?«

»Ich will bleiben.«

»Gut.« Es klang fast schon ein wenig versöhnlich, als die Rudolfin ihr erneut das Fläschchen hinschob und sagte: »Es ist nur zu deinem Besten. Glaub das einer Frau, die schon zehnmal so viel gesehen hat wie du.«

Barbara nahm das Fläschchen.

Kathrins Eindruck hatte nicht getrügt – eine Woche später kamen Soldaten in die Stadt. Das gesamte Heer des schwäbischen Städtebundes, mehr als fünftausend Mann, sammelte sich vor Augsburg, um gegen die bayerischen Herzöge loszuschlagen. Kein Soldat war scharf darauf, sich der Winterkälte in den Zelten auszusetzen. Wer nicht Pflichten bei seiner Truppe hatte, suchte die warmen Schänken, Badestuben und natürlich das Frauenhaus auf. Am Tag, als die Vorhut eintraf, war die Schankstube bereits mittags gerappelt voll. Wirtin und Dirnen rieben sich die Hände, die Betten knarrten Tag und Nacht, die Soldaten soffen den Wein fässerweise, obwohl er nicht nur wie üblich eineinhalb mal, sondern mehr als doppelt so teuer war als in den Schänken. Dabei herrschte hier kein Mangel wie anderswo. Die Rudolfin hatte lange vor den anderen Wirtsleuten von den anrückenden Truppen mitbekommen und die Vorratsgrube gefüllt, bevor die Waren knapp und teuer wurden. So gut hatte sie noch nie verdient. Und Barbara auch nicht.

Doch in einer der immer kürzeren Ruhepausen wurde ihr plötzlich klar gemacht, dass es um sie bei weitem nicht so gut bestellt war, wie sie gedacht hatte. Beim Frühstück kassierte die Wirtin wie üblich ihren Anteil der nächtlichen Einnahmen ab – sie war berüchtigt dafür, dass ihr auch im größten Trubel noch nie ein Freier entgangen war. Diesmal hatte sie ein Pergament mit eng aufgezeichneten Zahlenreihen dabei. Als Barbara ihr den Anteil für die Nacht hinzählte, sagte die Rudolfin, scheinbar anerkennend: »Na, deinen ersten Gulden hast du ja schon lange beisammen.« Barbara nickte. »Dann rück ihn mal raus.«

»Was?«

»Wir machen Zwischenrechnung. Glaubst du, du frisst, säufst und wohnst hier umsonst?«

»Aber das macht doch keinen Gulden aus!« Barbara war klar gewesen, dass sich täglich Schulden für Kost und Logis angehäuft hatten. Das hatte sie umso mehr abgetan, je schwerer der Säckel an ihrem neuen, hübsch bestickten Gürtel geworden war.

»Ja, was glaubst denn du! Ein Weinmahl hatte die Dame jeden Abend, das allein sind schon fünf Pfennige.«

»Füüünf Pfennig? Da muss ich ja zwei Kerle dafür drüber lassen!«

»Und der Wein, den du noch extra gesoffen hast, läppert sich auch.« Die Wirtin fuhr mit dem angespitzten Kohlestift, der ihr als Schreibwerkzeug diente, über eine der Zahlenkolonnen. »Bist ganz schön auf den Geschmack gekommen.«

»Augenblick mal – jeder vierte Becher, den meine Freier trinken, wird mir gutgeschrieben, haben wir ausgemacht.«

»Ist schon abgerechnet. Frühstück jeden Tag, das macht zwei Pfennig, zwei Pfennig fürs Übernachten ...«

»Meistens auf der Holzbank unter der Treppe!«

»Egal, dich schützt das gleiche Dach wie uns alle. Na, und was ist mit dem Bad, das wir dir schon zweimal angerichtet haben? Glaubst du, das kostet nichts?«

Oh ja, das Baden war wirklich eine herrliche Sache, der Badetag war immer ein richtiges Fest im Haus. Barbara war solch ein Luxus noch niemals in ihrem Leben vergönnt gewesen. Sogar die Seife hatte sie mitbenutzen dürfen.

»Deine Garnspindel hast du drei mal nicht abgeliefert, das macht noch mal sechs Pfennig«, listete die Wirtin weiter auf.

Das ärgerte Barbara jeden Tag: Kaum hatte sie sich gefreut, dass sie nicht mehr spinnen musste, um ihr Geld zu verdienen, hatte man ihr gesagt, jede Hausbewohnerin müsse täglich eine Spindel voll abliefern, oder den Ausfall bezahlen. Erst jetzt erfuhr Barbara, dass dieser Ausfall doppelt so teuer berechnet wurde als der Preis, den sie früher beim Verkauf ihres Garnes erzielt hatte. Wie dem auch war, Barbara musste ihren Gulden berappen. Ihr blieben gerade noch achtzehn Pfennige. Vor einem Monat wäre das noch ein Vermögen für sie gewesen, aber da hatte sie auch noch keine dreißig oder vierzig Freier bedienen müssen.

»So, jetzt sind wir quitt«, sagte sie, als sie ihr Geld wegsteckte.

»Nein«, lachte die Rudolfin, »quitt sind wir noch lange nicht. Etwa ein halber Gulden steht noch auf deinem Schuldenblatt. Wie gesagt, das war nur die Zwischenrechnung.« Damit ließ sie Barbara sitzen, machte einen Eintrag auf dem Pergament, legte das Geld in ihre Schatulle und widmete sich der Abrechnung mit der nächsten Hübscherin.

»So komme ich ja nie auf einen grünen Zweig«, jammerte Barbara.

»Du wolltest es ja nie glauben«, sagte Kathrin.

»Ja, was kann man denn da nur tun? Wenn ich tatsächlich mal schwanger werde und ich muss mir den ›Engelmacher-Trunk‹ bei der Wirtin kaufen, stehe ich ohne einen Heller da.«

»Jetzt mal den Teufel nicht an die Wand. Wenn es tatsächlich passieren sollte, machst du dir einen Sud aus Petersilienfrüchten. Das ist nicht teuer und hilft auch.«

»Aber was soll ich denn machen, um Geld auf die Seite zu bringen? Ich hab's – anderswo essen! Ich kann es mir einfach nicht leisten, hier so zu zechen wie die Edelherren.«

»Vergiss es. Du musst hier wohnen und essen, sonst fliegst du raus. Meinst du, die lässt zu, dass unsereins sich hier ein Vermögen zusammenspart und dann abhaut?

Es ist auch so schon ein dauerndes Kommen und Gehen im Haus.«

»Aber was gibt es denn sonst noch für Möglichkeiten?«

»Ich habe es dir ja schon gesagt: Wenn du etwas Besonderes zu bieten hast, kannst du ein paar Pfennige extra herausleiern. Aber du tust gut daran, auch davon der Wirtin ihren Anteil zu zahlen. Wenn sie merkt, dass du in die eigene Tasche arbeitest, haut sie dir Schulden drauf, dass es dich um Monate zurückwirft. Und die merkt das eher, als du denkst, weil die Kerle mit solch speziellen Erlebnissen prahlen. Wir hatten einmal einen Fall, wo eine die Wirtin bescheißen wollte. Vor drei Jahren, das war die Pridenschencklin. Die hatte sich über die Nacht zu einem Kunden abgemeldet. In Wirklichkeit hatte sie aber noch einen zweiten besucht, einen Kaufmann, dessen Frau mit den Kindern gerade bei Verwandten weilte. Die Wirtin ist dahintergekommen, hat die Sache dem Rat gemeldet und weil der Kunde ein ehrbarer Bürger war, wurde die Pridenschencklin der Stadt verwiesen.«

»Was ist aus ihr geworden?«

»Das weiß keiner. Aber eins ist sicher: Besser als hier geht es ihr nicht.«

»Kann man denn nicht verdienen, ohne, dass sich die Wirtin dabei ihren Rachen vollstopft?«

»Du kannst als ›Arschverkäuferin‹ auf der Straße anschaffen. Aber dann kommst du vom Regen in die Traufe. Erstens verdienst du da lange nicht das Geld wie hier im Frauenhaus. Zweitens bist du einem Ruffian ausgeliefert, der dich genauso ausnimmt wie unsere Wirtin. Und ein Dach über dem Kopf hast du immer noch nicht.«

»Nein, das ist nichts für mich. Wo wäre sonst noch was zu holen?«

»Na, da, wo du's sowieso schon holst – bei unseren Kunden. Bist du geschickt mit den Händen?«

»Ja, neulich wollte einer erst massiert werden, bevor … «

»Das meine ich nicht. Glaubst du, du könntest einen Beutel vom Gürtel losmachen und wieder dran festbinden, ohne, dass es der Gast merkt?«

»Und Geld draus stehlen?«

»Ja, aber auch das ist nicht so einfach. Nicht nur, dass du sehr geschickt sein musst, obwohl das bei den Besoffenen leicht ist. Du darfst auf keinen Fall einen Stammkunden erwischen. Am besten sind durchreisende Kaufleute. Die haben oft so viel Geld im Sack, dass sie gar nicht merken, wenn eine Handvoll fehlt.«

»Hast du es schon gemacht?«

»Einmal, ja. Der Gast hat nichts gemerkt, aber die Wirtin. Die hat gleich zwei Drittel abkassiert.«

»Nein, der gönne ich das nicht, dass ich Kopf und Kragen riskiere, und sie kriegt das Meiste.«

»Mehr fällt mir nicht mehr ein.«

»Ja, gibt's denn keinen Ausweg?« Barbara hob fast schon flehentlich die Stimme an.

»Doch, den gleichen wie für alle anderen: Heiraten oder dich als Magd verdingen.« Weder an ihre Heiratspläne mit Endres noch an ihr Dasein als Magd hatte Barbara gute Erinnerungen.

Wäre ihr am Morgen nicht die ganze Misere dermaßen bewusst geworden, hätte die Nacht vielleicht einen anderen Verlauf genommen. Zunächst geschah, was in dieser Zeit oft geschehen war: Ein junger Soldat mietete sich bei Barbara als Schlafmann für die ganze Nacht ein. Sein Name war Georg Eger, er gehörte zum Kontingent aus Nördlingen. Er fiel zwar durch besonders einfache Kleider auf, aber da er anstandslos im Voraus zahlte, interessierte das Barbara nicht weiter. Im Bett geschah, was eben zu geschehen hatte. Auch, dass Barbaras ungestüme Art, sich ihm hinzugeben, den Kerl überraschte, war mittlerweile nichts Besonderes mehr.

Aber die Unterhaltung zwischen den Liebesspielen nahm eine ungewöhnliche Wendung.

»Mensch, bist du ein Teufelsweib«, sagte er, als er sich zum dritten Mal von ihr herunterwälzte und in den Daunen an sie schmiegte. »Dich täte ich gleich heiraten.«

Barbara hätte das wie immer lachend abgetan, wäre nicht die Frage vom Morgen im Raum gestanden: Wie sich der Mühle entwinden, die den größten Teil ihres sauer verdienten Geldes aus ihr presste? Der Wein tat sein übriges, vollends zu lockern, was ihr auf der Zunge lag: »Du würdest mir auch gefallen«, schmeichelte sie dem Burschen, und sprach dabei die Wahrheit. Sein ungezähmter blonder Schopf, das herausfordernde Lachen seiner Augen, grün wie die ihren, die kühne, vielleicht ein bisschen zu große Nase, die vollen Lippen, der muskulöse Körper mit dem strammen Hintern – das alles war schon mehr als ›ein Stück Kundenfleisch‹, wie sie die anderen nannte.

Plötzlich waren seine Augen dicht vor ihren, in ihren. »Ehrlich?«, sagte er mit echter Freude.

Als es dermaßen ernst wurde, obsiegte in Barbara doch wieder die Ernüchterung: »Ach, Georg, was sollte das denn werden«, sagte sie traurig. »Ich bin eine Hure und du der Sohn eines verschuldeten Tuchfärbers.«

»Sei froh, dass er bei seinem Handelsherrn verschuldet ist«, grinste Georg. »Der kämpft als Lanzenreiter für Nördlingen. Und ich bin nur als sein Knecht mitgekommen, weil mein Sold darin besteht, dass er dem Meister einen Teil der Schuld erlässt. Sonst wäre ich gar nicht hier bei dir.« Damit küsste er sie auf die Stelle, wo es ihr besonders gut gefiel.

»Augenblick mal«, wunderte sich Barbara und richtete sich auf. »Du kriegst gar kein Geld? Wovon bezahlst du das hier alles?«

Georgs Schneidezähne gruben sich in seine Unterlippe, als ob er sich die Worte verbeißen musste. Er rang mit sich, aber die Vorsicht war im Weindunst entschwunden. »Ich werde reich sein nach dem Krieg«, sagte er schließlich und fasste unwillkürlich an das halbe, in der Mitte durchgebrochene Medaillon aus Ton, das er an einem Lederbändchen um den Hals trug. »Eigentlich bin ich es jetzt schon. Habe Kriegsbeute gemacht.«

Barbara war ganz Ohr. »Ehrlich? Wo?«

Georg wich der Frage aus. »Ein Stück habe ich verkauft. Viel zu billig, in Kriegszeiten kommt so viel Beute zu den Hehlern, Pfandleihern und Marketendern, dass sie kaum was dafür zahlen. Für die anderen Stücke hole ich in ruhigeren Zeiten ein Vermögen raus. Drum habe ich sie nur deponiert.«

»Bei wem?«, fragte Barbara gespannt.

»Einem Christen konnte ich das nicht anvertrauen«, rutschte es noch aus ihm heraus. Dann biss er sich wieder auf die Lippe. Mit einem Schlag schien er wie ernüchtert. Er sagte nichts mehr, jedenfalls nichts über den Schatz. Dafür wandte er sich wieder Barbara zu: »Na, was meinst du? Wird was aus uns nach dem Krieg?«

Sie schlang die Arme um seinen Nacken. »Ein glückliches Paar«, lachte sie. Zur Hälfte wollte sie das gerne selbst glauben, zur Hälfte konnte sie leichtfertig die Verlobung versprechen. Der Feldzug stand noch bevor; sie hatte Zeit, in Ruhe über alles nachzudenken.

Er versprach, sie auch am nächsten Abend zu besuchen. Doch vorher kam noch ein anderer, ganz unerwarteter Gast.

Endres.

Ihm blieb der Mund offen stehen, als er Barbara unter den Hübscherinnen sah. Er setzte sich zu ihr: »Ja, wie kommst denn du hierher?« Zum ersten Mal sah sein Gesicht in Barbaras Gegenwart nicht verschlagen oder verstellt, sondern einfach nur dümmlich aus.

Barbara genoss diesen kleinen Triumph. Sie beschloss, ihn nicht zu zerstören, indem sie jetzt lamentierte, was er ihr doch alles angetan hätte. Oh nein. Sie setzte vielmehr ihr reizendstes Lächeln auf und gab zur Antwort: »Ich verdien hier mein gutes Geld. So eine Goldgrube hätte ich nie in meinem Leben gefunden, wäre ich nicht durch dich darauf gestoßen.«

Endres überlegte einen Augenblick, dann fuhr er sich mit der Lippe über die Zunge und sagte: »Barbara, du musst mir glauben, dass ich immer einen Weg für uns beide gesucht habe. Weißt du was? Das hier könnte es doch sein. Du verdienst noch viel mehr, wenn wir uns zusammentun und auf eigene Rechnung arbeiten. Ich kenn mich aus in Augsburg, kann dir einen Haufen Kunden verschaffen.«

Es fiel Barbara schwer, ihm nicht gleich eine rein zu hauen. »Mehr Kunden, als hier bei mir jede Nacht Schlange stehen, wären es wohl kaum«, winkte sie herablassend ab.

Endres nahm Barbaras Hand. »Hier noch zwei Becher Wein?«, platzte die Wirtin mit ihrer aufgesetzten Krämer-Freundlichkeit dazwischen. Sie hatte ein Gespür für den richtigen Augenblick, das musste man ihr lassen. In der intimen Stimmung, die Endres da gerade aufbauen wollte, konnte er sich nicht als Geizhals blamieren. Er nickte.

»Wie sieht's aus mit uns beiden, hättest du Lust zu – du weißt schon?«, zwinkerte er.

Barbara sah ihn an. Wie hatte sie auf dieses Frettchengesicht mit den dunklen, eng zusammenstehenden und dazu noch leicht schielenden Augen nur hereinfallen können? Er war ungepflegt, die langen, schwarzen Locken fettig und verklebt. Nun ja, vor zwei Monaten war die Auswahl noch nicht so groß gewesen, sagte sie sich.

»Freilich«, grinste sie. »Was zahlst du denn?«

Endres schluckte, dann wurde ihm klar, dass das hier wohl nicht anders ging. »Na ja, zwei …«

»Sag jetzt nichts Falsches!«, herrschte ihn Barbara an. »Jetzt kannst du mir zeigen, was ich dir wert bin.«

»Dr… Vier. Vier Pfennige.«

Barbara verschränkte die Arme und prustete verächtlich.

»Also gut, sechs. Na, sagen wir sieben, um der alten Zeiten willen.«

»Jetzt haben wir neue Zeiten, mein Lieber. Die alten Zeiten mit dir waren so erbärmlich, dafür müsste ich dir noch extra Aufschlag berechnen. Also, was ist?«

»Neun Pfennige, Barbara. Dafür könnte ich anderswo drei- oder vier Mal. Siehst du, das bist du mir wert: viermal so viel wie eine andere!«

Barbara kam mit geschmeicheltem Lächeln näher und legte ihre Hand um seinen Nacken. Er glaubte, sie wolle ihn küssen und spitzte schon den Mund. »Weißt du was?« flüsterte sie, »nimm deine neun Pfennige und schieb sie dir einzeln in den Arsch. Nicht für alles Gold des Bischofs würde ich es mit dir noch einmal machen.«

Endres schlug mit beiden Händen flach auf den Tisch. »Ach, du hast es wohl nicht nötig, wie? Komm, komm, erzähl mir nichts, so gut kann es dir hier auch nicht gehen, dass du den Tageslohn eines Handwerkers ausschlägst.«

Barbara leerte den teuren Wein, den Endres bezahlen musste, in einem Zug. Sie hatte sich lange beherrscht, derweil war der Zorn über diesen unverschämten Schurken nur noch weiter angeschwollen. Jetzt platzte ihr der Kragen, sie wollte es ihm heimzahlen. »So gut, wie es mir geht, wird es dir nie gehen!«, keifte sie ihn an. »Ich habe mich verlobt mit einem Kerl, der kein solcher Versager ist wie du. Der hat es jetzt schon zu was gebracht! Der hat, statt armen Bauernmägden was vorzugaukeln, sein Schwert in die Hand genommen und reiche Beute gemacht. Und er wird mich heimführen! Wir werden nämlich heiraten, jawohl!« Damit ließ sie Endres sitzen.

Jetzt stand sie in der Stube und wusste nicht recht, was sie tun sollte. Da kam Kathrin her, griff ihr vertrauensvoll um die Hüfte und kicherte ihr ins Ohr: »Was plärrst du hier herum? Du willst heiraten?«

Barbara blickte sich verlegen um, zog ihre Freundin auf eine Bank und erzählte von ihrem Nördlinger Kriegshelden. Kathrin machte ein Gesicht in der Art, die Barbara nicht leiden konnte. »Vergiss das bei einem Zunfthandwerker«, winkte sie ab, ganz wie erwartet. »Wenn es tatsächlich so weit kommen sollte, pfeift ihn sein Meister zurück.«

»Du kennst Georg nicht«, verteidigte Barbara ihr aufkeimendes Glück. »Der lässt sich von keinem Meister was sagen. Außerdem hat er doch seinen Beuteschatz.«

»Beuteschatz, Beuteschatz«, äffte Kathrin nach. »Davon könnt ihr nicht für den Rest eures Lebens zehren. Das müsstet ihr aber, denn dein Georg hätte keine Arbeit mehr. Die Zünfte sind da ekelhaft.«

»Wieso?«

»Die dulden nicht, dass ihre Mitglieder ehemalige Huren heiraten, vorher schließen sie sie aus der Zunft aus. Da sind sie päpstlicher als der Papst. Der belohnt sogar seine Schäfchen, die eine wie uns in seine Herde zurückholen.«

»Er belohnt sie? Was zahlt er?«

»Mehr als alles Gold der Welt – Absolution für alle bisherigen Sünden.«

»Davon können wir auch nicht abbeißen.«

»Siehst du: Genau, was ich sage.«

»Ach was, dann ziehe ich halt mit ihm nach Nördlingen und gebe mich als Bauernmagd aus. Das kriegen sie dort schon nicht mit, diese Scheiß-Zünfte.«

»He, he, heeee!«, fuhr sie ein junger, einfach gekleideter Kerl an, der neben ihnen saß. »Beleidigt die Zünfte nicht. Wir haben vor genau zwanzig Jahren bewaffnet den Perlach gestürmt und dafür gesorgt, dass das einfache Volk, na ja, jedenfalls wir Zünfte, mit im Rat sitzen.«

»Vor zwanzig Jahren?«, lachte Margret, die neben ihm saß. »Das war 1368! Da bist du doch noch in Abrahams Wurstkessel geschwommen.«

Es ging noch fröhlich so weiter, dann stand endlich Georg in der Tür. Barbara stürmte auf ihn zu, fiel ihm um den Hals und warf schwungvoll die Füße nach hinten in die Höhe. Bei einem leidenschaftlichen Begrüßungskuss – mit Zunge – drehte sie sich so, dass sie Endres sehen konnte. Ja, er starrte herüber. Sie zog Georg geradewegs die Treppe hoch nach oben.

Endres schnappte sich die dunkelhaarige Els, die Giftspritze. Er kannte sie schon gut genug, um sicher zu sein, dass sie die Neue nicht leiden konnte und liebend gerne deren Intimitäten ausbreitete. Tatsächlich, Els bestätigte bereitwillig, dass sich Barbara in die Idee verrannt hatte, den Kerl, mit dem sie eben verschwunden war, zu heiraten. »Georg Eger heißt der. Wahrscheinlich lässt sie ihn umsonst drüber, weil er ihr die Hochzeit versprochen hat!«, höhnte sie.

Oh nein, auf diesen Trick würde sie nicht noch einmal hereinfallen, das wusste keiner besser als Endres. Dann stimmte das mit dem Beuteschatz ja vielleicht. Soldat war der Kerl wirklich, das sah man an seinem Schwert und dem Breitdolch. Und von Natur aus hatte er kein Geld, das verrieten die einfachen Kleider. Endres schickte

Els weg und grübelte, wie er sich an diesen Schatz heranmachen konnte.

Er zechte mit Ulmer Soldaten. Das Geld für dieses teure Vergnügen stammte aus dem Verkauf von Pferden an deren Hauptmann. Die Pferde hatte er einem Wertinger Bauern billig abgeluchst.

Als er Georg die Treppe wieder herunterkommen sah, zahlte er eilig und verzog sich vor die Tür. Zum Glück für Endres waren in dieser Nacht alle Hübscherinnen zu Hause. Das hieß, dass Barbara das Bett räumen musste und ihren ›Verlobten‹ nicht die ganze Nacht beherbergen konnte.

DRITTES KAPITEL

Die Gier ist geweckt

Endres musste lange warten und fror wie ein Hund, als der Nördlinger Soldat endlich aus der Tür des Frauenhauses trat. Er zog seinen Mantel enger und stapfte durch den Schnee davon. Es war nicht schwer, ihm unbemerkt zu folgen, denn sein Weg führte zu den Lechwiesen ins Heerlager. Und je weiter er kam, umso mehr Soldaten gesellten sich hinzu. Ohne Schwierigkeiten mischte sich Endres in dieses Heer aus Schatten, das an den Wachen vorbeizog in die Siedlung von Zelten, Wagen und Pferdekoppeln. Endres sah, in welchem Zelt Georg verschwand, um sein Nachtlager aufzusuchen. Jetzt galt es, selbst einen Schlafplatz für die Nacht zu suchen, wo er nicht erfror. Er fand ihn beim Gluthaufen eines heruntergebrannten Feuers, über den sich ein Tuch in der Art eines halben Zeltes spannte. Tagsüber wärmten sich hier Soldaten auf. Jetzt war niemand mehr hier; Endres legte Feuerholz nach und richtete sich mit einer gestohlenen Pferdedecke leidlich ein.

Frühmorgens wurde er wach durch die Weck- und Kommandorufe. Er legte dem Pferd die Decke wieder über und wartete am Feuer. Endlich sah er Georg aus seinem Zelt kriechen. Der rieb sich die Hände, zog den Mantel enger und bahnte sich durch den Schnee den Weg zu einer Pferdekoppel. Dort fütterte er vier ganz bestimmte Pferde – das Schlachtross seines Herrn, einen Lastklepper und zwei Tiere, auf denen Georg und ein anderer Knecht ritten. Dieser trug Lanze, Helm und Schild des Herrn; Georg musste mit Spieß, Schwert und Breitdolch bereit sein, den Kameraden bei feindlichen Überfällen oder von der zweiten Reihe der Schlachtformation aus beizustehen. Er ging zurück ins Zelt, kam mit drei weiteren Soldaten, die Kettenhemden und Harnisch trugen, heraus und wartete mit ihnen vor einem etwas größeren Zelt. Hier traten schließlich zwei deutlich höherrangige Krieger heraus, die neben Brustpanzern auch Arm- und Knieschienen sowie Hundsgugeln trugen – rundum geschlossene Helme, deren spitz zulaufenden Visiere sie hochgeklappt hatten. Alle zusammen machten sich auf zu einem freien Platz, auf dem jetzt von allen Seiten die Kriegsleute zum Appell strömten.

Die Zelte waren unbewacht. Endres nutzte die Gelegenheit und huschte in das der Knechte hinein, wo Georg sein Nachtlager hatte. Schnell durchwühlte er die Habseligkeiten, die hier verstreut lagen, aber es war nichts von Wert dabei. Die Beute musste woanders sein. Er überlegte kurz, ob er im Zelt der Herren nach etwas Brauchbarem suchen sollte, kam aber davon ab. Er wollte noch in der Nähe bleiben und Georg beobachten.

Wäre ein Diebstahl bemerkt worden, hätte ihn das in Gefahr gebracht.

Nach dem Appell schritt Georg mit Endres auf den Fersen zügig durch das Lager. An dessen Rand bekamen beide einen Eindruck von der Gewalt einer berittenen Armee: In einer Wolke aus aufgewirbeltem Schnee, Matsch und dem dampfenden Atem der schnaubenden Pferde donnerte ein Reiterhaufen heran, dass der Boden bebte. Über schwer gerüsteten Rittern, Lanzenträgern, Pagen und Packpferden wogte ein Wald aus Lanzen mit bunten Wimpeln. Georg und Endres mussten zur Seite springen und wurden mit Schnee und Schlamm bespritzt.

Endres folgte dem Nördlinger durch die Stadt in Richtung Dom. Georg umrundete das mächtige Bauwerk staunend zur Hälfte. Dann fragte er einen Mann etwas, woraufhin dieser in Richtung Weberviertel deutete. Bald sah Endres, welchen Weg sich Georg hatte beschreiben lassen – den zum Zeughaus, dem Waffenarsenal der Stadt. Georgs Interesse galt einer Waffenschmiede daneben. Da der Schmied gerade eine Lanzenspitze in der Glut der Esse formte, stand das Tor trotz der Winterkälte offen und Endres erkannte, wie die beiden über einen Brustharnisch verhandelten. Er schlich näher, trank aus dem Brunnen unmittelbar vor der Schmiede und konnte mithören.

»Na gut, drei Gulden«, schlug der Schmied ein. Georg holte Geld aus einem Beutel. Der Schmied stutzte: »Was soll das sein?«

»Na, Ducatos aus Venedig«, erklärte Georg. »Sagt bloß, Ihr kennt die nicht?«

»Nein«, sagte der Schmied. »Wo hast du die her?«

»Ist doch egal. Solch ein Ducato ist soviel wert wie ein Gulden, hat der Händler gesagt.«

»Warum hast du sie nicht eingewechselt?«

»Ich bin doch nur auf der Durchreise. Hier kenne ich keine Wechsler und habe auch gar keine Zeit für so was.«

»Aber ich habe Zeit dafür, hä? Und ich soll die Wechselgebühr zahlen, die du dir gespart hast?«

»Also gut, für die Wechselgebühr lege ich dir noch zwei Grossos drauf.«

»Zwei was?«

»Grossos – Groschen. Auch aus Venedig.«

Es ging noch ein wenig hin und her, dann akzeptierte der Schmied das Geld, half Georg, den Harnisch anzulegen und dieser stolzierte davon. Auf dem Rindermarkt lungerte er herum, als ob er jemanden erwarte. Endres hoffte, dass es der Hehler oder Pfandleiher war, der ihn zur Beute führen würde. Doch wer da von der anderen Seite des Platzes kam, war – Barbara. Den beiden war es wohl wirklich ernst. Sie gingen Arm in Arm spazieren, kehrten in eine Schänke ein, dann machten sie sich auf den Weg zum Frauenhaus. Endres konnte sie nicht belauschen, weil er zu Barbara einen viel größeren Abstand halten musste als zu Georg, der ihn ja nicht kannte. Er war unzufrieden.

Dann kam ihm ein Gedanke: Georg hatte den Raubzug, bei dem er seine Beute gemacht hatte, ja wohl kaum alleine unternommen. Es musste Kameraden geben, die mit dabei waren. Von denen war vielleicht etwas zu erfahren. Bei dieser Kälte wurde jeder Soldat schnell sein Freund, wenn er ihm Schnaps anbot. Er erinnerte sich, wie er einmal an eine Flasche gekommen war und wiederholte den Einbruch in der Schänke nahe dem Kornhaus an der westlichen Stadtmauer. Der Kellerverschlag war zwar seit dem letzten Mal repariert worden, aber es gelang ihm trotzdem, ihn aufzubrechen, einzusteigen und eine der Tonflaschen aus dem Regal zu stehlen. Den Verschlag wieder notdürftig verrammelt, und schon war Endres wieder weg. Keine fünf Minuten hatte die ganze Sache gedauert.

Im Lager kauerten unweit Georgs Zelt ein paar Gestalten, dick in ihre Umhänge gewickelt, um ein großes Lagerfeuer. »Ist der Eger Georg nicht hier?«, rief er launig in die Runde.

»Wer will das wissen?«, fragte einer der Kriegsleute.

»Ich bin der Kaspar«, log Endres. »Wir haben uns letzte Nacht im Frauenhaus angefreundet. Seid ihr seine Kameraden? Gehört ihr alle zu seiner Lanze?«

»Nur wir zwei«, brummte einer der Männer und deutete auf sich und seinen Nachbarn.

Er setzte sich zu den beiden und zog die Flasche hervor. »Na, dann trinken halt wir zusammen. Die Kameraden vom Georg sind auch meine Kameraden.« Die Rechnung ging auf, der Schnaps machte die mürrischen Männer zugänglich. Endres plauderte bangloses Zeug und tat beeindruckt, als sie mit ihren Soldatengeschichten auftrumpften. Er wartete ab, bis der Schnaps die Zungen gelockert hatte. Als einer prahlte, wie sie bei jeder Gelegenheit das Land des württembergischen Herzogs verwüstet hatten, hakte Endres ein: »Ihr habt ja auch schon fette Beute gemacht, hat mir der Georg erzählt.«

Die beiden warfen sich einen kurzen misstrauischen Blick zu, doch Endres bewies ihnen, dass er eingeweiht war: »Na, er hat das Zeug doch in welsche Dukaten eingetauscht, hat er mir erzählt.«

»Ja, das stimmt«, sagte einer, »er hat mir eine venezianische Münze gezeigt.« Das bewies in den Augen der Soldaten, dass Endres tatsächlich Georgs Vertrauter war.

»Und, wart ihr auch dabei? Erzählt halt.«

»Wir lagerten beim Marsch auf Ulm in der Gegend von Schwäbisch Gmünd, weil wir noch auf das Rothenburger Kontingent warteten«, erklärte einer der Nördlinger. »Ein paar Leute kamen auf die Idee, die Zeit zu nutzen und beim Württemberger Herzog Beute zu machen. Die Hauptleute hatten nichts dagegen. Endres schloss sich einem Häuflein von Nürnbergern an, die ein gutes Stück weit ins Land ziehen wollten.«

»Sein Glück«, murrte einer.

»Wieso, seid ihr nicht mit denen mit?«

»Wir sind mit ein paar anderen geritten«, zischte der eine und man hörte deutlich, dass es ihn fuchste. »Die haben behauptet, in ein paar Dörfern in der Nähe gäbe es etwas zu holen.«

»Gab es aber nicht, was?«

Der andere schüttelte den Kopf. »Wir dachten, im Meierbauernhof vom ersten Ort fänden sich außer den Notvorräten fürs ganze Dorf noch ein Haufen Münzen. Das war aber nichts, da hatten sich ein paar Bauern mit Sensen und Dreschflegeln verschanzt. Bis wir endlich anderswo nach Beute gesucht haben, hatte der Rest unseres Haufens das Dorf schon geplündert.«

»Dann seid ihr leer ausgegangen?«

»Ein paar Schinken und Getreidesäcke kriegten wir ab. Die Schinken haben wir gefressen und die Säcke an die Marketender verkauft. Hat nicht genug gebracht, um es mit den Weibern zu verprassen, so wie der Georg und die andern.«

»So ein Pech. Ja, wo haben die anderen denn so viel wertvolle Beute machen können?«

»Das sagen sie ums Verrecken nicht. Haben Angst, dass man sie verfolgt.«

»Und jetzt bringen sie ihre Beute durch? Georg hat mir gesagt, er hat seinen Teil in Augsburg deponiert. Bei einem – wie hieß der noch mal gleich?« Endres musterte die beiden mit einem verstohlenen Seitenblick. Aber sie sahen erst sich, dann ihn ratlos an. Sie wussten nichts. Da auch die Schnapsflasche leer war, verabschiedete er sich und ging zurück in die Stadt.

»Wie nennt man das Zeug?«, kicherte Barbara.

»Malvesier.«

»Das kitzelt.«

»Na, dann trinke ich es lieber da raus.«

»Jetzt kitzelt es noch viel mehr!«, schrie Barbara und strampelte, als Georg den Wein aus ihrem Bauchnabel saugte und leckte.

Barbara nippte an dem Becher, ließ den selten intensiven Geschmack über die Zunge gleiten und schloss die Augen, als er sich über ihren ganzen Gaumen ausbreitete.

»Ich glaube, wenn ich Magd geblieben wäre, hätte ich nicht einmal geahnt, dass es so etwas überhaupt gibt.«

»Viele schöne Dinge sind nicht für dich und mich bestimmt«, sagte Georg. Er richtete sich auf, kroch über sie, wie ein Raubtier über seine Beute: »Aber ich will sie mir holen, eins nach dem anderen. Für mich und für dich.« Er versank in ihren Augen und hatte wieder das Gefühl, ein Teil von sich selbst sähe ihn da an, so verbunden fühlte er sich schon mit ihr. »Weil du so bist wie ich. Du wolltest auch keine Magd mehr sein, und jetzt schläfst du in Daunen, säufst den feinsten Wein und hast schöne, saubere Kleider an. Warum soll es nicht so weitergehen? Goldschmuck, Perlen, Edelsteine? Ein schönes Haus mit mehreren Zimmern? Kinder, die lesen und schreiben können und einmal Advokaten oder Kaufleute werden?«

»Meinst du, für all das reicht dein Schatz?«, fragte Barbara leicht zweifelnd.

»Auf den Schatz kommt es doch gar nicht an«, entgegnete Georg. Jetzt verfinsterte sich sein Gesicht. Er wurde wieder der andere, den Barbara gar nicht recht mochte. Obwohl der es war, der sich den Weg zu ihr und dem schönen Leben gebahnt hatte. Der sich ruchlos nahm, was er kriegen konnte.

»Ob man Wolf ist oder Schaf, darauf kommt's an«, knurrte er. »Mein Lanzenherr hat mich unter den ganzen Färbergesellen ausgewählt, weil an mir etwas ist, das ihm sagte: ›Den kannst du als Kriegsknecht gebrauchen.‹ Und als es drum ging, Beute zu machen, habe ich mich nicht nur ins nächste Dorf getraut, um mit einem Sack voll Hafer zurückzukommen. Ich habe mich denen angeschlossen, die einen halben Tagesritt weit ins Feindesland eindrangen und dafür mit Gold belohnt wurden. Das hättest du auch getan. Und deshalb hat uns das Schicksal zusammen geführt. Wolf zu Wolf, Schaf zu Schaf.«

Barbara sinnierte, ob sie das wirklich getan hätte. »Ja«, sagte sie sich. »Vor zwei Monaten vielleicht noch nicht, aber hätte ich heute die Wahl – ja, lieber eine Wölfin als ein Schaf, dem man das Fell über die Ohren zieht.« Sie trank von ihrem Malvesier, diesmal einen größeren Schluck.

»Und wenn ich zurück bin, geht's weiter«, fuhr Georg fort. »Bald werde ich Meister. Aber bestimmt nicht so einer wie meiner, der tagaus, tagein schuftet und seine Familie gerade einigermaßen durchbringt.«

»Was für einer willst du denn werden?«

»Einer, der selber Tuche bei den Webern aufkauft, sie dann von so armen Meisterlein wie meinem färben lässt und in großen Mengen damit weithin Handel treibt. Der sich den großen Gewinn gönnt und den anderen die Arbeit. Ach, was weiß ich, vielleicht spare ich mir sogar das ärmliche Gesellenleben bis dahin und steige gleich als Kaufherr ein. Wenn ich auf dem Feldzug noch einmal richtig Beute mache, habe ich genug Anfangskapital.«

Unbeabsichtigt hatte er die Stimmung getrübt. Denn mit dem Malvesier, den er von einer Marketenderin gekauft hatte, feierten Georg und Barbara ihren Abschied. Am nächsten Tag musste er weiter ziehen. Regensburg war das Ziel. Die Umgebung der Stadt war dermaßen von bayerischen Truppen heimgesucht, dass es kaum einem Wagenzug mehr gelang, unbehelligt durchzukommen.

Kaufmannszüge – das roch nach Beute, zumindest nach fetten Belohnungen für bewaffnetes Geleit oder Befreiung aus den Fängen der Bayern.

Endres fühlte sich unwohl zwischen den mächtigen steinernen Häusern in der Reichsstraße, der altehrwürdigen einstigen römischen Hauptstraße. Sein Revier waren die engen, finsteren Gassen, wo sich alle paar Schritte ein Schlupfloch fand oder die Tür zu einer Kaschemme, in der er unter Seinesgleichen war. Aber auf dieser breiten Straße schienen überall Augen zu lauern, vor denen er sich nicht verbergen konnte. Zu viele dieser Augen gehörten Männern in feinen Tuchen, Pelzen und Lederschuhen, die schon an seinem Äußeren erkannten, dass er Zweifelhaftes im Schilde führte. Dieses Gefühl steigerte sich, als er in die Stube des Münzschlägers und Geldwechslers unweit der Stadtmetzge trat. Dieser musterte Endres von oben bis unten und zurück, als hätte er nach vierzig Jahren die Pest wieder in Augsburg eingeschleppt. »Wer bist du?«, fragte er feindselig.

»Endres Hofstetter. Ich habe nur eine Frage an Euch. Ich erstand bei den Soldaten günstig zwei Klepper und jetzt bietet mir ein Bauer einen venezianischen Ducato dafür. Ich weiß gar nicht, was das wert ist. Haltet Ihr das für einen angemessenen Preis?«

»Einen Dukaten? Von einem Bauern?« Der Münzwechsler bestand bis zur letzten Faser seines Körpers aus Misstrauen. »Wie kommt der denn zu so was?«

»Na, das wisst Ihr ja vielleicht eher als ich.« Endres hatte es wieder raffiniert angestellt: Das war genau die Frage, die ihn interessierte, gestellt hatte sie aber der Andere.

»So eine Münze kommt am ehesten über einen Fernhandelskaufmann nach Augsburg. Aber dann landet sie gleich bei mir oder einem der anderen Wechsler, nicht bei einem Bauern. In der Stadt pflegt man seine Geschäfte in Landeswährung zu begleichen.«

»Jetzt im Winter ziehen doch keine Kaufleute über die Alpen, oder?«

»Normalerweise nicht. Aber vor kurzem ist ein Kaufmannszug von Hans Gossembrot aus der Zollstation Mittenwald angekommen. Er hat wohl Handel mit welschen Kaufleuten getrieben, die dort Lagerhäuser haben. Kann schon sein, dass er deren Geld mitbrachte.«

»Dann kann ich den Handel mit dem Ducato eingehen?«

»Ich denke, die Münze ist ein guter Gegenwert für deine Klepper«, sagte der Wechsler herablassend.

Endres verabschiedete sich eilig. Jetzt, wo er sich schon in der Welt dieser überheblichen Pfeffersäcke befand, konnte er auch gleich den nächsten unangenehmen Gang antreten. Das Kontor der Gossembrots befand sich nicht weit entfernt. Hier war es noch schlimmer als bei dem Münzwechsler: gleich sechs Leute starrten ihn von Stehpulten, Stapeln von Fässern, Kisten und Säcken, Regalen mit Pergament- und Papierrollen aus an. Ein Mann mit blassem Gesicht und großer Nase, die er so hoch trug, dass man die Haare darin sehen konnte, trat auf den Eindringling zu. Er war bestimmt jünger als Endres, trug aber Kleider aus feinem Barchent. Er verneigte sich mit einem »Zu Diensten?« und warf dabei einem anderen Schnösel am Schreibpult einen Blick zu, worauf dieser hinter vorgehaltener Hand zu lachen anfing.

»Ich habe von Soldaten ein wertvolles Silbergeschirr aus ihrer Beute erstanden und wollte fragen, ob ich es hier versetzen kann«, kam Endres direkt zur Sache, um die peinliche Situation abzukürzen.

Der junge Kaufmann rümpfte seine große Nase. »Wir sind keine Pfandleiher«, erklärte er, fast schon entrüstet.

»Ihr kauft nicht wertvolle Teile auf, oder nehmt sie gegen Gebühr in Verwahrung?«

»Nein, wahrhaftig nicht.« Der andere junge Kaufmann lachte unverhohlen hinter seinem Stehpult.

Endres fiel es sehr schwer, seine Spurensuche fortzusetzen. Aber er wusste, dass er hier kein zweites Mal herkommen konnte, er musste den Augenblick nutzen. »Seltsam«, spielte er nun seine Komödie und kratzte sich am Kopf. »Ein anderer Soldat hatte mir gesagt, er hätte hier einen Kelch für einen welschen Dukaten verkauft.«

»Ich sagte schon, das ist ausgeschlossen.«

»Ihr seid gar nicht im Besitz solcher Münzen?« Das war wieder eine typische Raffinesse von Endres. Hier stank es vor Einbildung und die Unterstellung, man besäße etwas nicht, forderte förmlich heraus, gegen jede Vorsicht das Gegenteil zu beweisen. »Wir besitzen durchaus venezianische Dukaten. Aber ich kann mir nicht vorstellen, wie sie in den Besitz von Kriegsvolk gelangt sein sollen.«

»Ausgeplündert wurden wir in den letzten Tagen jedenfalls nicht«, prustete der am Schreibpult und einer hinten im Lager stimmte in das Lachen mit ein.

Endres verabschiedete sich mit einem kurzen Nicken und floh förmlich. Noch vor der Tür hörte er das Lachen, in das jetzt alle Knechte mit einstimmten. Er brachte, als wäre er auf der Flucht, rasch einige Seitengassen zwischen sich und die Kaufleute, setzte sich unter das Dächlein der Pforte bei der St. Anna-Kirche, wo es frei von Schnee war, und dachte nach. Die Spur der Münze führte auf jeden Fall zu den Gossembrot-Kaufleuten. Die waren im Besitz von Ducatos. Und im Augenblick gab es kaum eine andere Quelle dafür. Erstens war nur ihr Zug in letzter Zeit von Geschäften mit Italienern zurückgekommen. Zweitens hatte der Münzhändler angedeutet, dass man damit eher keinen direkten Handel in der Stadt trieb, sondern die Münze in Landeswährung umwechselte. Wie war der Ducato also vom Kaufmannskontor in Georgs Hände gelangt? Es musste noch einen Zwischenhändler geben. Der machte mit den Gossembrots Geschäfte, handelte daneben aber auch noch mit Hehler- und Beuteware. Er hatte Georg mit dem welschen Geld bezahlt, weil er wahrscheinlich gerade kein anderes im Haus hatte. Ja, so musste es gewesen sein.

Aber wie sollte Endres die Spur zu dem Zwischenhändler finden?

Im Frauenhaus war man über die Lage so gut im Bilde wie in einem Feldherrenzelt. Es waren zwar noch keine Soldaten aus Regensburg zurückgekommen, aber der Stadtschreiber und der Ratsdiener, gelegentliche Kunden des Hauses, brachten Neuigkeiten von allen möglichen Boten mit. So sei der Feldzug der Reichsstädte glücklich verlaufen und das Heer habe die ständigen Überfälle der Bayerischen auf Kaufmannszüge und reisende Regensburger Bürger unterbinden können. Eine Schlacht im eigentlichen Sinn habe es nicht gegeben, wohl aber zahlreiche kleinere Geplänkel. Das Städteheer sei nun in Richtung Norden durch Franken abgezogen. Barbara war enttäuscht, denn das Heer entfernte sich und Georg mit ihm. So bald würde sie ihn wohl nicht wieder sehen. Besorgt fragte sie nach, ob man etwas von Verlusten wisse. Niemand konnte Einzelheiten vermelden.

Zwei Tage später sah es wieder ganz anders aus. Es hatte schon seit Tagen so heftig geschneit wie seit zwanzig Jahren nicht mehr. Ein Händler, auf der Durchreise hängen geblieben, weil es auf den Straßen kein Durchkommen mehr gab, erzählte, dem Städteheer sei es wohl nicht anders ergangen als ihm: es sei mitsamt dem Tross in Bergen von Schnee stecken geblieben. Die Armee habe sich aufgelöst und jeder Trupp schlage sich nun nach Hause durch. Barbaras Herz schlug höher. »Georg wird sich direkt auf den Weg zu mir machen«, sagte sie sich.

Weitere drei Tage später erhielt die Hoffnung neue Nahrung: Auf dem Markt erfuhr Barbara, dass das Kontingent aus Haunstetten, das mit dem städtischen Heer gezogen war, bald zurückkommen sollte. »Vielleicht hat sich Georg denen ja angeschlossen und ist morgen oder übermorgen hier!«, sagte sie zu Kathrin und fiel ihr vor Freude um den Hals.

Am Abend hoffte sie jedoch gar nicht mehr, dass Georg bei den Heimkehrern war. Der betrunkene Ratsdiener plauderte nämlich aus, die Stadt wolle die Gunst der Stunde nutzen, den heimkehrenden Soldaten eine größere Zahl Bewaffneter als Verstärkung entgegen schicken und bei den Bayern einfallen. Barbara fürchtete, dass man Georg, sollte er sich dem Haunstetter Haufen angeschlossen haben, gleich mit in den Krieg schicken werde.

Am nächsten Morgen fand sie bewiesen, dass der Ratsdiener die Wahrheit gesprochen hatte. Wie fast immer legte sie die Wege ihrer Einkäufe so, dass sie bei der Fronwaage an der Reichsstraße vorbei kam. Dort war immer etwas los, meistens lauerte sie mit anderen Schaulustigen auf einen Streit zwischen Wiegemeister und Kaufleuten, die behaupteten, dass ihre Waren viel schwerer sein müssten als der Meister angab oder dass er den Fässern, Kisten oder Körben zu viel Gewicht beimesse. Hier wurde viel getratscht und oft blieben Nachrichten aus dem nahen Rathaus hängen. Noch bevor Barbara die Ohren aufsperren konnte, sah sie, dass sich auf dem Fischmarkt nebenan ein größerer Haufen einfacher Krieger mit Spießen und Hellebarden versammelte. Ein weiterer Haufen ebenfalls mit Spießen bewaffneter Bauern unter den rauen Kommandos eines Offiziers in Helm und Harnisch schloss sich der Truppe gerade an. Sie machte dem Offizier schöne Augen, die uralte Rechnung ging wieder auf und er lohnte die Schmeicheleien mit Neuigkeiten: »Nach Möringen*

---
* Mering

geht's, das Schloss mitsamt dem Dorf werden wir nehmen und plündern«, lachte er grob. Auf dem Heimweg hörte sie schon von weitem lautes Hufgetrappel und sie musste einem Haufen von mindestens vierzig Berittenen Platz machen, vorne weg schwer gerüstete Lanzenträger.

Die Männer gebärdeten sich allesamt ausgelassen und übermütig wie auf einem großen Fest – und nichts anderes war der bevorstehende Kriegszug für sie. Doch Barbara runzelte sorgenvoll die Stirn. Bisher war auch für sie der Krieg ein einziges Fest gewesen, auf dem siegesgewiss feiernde Soldaten mit Münzen nur so um sich warfen. Das große Abenteuer hatte ihr viel Geld sowie einen stattlichen Verlobten gebracht und dem wiederum einen Beuteschatz. Doch jetzt umfing sie Ungewissheit.

In der übernächsten Nacht polterten gleich drei übermütige junge Kriegsleute zum Frauenhaus herein – ein Wollfilzmacher und zwei Schustergesellen, die immer noch Schwert, Helm und Harnisch angelegt hatten, um die Weibsleute zu beeindrucken. Es schien ihnen schwer zu fallen, die Haut der gefürchteten, lebenslustigen Soldaten abzulegen und wieder in ihre Rolle als gewöhnliche Gesellen zu schlüpfen, die der Meister nach Lust und Laune durchprügeln konnte. Einer von ihnen fiel Barbara in den Schoß; doch es war ein anderer, der lauthals mit dem Weinbecher in der Hand schwadronierte und die ganze Gesellschaft aufs Beste mit der Geschichte um die Eroberung der Burg von Möringen unterhielt:

»Ihr müsst wissen, dass der Burgpfleger zeitig Kunde von unserem Zug bekommen hat«, begann der Spießgeselle. »Vierzig oder fünfzig Reiter seien zu erwarten, hat man ihm zugetragen.«

»Aber ihr wart doch viel mehr!«, rief ein Zuhörer dazwischen.

»Richtig – der Zuträger war ja auch keiner von seinen, sondern einer von unseren Leuten!« Alle Gäste lachten schallend und erhoben die Becher.

»Der Pfleger von Möringen, schlau wie er war, wollte mit hundertfünfzig Reiter und einem Haufen Bauern unsere fünfzig Hanseln niedermachen. Augsburg hat aber in Wirklichkeit ein Viertel der Stadt aufgeboten, also gut tausend Mann, dazu noch zweihundert Reiter. Der Pfleger hatte sich mit seinen Leuten in Prittriching auf die Lauer gelegt, um uns abzufangen. Die Burg ließ er fast ohne Mannschaft.« Wieder erschallten Gelächter und Beifall für den Erzähler. »Wie er gewahr wurde, dass wir mit einer ganzen Armee aufgezogen sind, ist er natürlich in seinem Dorf festgesessen. Ein Ausfall wäre glatter Selbstmord gewesen. Na, und wir standen vor der leeren Burg. Wenigstens die Zugbrücke hatten sie hochgezogen.«

»Wie seid ihr denn über den Graben gekommen? Der ist doch ziemlich breit.«

»Ha, unsere Handwerker haben leere Weinfässer – davon hatten wir genug, das könnt ihr mir glauben – mit Brettern zusammengenagelt und so eine Schwimmbrücke gebaut. Da sind wir drüber und mit einer Leiter den Turm hinauf bis zur Brüstung. Ein Zimmermann war der erste auf der Leiter.«

»Was hat er gemacht?«

»An die Tür geklopft.«

»Angeklopft? Sag jetzt nicht, dass einer aufgemacht hat!«

»Doch, ein Bauer, den sie zurückgelassen hatten, sah nach, wer wohl da war.« Die ganze Stube dröhnte vor Gelächter. »Der Zimmermann hat ihn zur Begrüßung gleich mit dem Spieß durchbohrt. Noch ein anderer Bauer war in der Burg, den haben wir erschlagen.«

Bei diesen Worten zog sich ein eiserner Reif um Barbaras Brust. Was, wenn Georg in solch eine Situation, einen Hinterhalt, einen verlorenen Zweikampf geraten oder ihm andere Unbill widerfahren war?

Der Soldat hob jetzt den Zeigefinger: »Aber der Frau des Pflegers mit ihrem Gesinde haben wir kein Haar gekrümmt. Die durften all ihre Kleider, ihren Schmuck und was sie so besaßen, zusammenraffen und die Burg unbehelligt verlassen.«

»Was habt ihr dann gemacht?«

»Na, die Burg geplündert und niedergebrannt. Das Dorf natürlich genauso. Hat gar nicht alles auf die Karren gepasst, was wir erbeuteten. Einen ganzen Speicher voll Korn zündeten wir an, weil wir es nicht mitschleifen konnten.«

Jetzt erst mischte sich einer der beiden Anderen ein: »Für uns sind immerhin drei Kühe und ein Pferd abgefallen. Die haben wir gleich im nächsten Dorf versilbert und jetzt verjubeln wir alles hier!«

Das erinnerte Barbara nun endgültig wieder an ihren Geliebten und seine Beute. Der letzte Rest guter Laune war weg. Der Kerl, der sich ihrer für Geld bemächtigte, merkte das gar nicht. Er hatte seinen Spaß im Schankraum und später in der Kammer mit Barbara.

In den schlaflosen Morgenstunden der nächsten Tage und der eintönigen Zeit an der Spindel ließen Barbara die Grübeleien keine Ruhe mehr: Was, wenn Georg ihr gar nicht so gut gesonnen war, wie sie glaubte? Immerhin war er ein Räuber, der rücksichtslos seinen Vorteil gesucht hatte. Warum sollte ausgerechnet er der erste gute Mann sein, der in ihr Leben trat? Warum sollte er ihr nicht etwas vorgemacht haben, nur um etwas weniger dafür bezahlen zu müssen, dass er sie bespringen durfte? Warum sollte Barbara nicht immer wieder bei der Art von Kerlen landen, die sie nur ausnutzten, so wie Endres? An einigen der Hübscherinnen war ihr schon aufgefallen, dass sie, fast schon einer Vorsehung gleich, immer wieder an die gleiche Sorte von Kerlen geraten waren: Adelheid war immer wieder von ihren Männern geschlagen worden, bis sie hier im Frauenhaus Zuflucht fand. Bei Ursel waren es immer wieder Streithähne, die sich böse um sie geprügelt hatten, bis sie entsetzt geflohen war. Waren für Barbara die windigen Herzensbrecher und Betrüger bestimmt?

VIERTES KAPITEL

Auf Schatzsuche

Die Gewissheit um Georgs Schicksal kam zu ihr in Gestalt eines Mannes mit Schwert und Kettenhemd. Er hieß Hans, stammte aus Nürnberg und hatte sich auf dem Feldzug mit Georg angefreundet. Barbara wurde zu ihm gerufen. Schon ganz oben auf der Treppe spürte sie, dass großes Unglück ausging von dem jungen Mann, der sich kaum einen Schritt weit in die große Stube wagte und mit gesenktem Haupt dastand. Sie bot ihm einen Platz an und blickte in ein aschfahles Gesicht mit schwarz umrandeten Augen, während sich die ihren mit Tränen füllten.

»Du bringst Nachricht von Georg?«, sagte sie. Er nickte, dann griff er in einen Beutel und entnahm daraus einige Gegenstände, die er mit zittrigen Händen auf den Tisch legte: Ein hölzernes Kruzifix, einige Groschen und Pfennige, den Lederriemen mit dem zerbrochenen Medaillon, welches einen halben Kopf abbildete und das Georg immer um den Hals getragen hatte. Stumm nahm Barbara es in die Hand, drehte und wendete es, als ob sie eine letzte Nachricht daraus ablesen konnte.

»Wie ist es passiert?«, fragte sie und konnte das Schluchzen nun nicht mehr unterdrücken.

»Kaufleute kamen in unser Lager und jammerten, ihr Zug nach Regensburg sei von Bayerischen überfallen und die Wagen weggenommen worden«, presste Hans hervor. »Einige Fähnlein, darunter das von Georg, wurden ausgewählt, sie zu verfolgen. Keiner weiß, ob es eine Falle oder ein Zufall war, aber ein versprengter Trupp hat sie von hinten und in der Flanke überrascht. Es war wohl ein Reiter mit einem Schwert, hat mir einer aus dem Nördlinger Haufen erzählt.« Ein unwillkürlicher Griff zwischen Hals und Schulter verriet, wo das Schwert Georg getroffen hatte.

»Hat er leiden müssen?«

Hans schüttelte den Kopf. »Nein, es ging ganz schnell.« Barbara sah ihn forschend an. Sie versuchte, ihm zu glauben.

»Ist er christlich begraben?«

»Ja, auf einem Dorffriedhof. Ich habe selber geholfen, ihn zu beerdigen.« ›Ihn beerdigen‹ sollte sich bewusst so anhören, als ruhe Georg in seinem eigenen Grab. Hans hoffte, sie würde nicht nachfragen. Er hatte ihn zu anderen Leichen in eine Grube werfen müssen.

Barbara bot ihm eine Brotzeit an. Als müssten beide beweisen, dass das Leben weiter ging, fingen sie eine weitgehend zwanglose Unterhaltung an. Hans schilderte, wie Georg ihm immer wieder von Barbara erzählt hatte.

Erst jetzt, als sie beide die Trauer unterdrückten, kam Barbara die Beute in den Sinn, die in der Stadt versteckt sein musste. Sie hätte deren Zehnfaches darum gegeben, Georg wieder in den Armen halten zu können. Aber da sich das Schicksal nicht ändern ließ, war der Schatz nun wohl ihr Erbe. »Hat er noch irgendetwas gesagt für den Fall, dass wir uns nicht wieder sehen können?« Sie bemühte sich, nicht pietätlos oder gar gierig zu wirken.

»Nein, über so was haben wir kaum geredet«, sagte Hans. »Der Georg hatte keine Sorge, dass ihm etwas passierte. Er gehörte ja gar nicht zur kämpfenden Truppe, war nur Waffenträger seines Herrn. Der hat übrigens überlebt.«

Hans hatte offenbar keine Ahnung von der Kriegsbeute. Wirklich nicht? Was machte er überhaupt hier in Augsburg, wo er doch aus Nürnberg stammte? Barbara sah ihn an, dachte sich die Spuren der Strapazen weg. Er hatte ein großes, rundes, offenes Gesicht, mit einer Knollennase darin, die zwar nicht hübsch war, aber eine gewisse Gutmütigkeit ausstrahlte. Die wässrigblauen kleinen Augen blickten treuherzig drein und mochten gar nicht so recht zu einem Bewaffneten passen.

Trotzdem forschte Barbara nach: »Und du bist extra nach Augsburg gekommen, um mir die Habseligkeiten von Georg zu bringen?«

»Nein, nein.« Hans schüttelte den Kopf. »Die Augsburger waren schon abgezogen, als ich das mit Georgs Beerdigung erledigt hatte. Bis ich überhaupt zum Nachdenken kam, was aus den Habseligkeiten werden sollte, war ich schon mit ein paar Kameraden auf dem Rückweg nach Nürnberg. Da kam uns ein Kaufmannswagen entgegen. Der Händler hatte eine eilige Lieferung nach Büren und wurde sehr besorgt, als er hörte, dass ein bayerisches Heer im Süden sein Unwesen treibt. Er bot uns an, ihm für ordentliches Geld und gute Verpflegung Geleitschutz zu geben, und wir schlugen ein.«

»Seid ihr glücklich durchgekommen?«, fragte Barbara.

»Ja, der Kaufmann hätte sich das Geld sparen können. Aber so bekam ich Gelegenheit, meinen Auftrag bei dir auch gleich zu erfüllen.«

Nachdem sich Hans verabschiedet hatte, machte sich Barbara sofort auf den Weg zum Dom, um Georg eine Kerze anzuzünden und für seine Seele zu beten.

Eine knappe Woche später drang der Gedanke an den Schatz wieder voll in Barbaras Bewusstsein – Endres fing sie auf dem morgendlichen Gang zum Brotmarkt ab. Natürlich tat er, als wäre es Zufall. Er sprach ihr zu Georgs Tod, von dem er gehört hatte, sein Beileid aus. Wie beiläufig fügte er hinzu: »Sagtest du nicht, er hat hier in Augsburg ein großes Vermögen? Ist das jetzt deine Hinterlassenschaft?«

Barbara brachte in ihrer Trauer nicht die Kraft auf, sich über Endres aufzuregen. Sie nickte nur stumm.

»Hast du's schon abgeholt?«

»Was weißt du schon von meinem Erbe!«, sagte sie irritiert.

»Was weißt du denn davon?«, konterte er. Sie schwieg, schüttelte unmerklich den Kopf. »Du kommst nicht ran, weil du keine Ahnung hast, wie, stimmt's?«, wurde Endres jetzt direkt.

Es war ihm gelungen, Barbaras Interesse zu wecken. So gut kannte sie ihn mittlerweile, dass sie ihm zutraute, die Beutestücke aufzustöbern. »Ich helfe dir, es zu finden«, sprach er es in der entwaffnenden Offenheit aus, die typisch für ihn war.

»Du hast ja selber keine Ahnung, wo du suchen sollst«, murrte Barbara. Sie wollte es nicht zulassen, aber in ihr regte sich Neugier.

»Täusch dich da nicht«, grinste Endres. »Ich hab was herausgefunden, als Georg noch in der Stadt war.«

Barbara entglitten die Gesichtszüge, Mund und Augen standen ihr weit offen. »Was? Du hast ihm nachspioniert? Ja, du … «

»Bevor du mir wieder Tiernamen gibst, solltest du nachdenken«, fiel er ihr ins Wort. »Du kannst froh drum sein. Sonst stündest du jetzt mit leeren Händen da und irgendein Hehler könnte sich die seinen reiben über den unverhofften Reichtum.«

»Du sagst ›irgendein‹ Hehler. Also weißt du auch nicht, wer die Sachen hat«, schloss Barbara messerscharf.

»Sagen wir, ich habe die halbe Spur«, grinste Endres. »Wenn wir zusammenlegen, kommt vielleicht eine ganze raus.«

»Und dann?«

»Na, dann holen wir die Beute in Georgs Namen.«

»Und teilen sie, was?«

»Natürlich, was denkst du denn? Halbe Spur, halbe Beute.«

Barbara verzog mürrisch das Gesicht. Nicht etwa, weil Endres die Hälfte haben wollte. Sondern weil er Recht hatte, denn ohne ihn würde sie nie an ihr Erbe kommen. »Also gut«, willigte sie ein. »Aber nur, wenn du mir als erstes sagst, was du weißt.«

»Wollen wir nicht in eine Schänke gehen, um alles in Ruhe zu besprechen?«, meinte er. Ja, das war Barbara auch lieber, als sich mit dem Tunichtgut länger auf offener Straße zu zeigen.

Beim Bier rückte er nur scheibchenweise mit seinem Wissen heraus. Zuerst erzählte er von den welschen Münzen, mit denen Georg bezahlt hatte. Auf Barbaras Vorhaltung, dass das ja wohl nicht alles sein konnte, fügte er hinzu, dass das Geld von einem Fernhandelskaufmann stammen musste. Das war Barbara wieder zu wenig, schließlich gäbe es ja etliche davon in Augsburg. Also musste er damit auftrumpfen, dass es der Gossembrot war und dass er selbst schon in seinem Haus Nachforschungen angestellt hatte.

»Na ja, und?«, zeigte sich Barbara zwar ein wenig beeindruckt, aber nicht gerade überwältigt.

»Also Barbara, was willst du eigentlich?«, fuhr Endres jetzt auf. »Der Schatz liegt bei einem, der Geschäfte mit den Gossembrots macht, das habe ich immerhin herausgefunden.« Als er »Schatz« sagte, drehte sich am Nachbartisch ein Mann mit Vollbart und wirrem, fettigem Haar um. Endres senkte seine Stimme: »Damit sind wir doch schon fast am Ziel. Kannst du zum letzten Schritt vielleicht was beitragen?«

»Nein«, musste sie kleinlaut zugeben.

»Na, komm schon. Ihr habt euch doch nächtelang ... ich meine, ihr habt doch einiges darüber geredet, oder?«

Barbara schossen bei der Erinnerung an die wenigen glückseligen Stunden, die ihr mit Georg vergönnt gewesen waren, die Tränen in die Augen. Georg hatte, trunken vom Wein, mehr über den Verbleib der Beute geredet, als er wollte. Dann kam ihr der entscheidende Satz in den Sinn: »›Einem Christen hätte ich das nicht anvertrauen können‹, hat Georg gesagt. Seltsam, nicht? Was soll man denn damit anfangen?«

Endres starrte ins Feuer der Esse, das einen Suppenkessel erhitzte. Er ahnte, dass in dem Satz viel steckte und weidete die Worte aus. »Was kann man denn einem Christen nicht geben?«, dachte er laut. »Was ist für Christen so abstoßend?«

»Irgendetwas, das mit Hexerei und Aberglaube zu tun hat«, gab Barbara eine mögliche Erklärung.

»Magisches Zeug als Kriegsbeute? Ein altes Zauberbuch oder so etwas vielleicht?« Endres schüttelte den Kopf. »Nein, das passt nicht zusammen. So etwas findet man nicht, wenn man von einem Heerzug kurz ausschert und ein bisschen plündert.« Er starrte in die Flammen und suchte nach der Bedeutung der Worte – fast wie einer der Seher tausend Jahre zuvor im römischen Augusta Vindelicorum. »Nein, wir müssen das Gegenteil fragen: Was ist einem Christen heilig? So heilig, dass er um sein Seelenheil fürchtet, nähme er es als Hehlerware an?«

»Na, eine Menge: Reliquien, die Heilige Schrift, die Hostie, der Messwein.«

»Und wo finden wir das alles?«

»In Kirchen. Ah, du meinst, er hat eine Kirche geplündert?«

»Das wäre doch am ehesten vorstellbar. Kirchen findest du überall. Und arme Kirchen schon lange nicht mehr.«

Barbara bekreuzigte sich. »Das wäre ja eine Todsünde. Ob Georg dafür in die Hölle kommt?«

Endres zuckte mit den Schultern. »Das entscheidet der Allmächtige«, sagte er. Bevor Barbara aus Angst vor der Todsünde einen Rückzieher machte, fügte er hinzu: »Wir stehlen es ja nicht, wir holen es nur aus der Verwahrung.«

»Müssten wir es nicht der Kirche zurückgeben?«

»Das kannst du mit deinem Anteil gerne machen.«

Barbara zweifelte, ob sie dafür fromm genug war. Erst einmal wollte sie den Schatz sehen und in Händen halten.

»Ich glaube, Georgs Worte sagen uns noch mehr«, fuhr Endres fort. »›Einem Christen kann man es nicht anvertrauen.‹ Wem dann?«

»Einem Juden!«, schoss es aus Barbara so laut heraus, dass sich der Bärtige vom Nebentisch schon wieder umdrehte. Er war ein gutes Stück näher gerückt.

»Das würde schon wieder gut passen«, stimmte Endres zu. »Ein Jude, der Geldgeschäfte mit einem Kaufmann macht, ist nichts Ungewöhnliches. Er hat dem Gossembrot wahrscheinlich Geld für Ware vorgestreckt, die er an die welschen Händler weiterverkaufte. Die Schulden wurden dann direkt mit venezianischem Geld zurückbezahlt.«

»Genau da kam Georg mit seiner Kriegsbeute an«, vollendete Barbara das Bild. »Der Jude hat ihm einen Teil abgekauft und in welscher Münze bezahlt, weil er kein anderes Geld da hatte. Oder weil er das ausländische

Geld loswerden wollte, ohne Gebühr fürs Einwechseln zu zahlen.«

»Na, den Juden werden wir doch finden, oder?« Endres hob seinen Becher, aber Barbara stieß nicht mit ihm an.

»Und dann?« sagte Barbara.

»Was, dann? Dann holen wir uns natürlich den Schatz.«

»Genau. Dieser Jude hat uns noch nie gesehen, wir marschieren zu ihm rein und sagen: ›Hallo, wir kannten den Georg und wollen bitte seine Kriegsbeute, aber schnell.‹«

Endres grübelte nach. »So einen Fall muss es doch schon öfters gegeben haben – dass jemand stirbt und ein Fremder sein Erbe in Verwahrung hat. Was macht man denn da?«

»Na, man benennt einen Berechtigten, der es im Notfall ausgehändigt bekommt«, vermutete Barbara.

»Vielleicht hat dein Georg genau das gemacht und dich benannt?«

»Und wenn nicht?«

»Dann sehen wir schon weiter. Notfalls hilft uns vielleicht ein Advokat.«

»Wie sollen wir den denn bezahlen?«, fragte Barbara. Endres sah sie nur lüstern an, klopfte mit der flachen Hand auf die Faust als Zeichen dafür, dass ihn Barbara ja in »Naturalien« entlohnen könne. Er lachte, sie verzog das Gesicht. Endres drehte seinen Becher in der Luft um – nur zwei, drei Tröpfchen liefen heraus. »Gibst du uns noch zwei aus?«

»Was heißt hier ›noch zwei ausgeben‹?«

»Na, in meiner Tasche findet sich grad mal wieder kein Heller«, gab er zu. »Und wir haben es uns doch verdient, oder?«

Barbara bestellte noch zwei Becher Bier. »Pass auf«, sagte ein Engelchen in ihr, »er ist schon wieder dabei, dich um den Finger zu wickeln.« Ein Teufelchen antwortete: »Das möchtest du doch, oder?« Der Engel widersprach, aber diesmal stieß Barbara mit Endres an.

»Jetzt brauchen wir nur noch rauszukriegen, mit welchem Juden der Gossembrot Geschäfte macht«, sagte Endres. »Ich werde mich umhören. Aber du müsstest dich auch drum kümmern.«

»Warum?«

»Barbara, ich habe schon versucht, mich an den einen oder anderen Kaufmann ranzumachen. Aber das ist einfach nicht meine Welt. Allein, wenn ich näher komme, tun sie schon, als wäre ich ein räudiger Hund mit Schaum vor dem Maul.«

»Ich komme schon mit Kaufleuten zusammen«, stimmte Barbara zu. »Aber halt nur mit denen, die uns besuchen.«

»Na, dann musst du dafür sorgen, dass der richtige zu dir kommt.«

»Du meinst, ich soll einen vor dem Kontor vom Gossembrot abpassen?«

»Nein, vor dem Kontor geht das nicht. Auf der Straße auch nicht. Weißt du was? Ich versuche herauszufinden, wer von denen mal in eine Schänke geht, in die unsereins auch hineinkommt. Da kannst du ihn dann als Kunden anlocken. Die werden ja nicht Tag und Nacht nur in ihrer Kaufmannsstube zubringen.«

In diesem Augenblick flog die Tür auf, ein junger Kerl stürzte herein und rief in die Runde: »Die Bayern sind über den Lech gekommen!«

Natürlich wandten sich ihm sofort alle Gäste zu und wollten mehr wissen. »Es ist nicht nur ein kleiner Haufen. Die kommen mit Steinbüchsen, Sturmleitern und Katzen, mit Ross und Wagen! Der Herzog Stephan selber ist dabei und man sagt, auch der Graf von Württemberg.«

Jetzt hörte jeder, dass der Bote Recht hatte: Die Sturmglocke im Jakobertor läutete. Die meisten Gäste zahlten und eilten hinaus, so auch Barbara und Endres. Ihre Wege trennten sich vor der Tür. Endres sagte, er werde sich wieder melden, sobald er ausgekundschaftet habe, wo Barbara einen der Gossembrotschen Leute treffen könnte.

Auf dem Heimweg spürte sie wieder das andere Gesicht des Krieges, jenseits von siegesgewiss feiernden Kriegern in schimmernden Rüstungen: Fast schon in Panik rannte ein Mann an ihr vorbei, der keine Zeit gehabt hatte, sein Panier festzuschnallen, so dass es lose an ihm hing und klapperte. Er trug einen Spieß und hielt die Schaller mit der Hand auf dem Kopf fest. Frauen schrien ängstlich und warfen sich an die Häuserwände, als ein Reiter ohne Rücksicht auf die Leute durch die Gassen preschte und alle mit Schlamm vollspritzte. Mütter riefen ihre Kinder in die Häuser, auf dem Markt sah Barbara, wie sich zwei Frauen um den letzten Laib Brot eines Bäckers stritten.

Wie immer wurde das Frauenhaus des Abends bestens mit Nachricht versorgt: Die Augsburger bräuchten nicht um ihr Leben zu fürchten, erklärte ein gut gekleideter Mann, den Barbara nicht kannte. Die Bayern würden nach Menchingen* ziehen, hätten schon etliche Dörfer beiderseits ihres Weges ausgeplündert und niedergebrannt.

Im Laufe des nächsten Tages kamen nach und nach die schlechten Nachrichten: Die Menchinger hatten sich vergeblich in ihrem Kirchhof verschanzt, eine Übermacht der Bayern war mit Leitern über die Wehrmauer gekommen. Große Kämpfe habe es nicht gegeben, aber auf beiden Seiten seien einige Männer gefallen. Später erfuhr man, dass vier Bauern aus Menchingen und sechzehn der Angreifer ihr Leben gelassen hatten. Der Ort wurde genauso gebrandschatzt wie die Dörfer ringsherum, hieß es weiter. Und gegen Abend war auch die bange Frage beantwortet, was das bayerische Heer wohl als nächstes vorhabe: »Sie ziehen sich zurück!«, rief ein Kurier durch die Gassen. »Sie sind schon wieder über den Lech!«

Die Augsburger fackelten nicht lange und übten Vergeltung, zumal sie schon in Kriegsbereitschaft versetzt waren. Man stellte einen Zug von vierhundert Mann Fußvolk mit einigen Reitern zusammen, zog hinüber ins Bayerische und raubte, was einem in die Hände fiel. Die Bayern hatten natürlich mit so etwas gerechnet und schickten den Augsburger Kriegsleuten von Aichach her eine größere Truppe entgegen. Das bemerkten die Kund-

---

* Schwabmünchen

schafter jedoch rechtzeitig und galoppierten nach Augsburg, um Verstärkung anzufordern. Wieder wurden die Sturmglocken geschlagen und die Augsburger zogen in großer Zahl aus, um dem Fußvolk beizustehen. Abends kehrten alle wohlbehalten heim. Man hatte Röchlingen und Schernegg ausgeplündert und niedergebrannt.

Eines Abends erschien Hans, der Nürnberger Freund Georgs. »Ich bin ein bisschen in Augsburg hängen geblieben«, entschuldigte er sich mit Unschuldsmiene fast schon dafür, dass er immer noch da war. »Hier gibt es zurzeit als Söldner gutes Geld zu verdienen.«

»Musst du denn nicht zurück zu deinem Meister?«, fragte Barbara misstrauisch.

»Ach, da bin ich noch lange genug«, winkte er ab. »Arbeit hat der alle Tage für mich, aber er lohnt sie mir nicht so gut wie der Krieg.« Barbara plauderte noch ein bisschen mit ihm, dann musste sie ihren Geschäften nachgehen. Hans speiste und trank, machte aber keine Anstalten, sich eine der Hübscherinnen zu nehmen, wenn er auch Barbara immer wieder einen begehrlichen Blick zuwarf.

Sie wurde nicht schlau aus ihm.

Gerne ließ sich der Fuhrknecht noch einen Krug hinstellen. Von seinen Erlebnissen in fernen Ländern zu erzählen und dafür noch ein paar Becher Bier spendiert zu bekommen, das war eine doppelte Freude. Der Fremde war ein dankbarer Zuhörer, zeigte sich von jeder Einzelheit ganz begeistert, so dass er immer tiefer in seinen Erinnerungen grub.

»Hast du dann auch was von dem tollen Leben in Venedig gehabt? Haben sie dir genug Geld gegeben, dass du dir Welschwein und dunkelhäutige Weiber leisten konntest?«, fragte Endres, nachdem sie angestoßen und den Schaum abgetrunken hatten.

»Na ja, für die Südländerinnen hat's nicht ganz gereicht«, räumte der Fuhrknecht ein. »Aber gefeiert haben wir schon ganz gut da unten.«

»Haben sie dir welsches Geld als Lohn gegeben?«

»Einen Teil meines Lohnes habe ich unten bekommen, ja.«

»Die Kaufleute brachten doch sicher viel venezianisches Geld mit heim. Kriegt man hier in Augsburg überhaupt was dafür?«

»Soviel ich weiß, bringen sie es zum Geldwechsler. Einen Teil behalten sie wohl immer für den nächsten Kaufmannszug nach Venedig, dann sparen sie die teuren Wechselgebühren.«

»Und direkt machen sie in Augsburg untereinander keine Geschäfte mit dem welschen Geld? Ich habe gehört, die Juden nehmen das ganz gerne an.« Jetzt war Endres, nach langen Umwegen, an dem Punkt angekommen, der ihn wirklich interessierte.

»Von den Geschäften der Kaufleute untereinander weiß ich nichts«, sagte der Fuhrknecht.

»Hast du nicht einmal was zu einem Juden gebracht oder von dort geholt?«

»Nein.«

Mist, wieder keine Spur vom Kaufmann Gossembrot zu einem Juden, mit dem er Geschäfte machte. Dabei war der Fuhrknecht, der den letzten Gossembrot-Zug mitgemacht hatte, Endres als wahrer Glücksgriff erschienen.

Er kam und kam einfach nicht weiter.

Die Tage vergingen und die Natur beantwortete die Fehden der Menschen mit den ersten Scharmützeln, in denen der Frühling die Macht des Winters ins Wanken brachte. Endres fing Barbara wieder einmal vor dem Frauenhaus auf dem Weg zum Markt ab. »Diese Kaufleute leben wirklich in ihrer eigenen Welt«, sagte er resigniert. »Zum Saufen gehen die nur in ihre Kaufmannsstube, in den Rathauskeller oder nach Hause zu anderen Kauf- und Ehrenleuten. Da kommen wir nicht ran.«

»Dafür habe ich eine Möglichkeit gefunden«, sagte Barbara. »In zwei Wochen ist das Schützenfest drunten in der Rosenau. Die anderen Hübscherinnen und ich haben eine Einladung zum Lauf der ›freien Töchter‹ bekommen.«

»An das Schützenfest habe ich auch schon gedacht«, meinte Endres. »Aber kannst du in dem Trubel wirklich einen von den Kaufleuten aushorchen? Außerdem ist es ja noch so lange hin.«

»Was sollen wir tun, wenn sich vorher nichts anderes ergibt?«

Es ergab sich nichts anderes. So warteten die beiden also, bis draußen in der Rosenau eine Stadt aus Zelten mit bunten Zaddeln und Wimpeln, langen Reihen von Bänken und durch Seile abgegrenzte Schießbahnen aus dem Boden wuchs. Spielleute, Tänzer, Possenreißer, Schaufechter, Krafthelden und Puppenspieler hielten Einzug, Stände mit Würfelspiel und Glückstöpfen wurden aufgebaut, exotische Tiere, die man gegen Geld begaffen konnte und prächtige Pferde für das große Rennen wurden herangeführt. In einem bewachten Zelt konnte man die Preise der Wettbewerbe bewundern – goldene und silberne Pokale, kostbare Armbänder, wertvolle Tuche und Kleider und natürlich die goldene Kette für den Schützenkönig.

Das Volk strömte herbei. Zu den Attraktionen, nach denen man sich die Hälse reckte, gehörten auch die Hübscherinnen. Bei all der ehrlosen Arbeit und der Blutsaugerei durch die Wirtin war sich Barbara an solchen Festtagen doch bewusst, wie sehr sie sich des Lebens freute. Nicht nur wegen des Vergnügens, dem sie sich als Dorfmagd niemals so ausgelassen hätte hingeben können. Es war die Bewunderung, ja, die Wertschätzung, die ihr und den anderen Dirnen entgegenschlug. Die Rudolfin hatte ihnen, natürlich gegen Gebühr, feine Kleider ausgeliehen.

So schritt die einstmals ständig mit Kuhscheiße verdreckte Magd nun frisch gebadet in einem gelbgrün schimmernden Surkot einher, einem Kleid aus italienischer Seide. Es war bodenlang, an der Taille eng und unten ausladend geschnitten. Ärmellos gaben die ›Teufelsfenster‹, schon von so mancher Kanzel herab verdammt, unter den Achseln Einblicke auf Lenden und Busenansatz. Da kam es auf das tiefe Dekolleté auch nicht mehr an, das sie frech zeigte, weil sie die vorgeschriebene Husse, den Mantelumhang, keck über die Schultern nach hinten geworfen trug. Um ihre Hüften schlang sich ein Dupsing, ein tief sitzender Gürtel aus verzierten Messingteilen, von dem vorne eine Kette bis fast zum Boden herab hing. Das Verbindungsglied in der Körpermitte zierte ein hellgrüner Halbedelstein. Ein Kleinod der gleichen Art prangte auf ihrem Schapel, dem Stirnreif aus Messing. Ähnlich elegant kamen die anderen Dirnen daher, was ihnen deutlich mehr anerkennende Rufe, Pfiffe und freudige Mienen als pikiert abgewandte Blicke oder entrüstetes Kopfschütteln eintrug.

Die ›freien Töchter‹ der Rudolfin wiederum warfen neugierige Blicke auf die Hübscherinnen aus dem Haus beim Steffinger Tor, die hinter ihnen liefen. Natürlich lästerte man über deren knochige Schultern oder feiste Gesichter, zerzauste Haare oder bei weitem nicht so prächtige Kleider. Es war eine Frage der Ehre, sie später beim Wettlauf zu besiegen.

Arm in Arm ging Barbara mit ihrer Busenfreundin Kathrin einher. Ganz unbeschwert ließ man sich an diesem Sonnentag, der nichts Böses zu kennen schien, nieder, tafelte mit Wein und Fleisch, ergötzte sich im Beobachten des bunt durchmischten Publikums und vergaß den Alltag. Obwohl – für Kathrin galt das nicht in dem Maße wie für Barbara. Kathrin schämte sich, soviel Aufmerksamkeit als Hure auf sich zu ziehen, war sie doch in Schimpf und Schande von ihrer Familie aus Gersthofen verstoßen worden. Sie fürchtete, jemand aus ihrem Heimatdorf könne sie sehen.

»Habt ihr eigentlich keine Sorge, in diesen unruhigen Zeiten hier draußen vor der Stadt zu feiern, als ob nichts wäre?«, fragte Margret besorgt in die Runde.

»Ach was!«, winkte Adelheid ab. »Die Zeiten sind doch nur für die Bayern unruhig. Unsere Söldner fallen laufend bei denen ein.«

»Dabei ist doch schon längst dieser Brief aus Nürnberg gekommen, in dem steht, dass der Frieden gemacht ist und Schad gegen Schad, Brand gegen Brand und Tod gegen Tod aufgerechnet werden soll.«

»Das gilt doch nur für das Städteheer. Das jetzt ist eine Sache zwischen den Bayern und den Augsburgern.«

»Die Bayern werden auch wieder einmal zurückschlagen«, meinte Margret besorgt.

»Aber nicht heute!«, lachte ein Kerl in grünem Gewand, der sich forsch dazu gesetzt hatte und seine Armbrust hochhob. »Die besten Schützen sind von weither gekommen, mit denen sollte man sich lieber nicht anlegen, auch nicht als Bayernherzog!«

Jetzt wurde Barbara abgelenkt – Mitten im Strom der Besucher war jemand stehen geblieben und schaute zu ihr herüber: Hans, der Nürnberger. War der immer noch in der Stadt? Seltsam. Was hielt ihn nur so lange hier? Jetzt fiel Barbara wieder ein, dass sie vor einer Woche geglaubt hatte, ihn auf dem Markt zu erkennen. Wollte er irgendetwas von ihr? Beobachtete er sie? Er deutete eine Verbeugung an, als sich ihre Blicke trafen, und ging weiter.

Dann kam die wirklich große Aufregung des Tages für die Hübscherinnen: Der Lauf sollte beginnen. Die Frauen begaben sich zu einer Wiese, auf der, ähnlich wie bei den

Schießbahnen, eine Strecke mit Seilen eingegrenzt war. Barbara, ihre Kameradinnen und die Hübscherinnen vom Steffinger Tor wurden vom Publikum begeistert empfangen wie Wettreiter, Schaukämpfer oder Meisterschützen.

»Je höher ihr eure Röcke rafft, umso besser könnt ihr laufen, vergesst das nicht!«, rief einer den Dirnen unter allgemeinem Gelächter zu.

»Pass nur auf, dass sich dein Rock nicht von alleine hoch rafft, wenn du mir zuschaust«, rief Adelheid frech zurück und genoss den Triumph, noch viel lautere Lacher auf ihre Seite zu ziehen.

Endlich ging es los: Die Wirtin sammelte die Schuhe der Läuferinnen ein, diese hoben die Röcke hoch und auf ein Kommando hin rannten sie los. Unter unbeschreiblichem Getöse wurden Anfeuerungsrufe, Lachen und Kommentare laut, viele Männer begafften unverhohlen die nackten Beine der Frauen. Am Ende der Bahn musste jede Läuferin auf ein quer gespanntes Seil schlagen, umkehren und noch eine Bahn laufen. Der Lärm schwoll noch weiter an, je näher es dem Ziel zuging, denn etliche Zuschauer hatten Wetten abgeschlossen. Anna schaffte es kurz vor einer vom Steffinger Tor als Erste, und einige übermütige Gesellen nahmen sie gleich auf die Schultern. Ein wahrer Triumphzug setzte sich nun zum Trophäenzelt in Bewegung. Barbara konnte beobachten, wie Ursel die Situation geschickt nutzte und einem elegant gekleideten Herrn mit dickem Beutel am Gürtel um den Bart strich. Vor dem Zelt setzte man Anna auf dem Siegerpodest ab, wo ihr ein Ratsmitglied unter großem Beifall einen Ballen roten Seidenstoffs überreichte.

Als der Trubel abebbte und ein Teil der Zuschauer sich dem anstehenden Schießwettbewerb zuwandte, verlor Barbara die anderen Hübscherinnen schnell aus den Augen. Dass sich Kathrin nach dem Lauf irgendwo verstecken würde, wo sie niemand aus ihrem alten Leben finden würde, hatte Barbara ja schon befürchtet. Aber nun sah sie nur noch Adelheid, die von einem Bettler angegangen wurde und drängte zu ihr hinüber.

»Schöne, edle Frau«, hörte sie den Bettler gerade mit der jämmerlichsten Stimme, die ihr je zu Ohren gekommen war, »ich sehe Euch an, dass Ihr Mitleid mit meinem Schicksal haben werdet. Ich war nämlich Jude, habe aber meinem Glauben abgeschworen und bin Christ geworden. Ach, wie teuer musste ich meine inbrünstige Hinwendung zu Jesus, Maria und den Heiligen doch bezahlen! Als Christ darf ich doch keine Geldgeschäfte mit meinen neuen Glaubensbrüdern mehr machen. Als Jude wiederum hatte ich kein Handwerk erlernen dürfen, das war nur den Christen vorbehalten. Jetzt stehe ich da, ohne Erwerb. Ich bereue es nicht, um der Liebe Christi Willen, aber ich bin auf die Barmherzigkeit meiner neuen Glaubensbrüder angewiesen. Ich bitt Euch!« Er hielt ihr die offene Hand hin.

Konnte das sein? Adelheids Gesichtszüge erbebten, sie war den Tränen nahe, griff in ihr Gürteltäschchen und zog einen ganzen Groschen hervor! Sie reichte ihn dem Mann, der schon seine langen, schwarzen Fingernagelkrallen danach ausstreckte. »Den sollst du haben«, sagte sie zitternd und bebend, fügte aber schlagartig mit fester Stimme hinzu: »Wenn du mir deine Eichel zeigst!«

Die Miene des Mannes entgleiste, seine Augen quollen über, seine buckelnde Haltung mit der gierig ausgestreckten Hand fror ein. Etliche Festbesucher blieben stehen und wandten sich erheitert der Szene zu. Der Bettler brachte nur ein abgehacktes »Was?« hervor.

»Na, deine Eichel will ich sehen«, grinste Adelheid und verschloss den Groschen in ihrer Faust. »Als Jude bist du doch beschnitten worden, oder?«

»Aber, ich kann hier doch nicht ... «

»Jetzt genier dich nicht. Ich bin eine Hübscherin, ich habe schon ein paar Hundert von den Dingern gesehen. Also, beweist du mir jetzt, dass du Jude warst, oder nicht?«

Der Mann verschwand in der Menge, die Umstehenden lachten lauthals und Adelheid erklärte Barbara: »Das mit dem angeblich konvertierten Juden ist der älteste und mieseste Bettler-Trick, den ich kenne. Und ich kenne sie alle, das sollten die mittlerweile wissen.«

Barbara spazierte noch mit Adelheid durchs Getümmel, da sah sie Endres. Unauffällig verabschiedete sie sich und ging zu ihm hinüber. »Schönes Kleid«, sagte er mit dreistem Funkeln in den Augen, kam dann aber gleich zum Geschäft: »Du, ich habe einen von den Gossembrot-Kaufleuten entdeckt. In dem Herrenzelt da drüben.«

»Wie kam es, dass sie dich da hineingelassen haben?«, wunderte sich Barbara, als sie hingingen.

»Ich habe mir eine Platte mit einem Fasan geschnappt und bin einfach wie ein Küchenbediensteter hin- und hergelaufen«, lachte Endres. Dann, vor dem Zelt angekommen, raunte er: »Dort, am vierten Tisch, gleich der Zweite, mit dem Gesicht zu uns.«

»Der mit der dunkelgrünen Husse?«, vergewisserte sich Barbara und Endres nickte. Er verschwand, sie trieb sich vor dem Zelteingang herum, beobachtete einige Herren an einem Würfeltisch und das einfachere Volk, das nebenan Loszettelchen aus einem Glückstopf zog.

Endlich sah sie den Mann mit der dunkelgrünen Husse herauskommen. Sie folgte ihm im Gewühl. Er war ohne Begleitung, sah bei einem Armbrustwettschießen zu und ging dann hinunter zum Wertachufer.

Das war Barbaras Gelegenheit, hier störte nicht so viel Publikum. Sie überholte ihn in großem Bogen, kehrte um und schlenderte ihm entgegen. In der richtigen Entfernung streifte sie ihren Armreif ab und ließ ihn zu Boden kullern, als ob sie ihn verloren hätte. Sie beugte sich vor, um ihn aufzuheben, hatte ihn aber wohlweislich so weit wegrollen lassen, dass er näher bei dem Mann lag.

Er kam ihr höflich zuvor. Barbara verharrte einen Moment in ihrer vorgebeugten Haltung. Ihre Rechnung ging auf, er versäumte die Gelegenheit nicht, tiefen Einblick in ihr Dekolleté zu nehmen. Viel Übung schien er in solchen Dingen nicht zu haben, denn er starrte ihr unverhohlen auf die Brüste, auch, als sie sich längst erhoben hatte. Umso besser, mit einem aufgegeilten Mann hatte sie leichtes Spiel. »Wie ungeschickt von mir«, kicherte sie.

Er reichte ihr den Armreif, wobei er den Blick nur schwer von ihrem Ausschnitt ein Stück weit nach oben lenken konnte. »Und wie aufmerksam von Euch«, fügte sie hinzu. Jetzt galt es, Kontakt aufzunehmen. Sie hoffte, dass es der Mann von sich aus tat, war sich dessen aber nicht ganz sicher. Also umgarnte sie ihn weiter: »Dass so ein galanter Herr ganz alleine spazieren geht?« Er reagierte immer noch nicht, starrte sie konsterniert an. »Darf ich Euch ein Stück begleiten?«, vollendete sie schließlich den Annäherungsversuch etwas plumper, als sie es im Sinn gehabt hatte.

»Ziemt es sich denn für Euch, fremde Herren zu begleiten?«, fragte er.

»Das will ich meinen«, lachte sie, glücklich, ihm endlich ein Wort entlockt zu haben. »Ich lebe sogar davon, bin eine Hübscherin. Aber ziemt sich umgekehrt meine Gesellschaft für Euch? Oder seid Ihr gar verheiratet?«

Er schüttelte den Kopf. »Gehen wir ruhig ein Stück«, sagte er, ohne erkennbare Regung. Er schien weder verlegen, sich mit einer käuflichen Frau abzugeben, noch auf ein amouröses Abenteuer zu hoffen. Barbara versuchte, sich anhand seiner Kleidung ein erstes Bild zu machen: Das dunkle Grün der Husse mochte nicht so recht zum Sommer passen; andere junge Herren wählten da lieber lindgrün oder grellere Farben. Auch die Schecke, der Rock, drückte nicht gerade ein Übermaß an Sinnlichkeit und Lebensfreude aus, wie sie es bei Männern seines Alters oft in übertriebener Weise tat. Sie lag nicht eng am Körper an, bedeckte den Hintern vollständig und ließ die Ansätze der Beinlinge ganz verschwinden. Sie war einfarbig beige, wie die Husse also eher in einer Herbst-, denn einer Sommerfarbe gehalten. Das galt auch für die kastanienbraunen Beinlinge, die ohnehin zurückhaltend wirkten, da sie beide die gleiche Farbe hatten. Eigentlich wirkte auch das Gesicht nicht sommerlich. Fast jeder hatte um diese Jahreszeit etwas Farbe abbekommen; doch seine

Haut war so bleich wie das Pergament, über das er im finsteren Kontor mit seiner Feder kratzte.

»Ihr zählt doch hoffentlich nicht zu denen, die eine Frau meines Standes verdammen?«, kokettierte Barbara mit dem blassen Kaufmann. Der verneinte ganz entschieden. »Welcher Zunft gehört Ihr denn an, wenn ich fragen darf?«, trieb sie das Gespräch voran.

»Ich erlerne das Handwerk eines Buchhalters«, antwortete er.

»Ah. In welchem Hause?«

»Beim ehrbaren Handelsherrn Gossembrot.« Endres hatte tatsächlich den Richtigen erwischt.

»Ach, das trifft sich ja gut. Ihr handelt doch mit Stoffen, nicht wahr?«

»Unter anderem, ja.«

»Wisst Ihr, meine Freundin hat soeben beim Lauf der freien Töchter einen Ballen roter Seide gewonnen. Habt Ihr den Lauf zufällig gesehen?« Der Mann schüttelte den Kopf. »Nun, jedenfalls hat sie mich gefragt, was sie mit dem kostbaren Stoff anstellen soll. Ein Kleid für sich selbst daraus nähen zu lassen, hält sie für übertrieben, ich übrigens auch. Am liebsten würde sie ihn verkaufen, hat aber keine Ahnung, wo. Habt Ihr eine Idee? Wohin verkauft Ihr Eure wertvollen Stoffe?«

»Nun, an die besseren Schneider. Oder direkt an die Damen, sprich Familien von Stand. An der Stelle Eurer Freundin würde ich mich eher an einen Schneider halten.«

»An einen im Weberviertel?«

»Nein, nicht die Nordstadt. Die arbeiten nur mit Leinen, Woll- oder Barchentstoffen. Es gibt einige am Hohen

Weg, welche die wirklich die hohe Kunst der Schneiderei beherrschen.«

»Ah ja, vielen Dank für den Rat. Wo wir schon dabei sind: Eine andere Freundin besitzt eine kostbare silberne Kanne, die sie einmal als Bezahlung von einem Freier bekommen hat. Sie möchte sie gerne verkaufen, aber die Pfandleiher und Tändler, die unsereins so kennt, würden sie nur übers Ohr hauen. Macht Ihr denn mit ehrbaren Händlern Geschäfte, an die sie sich wenden könnte?«

Der Kaufmann schwieg und dachte nach. Er überlegte nicht, wen er ihr nennen könnte. Er erinnerte sich daran, wie vor einiger Zeit schon einmal jemand von niederem Stand nach einem Geschäftsfreund der Gossembrots gesucht hatte, der zweifelhafte Einzelstücke verschacherte. Ob es da einen Zusammenhang gab? Nun ja, immerhin lag der Besuch des Kerls schon einige Monate zurück. Das konnte auch reiner Zufall sein.

Der Kaufmann warf noch einmal einen Blick auf das Dekolleté der reizvollen Frau. »Es gibt Handelsherren, die auch Nürnberger Gold- und Silbergeschirr nach Italien bringen. Die Rems und die Stolzhirschens. Aber ich weiß nicht, ob sie auch gebrauchte Einzelstücke ankaufen. Ich glaube, eher nicht.«

Das war keine befriedigende Auskunft, keiner der Genannten war Jude. »Stehen nicht jüdische Händler im Ruf, mit einzelnen wertvollen Teilen zu handeln?«

»Das mag sein. Aber da kann ich Euch nicht weiterhelfen.« Der Kaufmann wirkte jetzt wieder leicht unterkühlt, Barbaras Kokettieren hatte scheinbar die Wirkung verloren.

»Darf ich noch Euren Namen erfahren?«, fragte er.

»Ich heiße Barbara Gütermann. Und ihr?«

»Franz Dachs.« Barbara schmunzelte in sich hinein. Dachs – das passte zu einem, der den ganzen Tag in seinem finsteren Bau saß und nur an Festtagen herauskam. Sie verabschiedete sich von ihm und zog unverrichteter Dinge ab.

Kurz darauf traf sie Endres in dem Zelt, das sie als Treffpunkt vereinbart hatten. »Absolut nichts«, enttäuschte sie seinen erwartungsvollen Blick. »Es klappte wunderbar und ich habe mich an deinen Kaufmann herangemacht. Aber er hat scheinbar überhaupt nichts mit Juden zu tun.«

»Vielleicht hat er es dir verschwiegen?«

»Ich wüsste nicht, warum. Er nannte mir ja ein paar Namen von Kaufleuten, aber eben keine Juden. Ich glaube eher, dass deine Spur mit dem Dukaten nichts war. Georg hatte vielleicht das Geld von einem jüdischen Händler oder Pfandleiher. Aber der musste es ja nicht direkt aus dem Haus Gossembrot haben.«

»Ja, es könnte durch die Hände einiger Zwischenhändler gegangen sein«, stimmte Endres resigniert zu.

»Oder das Geld kommt ganz woanders her. Schließlich gibt es etliche Verbindungen von Augsburg nach Venedig. Wir müssen die Sache anders angehen. Erst einmal sollten wir herausfinden, wer die jüdischen Pfandleiher überhaupt sind.«

»Habe ich schon«, sagte Endres mit sich erhellender Miene. Barbara teilte diesen Gesichtsausdruck nicht. Ihr wurde einmal mehr bewusst, dass er eigene Nachforschungen angestellt und ihr nichts darüber gesagt hatte. Sie war sicher, Endres schnappte ihr den Schatz vor der Nase weg, wenn er konnte. »Meinst du, wir sollen die Händler der Reihe nach abklappern?«, fragte er.

Barbara schüttelte den Kopf. »Ich glaube, einfach so auf den Busch zu klopfen, würde nichts bringen. Überleg doch einmal, worum es geht: Geraubte Heiligtümer aus einer christlichen Kirche! Findet man so etwas bei einem Juden, kann ihn das das Leben kosten. Der wird nicht zugeben, dass er so etwas besitzt, wenn ihn zwei Wildfremde danach fragen. Nein, wir müssen genau den Richtigen vor uns haben und ihm auf den Kopf zusagen, dass ich Georgs Erbin bin.«

»Was also schlägst du vor?«, fragte Endres.

»Wir sollten uns auf das besinnen, was wir wissen: Derjenige, den wir suchen, hat Dukaten im Haus und er nimmt wertvolle Gegenstände in Zahlung. Wie viele Pfandleiher oder Leute, die ähnliche Geschäfte betreiben, gibt es denn in den jüdischen Gemeinden?«

»Am Judenberg hinterm Rathaus fünf und im Judenviertel bei der Domstadt sieben.«

»Das ist ein Haufen«, meinte Barbara. »Aber wie viele von denen sind auch Geldwechsler oder Geldverleiher?«

»Ich fürchte, fast alle. Wer das eine Geschäft betreibt, betreibt auch das andere.«

»Gut, aber handeln sie auch alle mit venezianischen Dukaten?«

Endres zuckte mit den Schultern. »Da kenne ich mich nicht aus. Aber ich denke, das sind nicht so viele.« Plötzlich duckte er sich weg.

»Was hast du denn?«, fragte Barbara.

»Da vorne läuft unser Kaufmann. Ich glaube, er hat uns gesehen.«

Barbara drehte sich zu dem Strom der Leute zwischen den Tischreihen um. Tatsächlich, sie sah die dunkelgrüne Husse gerade noch verschwinden. »Der geht ganz schnell. Ich glaube nicht, dass er uns gesehen hat.«

»Der ist erst schnell weggelaufen, als ich hingeschaut habe«, meinte Endres.

Barbara winkte ab. »Na, und wenn schon? Dann hat er uns halt gesehen – wenn er es überhaupt war.«

Endres ließ es keine Ruhe: »Barbara, ich habe ihn neulich in seinem Kontor ausgefragt, du jetzt gerade am Wertachufer, und nun sieht er uns zusammen.«

»Ach was«, lachte Barbara. »Du siehst schon überall Gespenster. Das kommt von unseren ganzen Grübeleien um den Schatz.« Sie dachte weiter nach, dann eröffnete sie ihren Plan: »Endres, ich hab's. Du klapperst die jüdischen Pfandleiher ab und fragst jeden, ob er dir hiesiges Geld in venezianische Dukaten und Groschen eintauschen kann.«

»Warum sollten die glauben, dass ich welsches Geld brauche?«

»Du sagst, du willst dich an einen Kaufmannszug nach Venedig dranhängen und dort dein Glück versuchen. Aber die Geldwechsler wollen mit einem wie dir keine Geschäfte machen, schon gar nicht mit so kleinen Summen.« Endres verzog das Gesicht ob dieser Notlösung. Barbara fuhr ihn an: »Ja, ich weiß, das ist nicht so gut, als hätten wir seinen Namen direkt herausgefunden. Aber ich sehe keinen anderen Weg mehr. Du vielleicht?«

Endres schüttelte den Kopf. »Hast du denn genug Geld für so ein Geschäft?«, fragte er.

»Das brauchen wir doch gar nicht. Du fragst nur, ob derjenige es machen würde. Wenn ja, sagst du, du kommst wieder. Frag nach den Wechselgebühren. Dann fällt es nicht auf, falls du gesehen wirst, wie du ein paar Häuser weiter anklopfst. Du vergleichst halt die Angebote.«

»Na ja, begeistert bin ich nicht gerade«, murrte Endres. »So hätten wir es schon vor ein paar Wochen machen können. Aber du hast Recht, versuchen wir's.«

FÜNFTES KAPITEL

Die Falle des Mörders

Es war ein Regentag. Barbara hatte ihre Einkäufe für die Rudolfin erledigt und beeilte sich, in die Schänke zu kommen, in der sie sich mit Endres verabredet hatte. Gerade, als sie eintreten wollte, kam ihr ein Mann entgegen und rempelte sie in der Türe an. Dass er völlig vermummt war, die Kapuze der Gugel tief ins Gesicht gezogen und deren langen Zipfel um Hals und untere Gesichtshälfte gewunden hatte, erschien bei dem Regen normal. Doch als sie zur Seite trat, um ihn herauszulassen, drängte er sie in einer plötzlichen Bewegung von der Tür weg an die Hauswand. Es ging schnell. Plötzlich war da der Dolch vor ihrem Gesicht. Sie war starr vor Schreck, doch ein fester Zug um ihren Hals rüttelte sie wieder wach. Blitzschnell begriff sie: Es ging um das Medaillon. Sie umklammerte es mit der Faust und tatsächlich spürte sie, dass es lose war und der Räuber den Lederriemen schon durchgeschnitten hatte. Eine Hand tastete nach ihrer Faust. Sie hielt sie fest geschlossen. Er krallte in ihre

Finger, sie biss in seine Krallen. Er drückte die Spitze des Dolches gegen ihren Hals.

Da tat es einen dumpfen Schlag. Er ließ los, der Dolch fuhr zurück. Noch ein Schlag. Ein Schmerzensschrei des Angreifers. Der drehte sich um, duckte sich weg. Das Brett sauste über seinen Kopf, dicht an Barbaras Nase vorbei. Der Maskierte sprang ein Stück weg, stand geduckt da, mit dem Dolch in der Hand. Endres hielt das kurze Brett mit zwei Händen umklammert. Er war im Nachteil, deshalb stellte sich Barbara mit geballten Fäusten neben ihn. Ein Gast kam aus der Schänke, andere Leute blieben auf der Gasse stehen. Der Angreifer drehte sich um und rannte davon.

Endres schmiss ihm das Brett nach, dann wandte er sich Barbara zu: »Bist du verletzt?« Sie schüttelte den Kopf. Beide gingen hinein, bevor sie noch mehr Aufhebens verursachten. Schließlich sollte das ein heimliches Treffen werden.

»Was wollte der Drecksack?«, fragte Endres, als sie in der hintersten Ecke Platz genommen hatten.

»Der hatte es auf mein halbes Medaillon abgesehen, Endres!«

»Das ist doch nichts wert. Aus Ton und zerbrochen. Der wollte Geld, damit er weiter saufen kann.«

Barbara legte das durchschnittene Lederbändchen auf den Tisch. Endres beäugte die glatten Schnittstellen und suchte eine Erklärung dafür. Jetzt betrachtete er das halbe Medaillon eingehend. »Nehmen wir mal an, er ist wirklich dahinter her. Welchen Wert kann es für ihn haben?« Endres ließ es sinken. »Es muss mit dem Schatz zu tun haben. Etwas anderes, das einen Überfall lohnen würde, gibt es im Zusammenhang mit dem Ding da nicht.«

Da fiel es Barbara wie Schuppen von den Augen. In ihrer Erinnerung stieg ein ganz bestimmtes Bild hoch: Als Georg zum ersten Mal von seinem Schatz sprach, hatte er an das zerbrochene Medaillon gefasst. Plötzlich glaubte sie zu wissen, warum: »Das hier ist das Pfandzeichen!«, sagte sie und hob das Tonplättchen hoch.

Endres wiegte den Kopf hin und her, als ob er nicht sicher war, ob ihm der Gedanke gefiele. »Schon möglich«, sagte er schließlich. »Und vielleicht erfahren wir es auch bald. Nachdem ich die Juden abgeklappert habe, sind nämlich nur noch drei übrig, unter denen unser Mann sein könnte. Was meinst du? Sollen wir sie uns einen nach dem andern vornehmen?«

»Immer der Reihe nach«, bremste ihn Barbara. »Was für Leute sind das denn?«

»Also, der erste gab sich richtig vornehm, hatte auch eine Seidenschecke mit eingewebten Mustern an. Den hätte ich erst überreden müssen, mir ein paar wenige Dukaten einzuwechseln. Der zweite war grad das Gegenteil: Ein alter Mann mit zauseligem Bart, sein Gewand war aus einfachem Leinen und nicht gerade neu. Er wohnt allein in einem kleinen Häuschen, von dessen Wand schon der Putz abbröckelt und das Haselgewinde durchscheint. Der dritte hat eine Großfamilie im Haus, oder es war gerade viel Besuch da.«

»Der Mittlere ist unser Mann«, sagte Barbara unumwunden. »Wie heißt der?«

»David Lambt. Aber wie kommst du gerade auf den?«

»Bei dem läuft es wohl nicht so gut. Der hat es nötig, sich auf so riskante Geschäfte einzulassen wie die Aufbewahrung von Kirchengold. Der Reiche braucht so etwas nicht zu tun. Und der andere müsste dauernd fürchten, dass bei dem Trubel in seinem Haus ein spielendes Kind oder ein neugieriges Weib die Sachen entdeckt und etwas ausplaudert. Nein, nein, Endres, dieser David Lambt ist unser Mann. Weißt du was? Lass uns gleich morgen hingehen.«

»Warum nicht jetzt sofort?«, fragte Endres. »Wir haben lange genug gewartet. Und denk an den Kerl von eben. Vielleicht weiß der auch schon, wo der Schatz ist und holt ihn sich heute Nacht.«

»Wenn er's wüsste, hätte er es schon längst getan. Nein, ich habe auch gar keine Zeit mehr und bin schon lange genug aus. Sonst fällt es im Frauenhaus noch auf.«

»Also morgen.«

Barbara und Endres hatten nichts dagegen, dass es in dem jüdischen Viertel, das an die Bischofsstadt grenzte, so ruhig zuging. Keine Menschenseele war zu sehen. Nur ein Hund bellte in einem Hinterhof gleich neben dem Haus von David Lambt. Endres nahm den schweren eisernen Klopfring und pochte gegen die Tür.

Sie stand offen.

Die beiden sahen sich erstaunt an, dann rief Barbara ein zögerliches »Hallo?« hinein. Keine Antwort. Sie rief noch einmal vergeblich, dann gewann die Dreistigkeit von Endres die Oberhand und er trat ein. Sie standen in einem nicht eben großen, einfach eingerichteten Raum. Barbara ging, nein, schlich auf Zehenspitzen zu einer Tür, die in die Küche führte. Auch hier war niemand. Da erschrak sie über ein Knarzen. Es kam von der Treppe her, die Endres gerade hinaufstieg.

»Das kannst du doch nicht machen!«, zischte sie.

»Hier stimmt was nicht«, sagte Endres.

Der Hund bellte noch immer.

»Oh Gott!« Die Stimme von Endres klang schrill. Barbara eilte hinauf und erschrak zu Tode: Ein Mann, zweifellos David Lambt, lag mit dem Gesicht nach unten in einer Blutlache. Als der erste Schock verdaut war, beugte sich Barbara hinunter und tastete mit den Fingern am Hals nach dem Puls. Die Haut war noch warm, aber Barbara spürte kein Leben mehr. Ihr klebte Blut an den Fingern. Sie wischte es am Gewand des Mannes ab.

Endres hatte sich wieder gefangen. Er hob den Deckel einer großen Truhe an. »Leer!«, rief er. Das stimmte nicht ganz, es lagen einige Schriftstücke darin. Aber die erschienen ihm wertlos. Er öffnete eine zweite Truhe, um festzustellen, dass sie nur Wäsche enthielt. Ansonsten war nichts im Raum, wo man Wertsachen hätte aufbewahren können.

»Endres, wie kannst du jetzt an das Zeug denken!«, schalt ihn Barbara. »Wir stehen doch da wie Raubmörder!«

Er eilte zur Treppe und spähte hinab, ob nicht schon der Waibel mit den Stadtbütteln käme. »Du hast recht«, gab er zu. »Wir sitzen ganz schön in der Tinte. Zur Tür vorne können wir nicht mehr raus. Nicht auszudenken, wenn uns jemand sieht.« Gehetzt sah er sich im Zimmer um. Sein Blick fiel auf das Glasfenster, das den Blick zum Hof hinter dem Haus freigab. Es stand einen Spalt breit offen. Er machte ganz auf, spähte hinaus. Zu sehen war die Rückseite des Hauses gegenüber mit nur einem kleinen Fenster im ersten Stock – die Schlafkammer, da war jetzt niemand. Den Hof unten umgab ein hoher Bretterzaun. Er beugte sich vor und rief erstaunt: »Barbara, da lehnt eine Leiter am Fenster.«

»Oh Gott, so ist der Mörder reingekommen!«

»Und wir sollten dort raus, wenn wir ungesehen verschwinden wollen.«

»Aber wenn er noch da ist?«

»Da unten ist niemand. Höchstens, er versteckt sich in dem kleinen Schuppen oder zwischen den leeren Kisten.« Endres überlegte einen Moment. »Weißt du was? Der ist vorne raus. Die Haustür war doch offen. Mach, was du willst, ich verschwinde nach hinten.« Und schon kletterte er aus dem Fenster.

Barbara blieb nichts anderes übrig, als ihm zu folgen. »So, jetzt sitzen wir in der Falle«, schalt sie Endres, als sie auf die Bretterwände rundum sah. Hinter einer bellte immer noch der Hund.

»Der Kerl muss doch hier irgendwo eingedrungen sein«, sagte Endres und suchte die Wand ab. Schon entdeckte er zwei Bretter, die nicht so glatt eingefügt waren wie die anderen. Tatsächlich, er konnte sie herausnehmen. Sie schlüpften durch die Lücke und fanden sich in der

Gosse zwischen zwei Häusern wieder. Barbara klopfte das Herz bis zum Hals, als sie hindurchrannten. Würde sie jetzt jemand erwischen, wäre ihnen der Galgen sicher. Endres spähte hinaus. Eine schmale Gasse, niemand war unterwegs.

Er sah die alte Frau im Fenster nicht, die schauen wollte, warum der Hund so einen Radau machte.

Sie rannten die ersten Schritte, dann fingen sie sich und gingen gerade so schnell, dass es nicht auffiel. Sie schlugen Haken durch ein paar Seitengassen und liefen eilig eine größere, belebte Straße hinauf. Irgendwann kamen sie auf den Kornmarkt. Hier hielt Endres an. »So, jetzt müssen wir genau überlegen, was wir tun«, sagte er. Sein fester Ton vermittelte die Selbstsicherheit eines bedrängten Soldaten, der kühl überlegte, wie er sich den Weg frei hauen sollte. »Mich vermisst zum Glück niemand, aber was ist mit dir?«

»Die im Frauenhaus glauben, ich bin einkaufen.«

»Dann musst du so schnell wie möglich zurück, wenn du nicht auffallen willst. Mit gefülltem Korb.« Sie besorgten eiligst alles, was Barbara von der Wirtin aufgetragen worden war und trugen es zum Frauenhaus. »Lass dir nichts anmerken«, sagte Endres zum Abschied. »Wir treffen uns morgen früh in der Schänke hinter Sankt Margaret, in Ordnung?«

Barbara nickte, dann ging sie hinein. Sie dachte, jeder würde ihr die heillose Aufregung sofort ansehen, aber niemand achtete weiter auf sie. Da in der Küche schon zwei Frauen mithalfen, sah sie nach oben in Kathrins Stube. Die saß auf dem Bett und spann; Barbara holte ihre Spindel und setzte sich dazu. Es tat ihr gut, mit dem einzigen lieben Menschen, den sie hatte, belanglos zu plaudern. Im Laufe des Tages beruhigte sie sich einigermaßen. Schließlich hatte sie ja nichts Böses getan.

Am Abend kehrte die Aufregung zurück. Ein Maurergeselle brachte die Neuigkeit vom Mord im Judenviertel. Barbara bekam nicht mit, wo er es her hatte, aber er schilderte die grausigen Einzelheiten, wie das Opfer erdolcht worden war, als wäre er dabei gewesen. Dann kam der fürchterliche Satz: »Eine Nachbarin hat die Mörder gesehen, heißt es. Ein Pärchen, die Büttel suchen es schon in der ganzen Stadt. Der Mann hat eine beige Gugel und grün-blaue Beinlinge. Die Frau ein dunkelbraunes Hemdkleid und dunkle Locken, die sie offen trägt, also eine Jungfrau.«

»Oder das Gegenteil, eine von euch Hübschen«, scherzte ein Zecher, ohne zu ahnen, wie recht er hatte.

Barbara wurde schlecht. Die Beschreibung stimmte genau. Zum Glück war ein braunes Kleid nichts Außergewöhnliches. Aber Endres war eindeutig zu erkennen. Ob er rechtzeitig erfuhr, dass die Verfolger seine Kleider kannten?

»Weiß man denn, wo sie hin sind?«, fragte Anna.

Der Maurer zuckte mit den Schultern. »Nein, aber sie müssen es genau geplant haben. Sie haben Bretter aus dem Zaun gebrochen und eine Leiter angelegt. Es war wohl ein Raubmord, denn es fehlt eine Truhe voller Gold, sagt man.« Er genoss das Raunen, das durch sein Publikum ging. Er schmückte das eine oder andere Gerücht, das er aufgeschnappt hatte, noch wichtigtuerisch aus, wusste ansonsten aber nichts mehr zu berichten.

Schon, dass ihn der königliche Hochvogt in einer stillen Kammer der Stadtkanzlei und nicht im Rathaus empfing, zeigte dem Magistrat und Strafherren Johann Ilsung, dass der Angelegenheit delikate Aspekte zugemessen wurden. Er hatte keinen Zweifel, weshalb er gerufen worden war. Der Vogt würde ihn beauftragen, den Mord an dem Juden aufzuklären. Er kam auch unumwunden zur Sache: »Ilsung, Ihr scheint mir der richtige Mann für diesen Fall. Bei der Sache mit dem selbst inszenierten Überfall auf den Wagenzug damals habt Ihr bewiesen, wie diskret und schnell ihr arbeiten könnt.«

»Ein Mord ist etwas anderes als ein Betrug«, gab der Angesprochene zu bedenken.

»Das mag sein. Aber ich denke, der Mordfall ist nicht so kompliziert wie die Sache, in der Ihr Euch bereits bewährt habt. Aber die Diskretion ist hier mindestens ebenso wichtig. Erstens, weil es gilt, die Spur dieses Mörderpaares zu verfolgen, ohne zuviel Staub aufzuwirbeln.«

»Zweitens, weil ein Jude das Opfer war«, ergänzte der Magistrat.

»Ja. Das große Progrom ist ausgerechnet heuer ins Bewusstsein der jüdischen Gemeinden gerückt, weil es genau vierzig Jahre her ist. Die Schuld, welche die Stadt damals auf sich geladen hat, ist in manchen Augen noch nicht abgetragen. Eine schnelle Klärung des Falles könnte da eine gewisse Harmonie stiften. Ich will nicht verhehlen, dass das auch im Interesse des Königs ist. Er kann sich leider nicht sehr oft als Beschützer der Juden unter Beweis stellen.«

»Braucht er zufällig Geld von ihnen?«

Diese Frage überhörte der Vogt geflissentlich. Vielmehr lächelte er: »Wie ich Euch kenne, habt Ihr Euch schon mit dem Fall befasst. Wie gedenkt Ihr es anzupacken?«

»Wir müssen unbedingt dieses Paar fassen, das sich über den Hinterhof davon gemacht hat. Die genaue Beschreibung der Kleider liegt vor, damit dürfte es keine Schwierigkeiten geben.«

»Ausgezeichnet. Wann könnt Ihr uns die Mörder liefern?«

»Das Paar haben wir in drei, vier Tagen.«

»Es versteht sich von selbst, dass ich dann umgehend informiert werden will. Ihr fangt sofort mit der Arbeit an. Alle Büttel stehen euch zur Verfügung, sie erwarten euch schon drüben im Rathaus. Viel Erfolg.« Ein vertrauliches Klopfen gegen die Schulter, und schon war Ilsung entlassen. Er verließ die Kanzlei, eilte über den Fischmarkt zum Rathaus und inspizierte die sechs Büttel, die ihn in der Empfangshalle erwarteten. Der Waibel, der als Ordnungshüter und offizieller Gerichtsbote über den Bütteln stand, war auch anwesend, obwohl er dem Strafherren nicht zugeteilt war. Er musste aber trotzdem im Bilde sein.

Es blieb nicht aus, dass umgekehrt auch Ilsung beäugt wurde. Und das mit wenig Sympathie: Als Angehöriger eines Kaufmannsgeschlechts stand er in dem Ruf, herablassend zu sein. Seine knappe, nüchterne Art war dazu angetan, dieses Vorurteil fälschlicherweise zu untermauern. Dass er selten mehr sprach als unbedingt nötig, wurde ihm weniger als effiziente Sachlichkeit ausgelegt denn als Tatsache, dass er an das niedere Volk nicht zu viele Worte verschwenden wolle. Freundliche Plaudereien ignorierte er zuweilen, eben, weil er sich grundsätzlich nicht mit überflüssigen Ausführungen aufhielt. Auch wechselte er oft sprunghaft das Thema, wenn ihm ein Gedankengang als erschöpft und ein anderer beachtenswert erschien. Diese nüchterne, in vielen Augen überhebliche Art hatte sich auch in seinen Gesichtszügen verfestigt: Die hervorstehenden Wangenknochen des länglichen, schmalen Gesichtes wirkten aristokratisch, ebenso wie die lange, gerade Nase und die schmalen Lippen. Der Mund schien nicht dazu angetan, oft zu lächeln, wenn auch die blauen Augen eine gewisse Freundlichkeit besaßen. Doch es war keine Allerwelts-Freundlichkeit – eher ein Schalk, der zwischen dumm und klug wohl zu unterscheiden wusste und bereit war, das Dumme der Lächerlichkeit preiszugeben und dem Klugen Anerkennung zu zollen.

»Ihr wisst, worum es geht?« Die Büttel nickten im Einklang. »Wer von euch war bereits am Ort der Tat?« Zwei Männer meldeten sich. »Gut, wir gehen sofort gemeinsam hin.« Er deutete auf die nächsten Beiden: »Ihr kommt mit. Eure Aufgabe ist es, den Weg der Flüchtenden so weit wie möglich zu rekonstruieren. Ihr befragt dort, wo sich die Spur verliert, jedermann in der Nähe. Und ihr erkundigt euch nicht nur nach den Verdächtigen, sondern nach Zeugen, die am Tag der Tat da gewesen sein könnten – Markthändler, Gäste in Herbergen und so weiter.« Er wandte sich den letzten beiden Bütteln zu: »Und ihr macht alle Schänken, zwielichtigen Häuser, Badestuben und Frauenhäuser durch. Sucht nach dem Mann mit der beigen Gugel und den grün-blauen Beinlingen. Denkt dran: Er trug sie am Tag der Tat, heute hat er die Kleider vielleicht schon gewechselt. An die Arbeit, meine Herren; morgen nach der Hauptmesse erwarte ich euch hier mit euren Berichten.« Geschäftig machten sich alle auf den Weg.

Barbara verbrachte eine schlaflose Nacht. In endlosen Grübeleien, was sie jetzt tun sollte, kam ihr wenigstens eine brauchbare Idee, die sie in aller Frühe umsetzte: Sie holte im Hof Brennholz für die Herdstelle. Mit Absicht hängte sie ihr Kleid in der Hüfte über einen vorstehenden Nagel und zog so schwungvoll daran, dass ein ellenlanger Riss entstand. Wilde Verwünschungen ausstoßend, zeigte sie es gleich der Wirtin, die ihr anschaffte, den Riss zu nähen. Barbara behauptete, sie hätte keine Zeit dazu, weil sie den Ballen Flachs, den sie besorgen sollte, jetzt gleich abholen müsse, sonst würde er anderweitig verkauft. Also lieh ihr die Wirtin ein neues Kleid und entließ sie. Barbara würde zumindest heute ein hellgraues Kleid tragen und kein braunes wie die vermeintliche Mörderin.

Sie beschaffte den Flachs und traf Endres in der Schänke. Erleichtert sah sie, dass auch er in der Zwischenzeit seine Kleider gewechselt hatte.

»Mein Gott, Endres, was hat das alles zu bedeuten?«, klagte sie, den Tränen nahe.

»Beruhige dich, keiner weiß etwas von uns«, sagte Endres. »Je normaler du dich benimmst, umso eher kommen wir davon.« Anerkennend fügte er hinzu: »Wie ich sehe, bist du auch auf die Idee gekommen, das Kleid zu wechseln.«

»Endres, sie werden uns früher oder später doch erwischen. Sie werden draufkommen, dass mein Verlobter dem alten Mann seine Beute anvertraut hat, und dann sind sie auch schon bei mir.«

»Georg ist tot.«

»Wir haben überall nach dem Juden herumgefragt.«

»Da liegt schon eher der Hase im Pfeffer. Weißt du, ich habe die ganze Nacht über nachgedacht. Und ich bin sicher, dass das alles kein Zufall war.«

»Du meinst, der Mörder hat gewusst, dass wir kommen?«

»Genau. Und er hat absichtlich zugeschlagen, kurz bevor wir da waren.«

Barbara nahm die Finger ihrer rechten Hand in die linke – die Finger, mit denen sie am Hals des Mannes in der Blutlache nach dem Puls getastet hatte. »Endres, du hast recht. Der Körper war noch ganz warm.«

»Siehst du. Das kann nur eines bedeuten: Der Mörder ist einer, den wir nach dem Juden fragten. Der konnte sich denken, was wir vorhatten und hat sich irgendwie auf die Lauer gelegt, bis wir kamen.«

»Die offene Haustüre!«, fiel Barbara wieder ein. »Ja, Endres, der hat uns wirklich in eine Falle gelockt.«

»Und dieser bellende Hund. Ich glaube, auch das war kein Zufall. Der hat das Vieh mit Absicht aufgeschreckt, als er abgehauen ist, damit er Laut gibt, wenn wir kommen.«

Barbara lief es eiskalt den Rücken hinunter. Das war ja noch schlimmer, als es Tags zuvor ausgesehen hatte: Sie waren nicht in einen Mord hineingestolpert, sondern jemand wollte ihnen die Bluttat anhängen! Erst jetzt ging ihr auf, welche Macht der Mörder dabei hatte: »Endres, wenn es wirklich einer war, den wir gefragt haben, dann kann er das bei den Bütteln anbringen und sie auf uns hetzen! Die haben trotz unserer neuen Kleider schnell herausgefunden, dass wir das flüchtende Paar waren.«

»Aber dann wissen wir, wer es war«, warf Endres ein.

»Die Büttel werden uns nicht sagen, wer uns belastet hat«, widersprach Barbara. »Und wenn, werden sie uns kaum glauben, dass der, der uns hingehängt hat, der Mörder ist.«

»Wir müssen also rauskriegen, wer es war, bevor er uns verrät«, folgerte Endres.

»Richtig. Könnte es der Kerl sein, der mich überfallen hat und das Medaillon rauben wollte? Leider habe ich von dem überhaupt nichts erkannt. Hast du eine Ahnung, wer da in Frage kommt?«

Endres verzog das Gesicht. »Einige«, stöhnte er. »Der Geldwechsler, den ich ziemlich auffällig nach den Dukaten gefragt habe, der Wagenknecht der Gossembrots, ein paar Leute, bei denen ich mich nach den Gossembrots und ihren Bediensteten erkundigte, der Kaufmann, den wir beide gefragt haben, wie hieß er noch mal?«

»Franz Dachs.«

»Dann noch mehrere Hehler, Bettler, zwei Diebe, ... «

»Sag einmal, kann es sein, dass so ziemlich alle Gauner und Spitzbuben in Augsburg mitbekommen haben, wonach wir suchen?«

»Nicht alle«, sagte Endres kleinlaut. »Aber wenn einer schon ein bisschen was wusste und von mir etwas dazu erfuhr, kann er sich ein Bild gemacht haben.«

»Zum Beispiel, wenn du an einen geraten bist, an den sich auch der Georg damals gewandt hat«, überlegte Barbara.

»Zum Beispiel. Das kann gut passiert sein, falls wir auf der richtigen Spur waren. Ach ja, was ich noch nicht erwähnte: Bei Georgs Kameraden bin ich damals auch gewesen.«

»Und dann dürfen wir meine Freundinnen aus dem Frauenhaus nicht vergessen«, fiel Barbara ein. »Die haben wahrscheinlich alle die Geschichte mit meinem Verlobten mitbekommen.«

»Das ›wahrscheinlich‹ kannst du weglassen. Els hat mir alles brühwarm erzählt.«

Barbara seufzte. »Weißt du was? Diese ganzen Leute können wir nie und nimmer alle ausforschen. Zumal ja nicht einer von denen selbst der Mörder sein muss; das kann auch ein Freund oder Handlanger gewesen sein.«

»Ich glaube, wir können froh sein, wenn wir es schaffen, unbehelligt davonzukommen«, pflichtete ihr Endres bei. »Den Mörder zu fangen, kann ich mir wirklich nicht vorstellen. Obwohl es schade ist, denn wenn wir ihn hätten, kämen wir auch an den Schatz ran.«

»Endres! Wie kannst du jetzt an das Gold denken! Aber du hast Recht, wir werden es nicht schaffen, den Mörder zu finden.« Nach einer Weile fuhr sie fort: »Weißt du, was das heißt? Auch der Waibel und seine Büttel finden ihn nicht, weil sie ihn ja gar nicht suchen. Sie suchen uns. Und Endres, sie werden uns auch finden! Du hast ja selber gerade erzählt, bei wie vielen Leuten wir uns verdächtig gemacht haben.«

Endres starrte jetzt lange in seinen Bierkrug hinein. Schließlich verkündete er mit schwerer Stimme: »Ich glaube, ich gehe weg von hier, bevor sie mich zu Unrecht an den Galgen bringen. Ich hab's in Augsburg eh zu nichts gebracht. Und mich von einem Tag auf den anderen durchschlagen, das kann ich anderswo auch.«

»Na, genau so kenne ich dich – Hauptsache, du rettest dein erbärmliches Fell. An mich denkst du wohl nicht, wie?«

Endres hob den Kopf und blickte sie aus unendlich müden Augen an: »Ja, geht es dir denn nicht so? Was hält dich denn in Augsburg? Als Arschverkäuferin kommst du anderswo grad so gut zurecht wie hier. Vielleicht sogar noch besser.«

»Mit dir als Ruffian, der die Rudolfin beim Abkassieren ablöst, was?« Barbara hatte die Gedanken von Endres genau erraten.

»Ja und, warum denn nicht? Ist das nicht besser, als zusammen hingerichtet zu werden?«

Einen Herzschlag lang dachte Barbara ernsthaft darüber nach. Aber dann schüttelte sie energisch den Kopf: »Nein, Endres, nein. Das wäre wie ein Schuldeingeständnis, wenn wir jetzt wegliefen. Wer immer uns jagt, er sähe darin den endgültigen Beweis, dass wir es waren. Und der Mörder wäre sicher bis ans Ende seines Lebens!«

»Und wenn schon – wir müssen unseren Hals retten, Barbara! Wir fangen unter falschen Namen zusammen ein neues Leben an. Wirst sehen, das wird noch unser Glück und wir bringen es weiter als je zuvor.«

»Endres! Erstens: Ich habe mit dir schon einmal ein neues Leben angefangen. Das hat mich erst so richtig ins Elend gebracht.« Er wollte etwas sagen, aber sie schnitt ihm mit erhobenem Zeigefinger das Wort ab. »Und zweitens: Wir können nicht so einfach untertauchen. Egal, wohin wir gehen, irgendwann rechnet sich einer aus, dass wir genau zu dem Zeitpunkt angekommen sind, als in Augsburg das ›Judenmörderpärchen‹ verschwunden ist. So einfach kommen wir nicht aus der Sache raus.«

»Ja, was um Himmels Willen sollen wir denn sonst tun?«

»Die Augen offen halten. Wir müssen beobachten, wie die Nachforschungen laufen. Du hattest vorhin ganz Recht – wenn sich einer besonders hervortut, um auf uns aufmerksam zu machen, können wir den ja besonders im Auge behalten.«

»Du meinst also, wir können den Mörder doch finden?«, fragte Endres mit mehr als leichtem Zweifel.

»Nein, Endres, wir können nicht. Wir müssen. Und zwar schnell, bevor sie auf unserer Spur sind.«

»Ich könnte mich umhorchen, ob die Beute irgendwo zum Verkauf angeboten wird«, zeichnete Endres einen Silberstreif an den Horizont. »Kirchenschätze tauchen schließlich nicht jeden Tag bei den Hehlern auf.«

»Ja, das stimmt. Der Mörder könnte ihn bedenkenlos anbieten, denn niemand würde vermuten, dass christliche Heiligtümer aus dem Besitz des ermordeten Juden stammen.«

»Nur wir wissen das«, sagte Endres.

»So ganz hoffnungslos ist unsere Lage also doch nicht.« Barbara nahm eine Hand von Endres in ihre Hände.

Johann Ilsung besichtigte das Haus des ermordeten Juden mit einer gründlichen Langsamkeit, die gar nicht zu seiner sonst so schlagfertigen und eiligen Art passen wollte. Mehr als einmal warfen sich die beiden Büttel fragende Blicke zu, als der Strafherr jede Treppenstufe in Augenschein nahm, die Bretter der leeren Truhe mit den Fingerspitzen betastete, am eingetrockneten Blut am Boden kratzte und sich genau beschreiben ließ, wie die Arme und Beine des Toten dagelegen hatten, als ihn die Büttel vorfanden. Besonders eingehend betrachtete er das Fenster, durch das die Raubmörder eingestiegen waren. Er fragte die Büttel nach der genauen Lage des Riegels am Tag der Tat, doch sie konnten ihm nicht sagen, ob er anders gestanden war als im Augenblick.

Die Leiter war immer noch am Fenster angelehnt. Der Ratsherr kletterte hinaus und beschied den Bütteln, das Fenster zu verriegeln. Sie taten es und staunten nicht schlecht, als kurz darauf die Klinge eines Dolches im Ritz zwischen Fenster und Rahmen erschien, nach oben fuhr und den Riegel aus der Halterung schob. Das Fenster ging auf, Ilsung erschien von außen und murmelte: »Wenn man weiß, wie es geht, ist es leicht.«

Jetzt stieg er hinunter in den Hof und setzte seine Untersuchung genau so penibel fort. Da hier eine Menge Bretter und Kisten lagen und der Schuppen bis oben hin mit Werkzeug und rostigem Unrat voll gestopft war, schien auch das den Bütteln eine Ewigkeit zu dauern. Schließlich rief er sie zu sich und vergewisserte sich, dass die Hintertür des Hauses in den Hof zur Tatzeit fest verriegelt war. Dann gab er neue Anweisungen aus: »Ich brauche euch hier nicht mehr. Ihr erkundigt euch bei Tandlern, Hehlern und den bekannten Umschlagplätzen, ob jemand verdächtiges Gut losschlagen wollte, das zur Beute gehören könnte. Fragt, ob er es damit auffallend eilig hatte oder vielleicht einen besonders niederen Preis akzeptierte. Sagt den Hehlern, sie kommen ungestraft davon, wenn sie uns helfen, den Mann zu finden – aber wenn sie uns etwas verschweigen, werden sie hängen.«

Als die Büttel weg waren, klopfte er an die Tür des Nachbarhauses. Eine Frau mit einem kleinen Kind auf dem Arm machte auf. Sie erklärte, dass sie schon von einem der Büttel vernommen worden war, aber nichts anderes sagen konnte, als dass sie von dem schrecklichen Verbrechen nichts mitbekommen habe. Ilsung fragte nach dem Hund. Ja, er habe lange gebellt, als die Täter drüben zugange gewesen sein mussten. Nein, sonst schlage er nur kurz an. Ja, es seien immer wieder Fremde zum Nachbarn gekommen, um Geschäfte zu machen. Nein, bei denen habe er nie so heftig gebellt. »Wahrscheinlich hat er gespürt, dass es böse Menschen waren«, lächelte die Frau.

Johann Ilsung verzichtete darauf, sie zu belehren, dass Tiere, abgesehen von der Schlange, den Unterschied zwischen Gut und Böse nicht kannten. Nur der Mensch war im Paradies verführt worden, vom Baum der Erkenntnis die Frucht zu essen, die ihm diese Kunst ermöglichte. Der Magistrat betrachtete lieber den Hund, der während der Bluttat so heftig angeschlagen hatte. Es war ein mittelgroßer, schwarzer Mischling mit etwas struppigem Fell, angeleint an seinem Verschlag im Hinterhof. Er wirkte aufmerksam, stellte sofort die Ohren und kam auf den fremden Besucher zu, schnupperte, winselte, war jedoch weit davon entfernt, zu bellen. Er wedelte mit dem Schwanz und Ilsung tätschelte ihn, wobei er sorgsam darauf achtete, dass kein Schmutz an seine seidenen Beinlinge und seine Schecke aus feinem Loden kam. Schließlich bat er die Frau, den Hund loszubinden und aus dem Hof zu führen, damit er sich genauer umsehen konnte. Er betrachtete eingehend das übliche Hinterhof-Gerümpel, die Knochen des Hundes und einige zernagte Holztrümmer, die ihm offenbar als Spielzeug dienten. Schließlich ging er wieder in den Nachbarhof, sah sich noch einmal kurz um und verließ dann das Judenviertel. Die ausführlichere Vernehmung der Frau und anderer Nachbarn konnte warten. Auf seinem Plan standen dringlichere Punkte.

Er ging zu seinem Wohnhaus, dem Ilsungschen Anwesen am Fleischmarkt, hieß einen Knecht, sein Pferd zu satteln und gönnte sich eine hastige Mahlzeit, bis es bereitstand. Dann galoppierte er zum Gögginger Tor, um den Torwächter zu vernehmen. Der hatte auch am Tag des

Mordes Dienst gehabt. Ilsung fragte ihn, ob der Mann mit beiger Gugel und blau-grünen Beinlingen und die Frau mit dem braunen Kleid an diesem Tag vielleicht das Tor verlassen hatten. Womöglich hätten sie einen Sack mit der Beute bei sich gehabt. Der Mann erwies sich als tüchtig, erklärte, er habe schon versucht, sich zu erinnern, als ihm Mord und Täterbeschreibung zu Ohren gekommen waren. Es sei nicht besonders viel los gewesen an jenem Tag und er habe jeden, der das Tor passierte, wahrgenommen. Nach bestem Wissen und Gewissen könne er sagen, dass sie nicht zu seinem Tor hinaus sind. Der Magistrat lobte den tüchtigen Mann, schwang sich aufs Pferd und ritt direkt an der Stadtmauer entlang, vorbei an Sankt Anna und dem Kornhaus zum Heilig-Kreuz-Tor. Der Wächter dort machte eine ähnliche Aussage, wenn ihm Ilsung auch die Würmer aus der Nase ziehen musste.

Das nächste Wegstück führte an dem Stück der Stadtmauer vorbei, das die Juden hatten bezahlen und bauen müssen, gut fünfzig Jahre, bevor sich die Stadt durch das große Progrom dafür erkenntlich gezeigt hatte. Ilsung kam das Gespräch mit dem Vogt wieder in den Sinn – eine schnelle Lösung des Falles sollte unter Beweis stellen, dass sich Stadt und König heutzutage der Juden verantwortungsvoll annahmen. Er gab seinem Ross die Sporen, als er zwischen dem Judenfriedhof, dessen Außenmauer einen Teil der Wallanlage bildete, und Zeughaus hindurchstob. Am Fischertörle neben der Georgskirche wurde es etwas komplizierter für ihn: Der Wächter hatte zwei Tage zuvor, am Tag der Bluttat, keinen Dienst gehabt. Der andere Wächter wohnte ganz in der Nähe, in dem Winkel zwischen Sankt Stephan und der Stadtmauer, die hier einen großen Bogen machte. Ilsung traf ihn zuhause an; auch er konnte sich nicht an die Verdächtigen erinnern. Ebenso verhielt es sich mit den Wachleuten am Jakobertor, am Vogeltor, am Schwiboger- und am Roten Tor.

Während er das Pferd gemächlich an Sankt Ulrich und dem Grab der Heiligen Afra vorbei nach Hause traben ließ, war er sehr zufrieden. Er konnte davon ausgehen, dass die beiden Verdächtigen noch in der Stadt waren.

»Die Schlinge zieht sich zu, Barbara!« Die Angesprochene blickte Endres erstaunt an. So kannte sie ihn gar nicht: Er war in Panik aufgelöst, hatte auch in dieser Nacht kein Auge zugetan, sah schrecklich aus. Sie hatte ihn immer bewundert, wie er, einem Wiesel gleich, allen Fallstricken und Tücken gelassen ausgewichen war. Aber jetzt, wo ihn die Meute eingekreist hatte, war er am Ende. »Sie kämmen alle Schänken, Löcher, Hehler und Bettler durch«, jammerte er. »Rings um das Viertel am Judenberg waren sie schon überall, sagt man.«

»Deine bevorzugten Schänken und Freunde sind doch ganz woanders«, tröstete ihn Barbara, wobei sie wie selbstverständlich seine Hand nahm.

»Ja, und? Das bringt mir einen Tag mehr, sonst nichts. Ich muss verschwinden, Barbara, aus der Stadt. Ich verdinge mich irgendwo als Söldner, meinetwegen bei den Bayern.«

Barbara dachte nach. Vielleicht wäre es wirklich das Beste, Endres laufen zu lassen? Aber sie würden irgendwann dahinterkommen, dass sie mit dem Schatz zu tun hatte, an dem Blut klebte. Und dass sie es war, die kurz nach dem Mord aus dem Haus des Opfers geflüchtet war. Alleine war es ihr so gut wie unmöglich, in der Unterwelt nach dem wahren Mörder zu suchen. Nur Endres war dort zuhause. Nein, sie musste ihn einspannen, den Fall zu lösen. Dazu benutzte sie eine Notlüge: »Endres, du kommst nicht mehr aus der Stadt heraus. Gestern hat einer im Frauenhaus erzählt, sie bewachen die Tore jetzt so streng, dass sie nur noch angesehene und unbescholtene Bürger durchlassen. Man soll schon einige, die keinen guten Eindruck machten, weggebracht haben. Und du machst im Augenblick den schlechtesten Eindruck von allen. Das würdest du glauben, wenn du dich sehen könntest.«

Endres schluckte die Lüge. »Aber was sollen wir nur tun?«

»Besinn dich darauf, was wir gestern ausgemacht haben: Wenn wir herausbekommen, was der Waibel und die Büttel wissen, sind wir ihnen einen Schritt voraus, weil unsere Erkenntnisse noch dazu kommen. Zum Beispiel wissen nur wir, dass die Beute ein Kirchenschatz ist. Wenn wir erfahren, wo gestohlenes Messgeschirr oder so etwas aufgetaucht ist, sind wir dem Mörder schon ein gutes Stück näher. Aber wie kommen wir nur an die Büttel ran?«

Plötzlich hellte sich die Miene von Endres auf: »Mensch Barbara, wir brauchen uns doch nicht an die Büttel heranzumachen. Die werden zu dir kommen!«

Barbara schlug sich vor den Kopf. »Natürlich! Wenn sie nicht bei uns, wo sich alles und jeder trifft, nachforschen, wo denn dann?« Sie sprang sofort auf. »Du, ich schaue, dass ich zurückkomme, sonst verpasse ich sie noch.«

»Was willst du denn tun, Barbara?«

Sie griff sich keck an beide Brüste. »Das, was ich immer tue, wenn ich von Männern was haben oder wissen will.« Beide lachten. Es war ein gequältes Lachen. Aber ein Lachen, immerhin.

SECHSTES KAPITEL

Auf der Flucht

Barbara brachte den Einkaufskorb in die Küche und erlebte eine schmerzhafte Überraschung: Als sie das Wechselgeld auf den Tisch legte, sauste ein Stock auf ihre Hand. Die Verblüffung war größer als der Schmerz, und als sie die Rudolfin anstarrte, ließ die den Stock seitwärts gegen ihre Hüfte sausen. Als sie zum dritten Mal ausholte, fiel ihr die kräftige einstige Bauernmagd in den Arm und drängte die schwerfällige Frau mit Wucht in eine Ecke.

»Wirst du wohl deine Wirtin loslassen?«, fuhr diese sie mit solcher Strenge an, dass Barbara tatsächlich locker ließ. Sie wollte gerade fragen, was das sollte, da pfiff der Stock in Richtung auf ihren Kopf hernieder, so dass sie instinktiv die Hände hoch riss. Der Schmerz fuhr ihr durch die Handgelenke, da ließ die Alte flink einen Hagel von Schlägen auf ihren Hintern prasseln. Erst, als die Rudolfin außer Atem den Stock sinken ließ, kam Barbara zu Wort: »Was soll das?«, schrie sie. »Bist du verrückt?«

»Nein, ich bin voll bei Sinnen und bekomme alles mit«, keucht die Wirtin. »Zum Beispiel, wenn eine von euch Geschäfte nebenher macht.«

»Was soll das heißen?«

»Wo kommst du denn gerade her?«

»Na, vom Einkaufen, das siehst du doch.«

Als Antwort pfiff der Stock erneut auf ihren Rücken. Barbara holte mit der Faust aus, doch die Wirtin hielt ihr den Arm fest und schnaubte: »Und das vergisst du für den Rest deines Lebens!«

»Du hast mich ja förmlich überfallen!«, schrie Barbara. »Was willst du denn?«

»Du hast dich gerade mit einem Kunden getroffen und willst ihn auf eigene Rechnung bedienen!«, fuhr die Rudolfin sie an, den Stock zum nächsten Schlag bereit.

Sie konnte nur Endres meinen. Jemand hatte ihr das Stelldichein von eben zugetragen. »Der ist doch kein Kunde«, verteidigte sie sich. »Man wird sich doch mit einem alten Freund treffen dürfen!«

»Alter Freund?«, kreischte die Wirtin. »Hier hast du immer erzählt, mit diesem abscheulichen Kerl willst du nie wieder was zu tun haben.«

»Wir haben uns eben versöhnt.«

Die Rudolfin hielt den Stock jetzt wie ein Schwert auf sie gerichtet. »Du hast hier einen Preis mit ihm ausgehandelt, das hat man gehört!«

»Ich wollte ihn doch nur ärgern!«

»Du ärgerst Leute, indem du Preise aushandelst?« Barbara konnte den Hohn der Wirtin nicht entkräften. Es wirkte wirklich alles mehr als widersprüchlich. »Du lieferst in den nächsten vier Wochen dein ganzes Geld bei mir ab«, befahl die Alte. »Dann gehen wenigstens deine Schulden bei mir ein bisschen zurück. Und auf den Markt schicke ich dich auch nicht mehr. Ich muss dich an der kurzen Leine halten, das sehe ich schon. Lass dich ja nicht noch einmal erwischen, wie du in die eigene Tasche arbeitest. Meine Augen und Ohren sind überall, das merkst du ja.«

Barbara verzichtete auf eine erneute fruchtlose Verteidigung und ging hinaus in die Schankstube. Da saß nur Els und grinste sie noch böser an als sonst. Sie gönnte ihr die unüberhörbare Tracht Prügel von Herzen.

Waren es vielleicht ihre ›Augen und Ohren‹, von denen die Wirtin gesprochen hatte? Barbara ging mit verächtlich erhobenem Haupt an ihr vorbei die Treppe hinauf. Es konnte leicht sein, dass Els sie vom Frauenhaus aus verfolgt, mit Endres erwischt und es der Rudolfin gesteckt hatte. Die Giftspritze hatte schon Endres alles von Georg und seinem Schatz erzählt. Wusste es dann auch die Wirtin? Barbara setzte sich auf das Bett, nahm die Spindel und spann mit dem Flachs auch ihre Gedanken weiter: Was, wenn Els und die Wirtin gemeinsame Sache gemacht hatten? Sie waren vertraut miteinander. An ihrem ersten Abend hatte Barbara mitbekommen, dass nur sie von dem bevorstehenden Krieg wusste, die anderen nicht. Els hatte die Treffen mit Endres vielleicht schon vor dem Mord ausspioniert. Wussten sie vielleicht, dass Barbara und Endres auf David Lambt gestoßen waren? Der Mörder hatte es gewusst.

Steckten sie hinter dem Mord?

Barbara ließ die Garnspindel sinken. Die Wirtin bekam eine Menge mit, das hatte sie gerade bewiesen. Und sie kannte neben den besseren Herren, die mit ihren Dirnen verkehrten, auch eine Menge Gesindel, das im Haus seine krummen Geschäfte machte. Einen von denen als Mörder zu dingen, dürfte nicht schwer gewesen sein. Barbara fuhr fort, den Flachs aufzuzwirbeln.

Ganz unvermittelt hielt Johann Ilsung seinen Rappen an. Er stand vor dem Kontor Sebastian Portners. Dieser Kaufmann – Ilsung weigerte sich, ihn ›Kaufherren‹ zu nennen – hatte in geschäftlichem Kontakt mit dem Ermordeten gestanden. Er stieg ab, band das Pferd am Pfahl vor dem Haus fest und pochte an die Tür. Ein Diener ließ ihn vor zu Portner, der in seiner Stube gerade einen Becher Wein genoss. »Ilsung, mein lieber Freund, nehmt Platz«, begrüßte er ihn freundlich. »Darf ich Euch einen Becher Wein anbieten? Ihr habt Glück, ich habe gerade einen Krug Malvesier aus dem Keller holen lassen.«

Das war nur vordergründig freundlich. Für die Beiden war Wein ein Statussymbol, wobei Portner wesentlich schwerer auftrumpfen konnte, denn er hatte den Keller voll von italienischem Wein, den er selbst mit anderen Luxuswaren über die Alpen heranschaffte. Ilsung hätte ihm umgekehrt von der eigenen Ware höchstens Weine aus Burgund oder Frankreich anbieten können. Seine Familie hatte sich eben nicht bis hinauf gewagt, zu den Alpenpässen, in die Kreise der wahren Fernhandelsherren. Gut,

Johanns Onkel Conrad Ilsung hatte es vor etwa zwanzig Jahren sogar zu einem der Bürgermeister gebracht. Aber manche alteingesessene Patriziergeschlechter beeindruckte so etwas noch lange nicht und sie beäugten andere reiche Familien immer noch als Emporkömmlinge.

Ilsung war sich sehr wohl der Herablassung Portners mit seinem ach so herrlichen Welschwein bewusst. Er konterte mit seiner überlegenen Rolle als Ermittler im Mordfall, in dem Portner nur Zeuge war. Er trumpfte auch gleich mit einer eher peinlichen Frage auf: »Ihr hattet bei David Lambt Geld geliehen, nicht wahr?«

»Habt Ihr die Schuldscheine bei ihm gefunden?«, fragte Portner und setzte hinzu: »Natürlich habt Ihr sie gefunden, wie sonst solltet Ihr über meine Geldgeschäfte Bescheid wissen?« Wieder ein Seitenhieb. Ilsung gehörte nicht zu den eingeweihten Kreisen, so wie Portner selbst.

»Wisst Ihr von einem Geschäftspartner Lambts, mit dem er Probleme hatte?«, forderte Ilsung ihn heraus, zu zeigen, wie weit es mit seinem geheimnisvollen Wissen her war.

»Von Problemen mit Kaufleuten ist nichts bekannt«, sagte Portner, als wäre das eine allgemeingültige Wahrheit. »Aber da soll eine nicht ganz koschere Nichte sein«, scherzte er. Woher wusste er über Lambts Familienangelegenheiten Bescheid? Wollte er den Verdacht auf die Nichte, Esther Mosmann lenken? »Und Ihr habt noch keinen Verdächtigen?«, setzte der allwissende Handelsherr noch eins drauf, um Ilsungs Unbedarftheit weiter bloß zu stellen.

»Oh, ich bin zwei Verdächtigen auf den Fersen, die ich bald habe«, ließ dieser sich tatsächlich verleiten, sein Geheimnis preiszugeben, nur um nicht dumm dazustehen.

»Was wollt Ihr dann von mir?« Portners Unterton wurde unangenehm.

»Ich denke eben einen Schritt weiter. Wenn ich die beiden Täter habe, will ich schon etwas über mögliche Hintergründe wissen. Vielleicht wurden sie ja angestiftet?«

»Wenn ich etwas erfahre, werde ich es Euch umgehend wissen lassen«, erklärte Portner abermals von oben herab, leerte seinen Becher und stellte ihn auf den Tisch als Aufforderung, das Beisammensein zu beenden.

Gegen Mittag kam, wie Endres es vorhergesehen hatte, ein Büttel, um Erkundigungen zu dem flüchtigen ›Judenmörderpärchen‹ einzuholen. Barbara kannte die Gestalt mit dem schwarzen Kapuzenumhang und dem schweren Stock nur flüchtig vom Sehen. Es würde nicht leicht werden, ihn zu umgarnen: Er war nicht mehr jung, hatte das Gesicht einer Bulldogge und benahm sich auch so. Sie beobachtete genau, wie er reagierte, als ihm die Wirtin einen Krug Bier hinstellte, um ihn bei Laune zu halten: Erst grunzte er und sah sie misstrauisch an, dann huschte ein zufriedener Ausdruck über sein vierschrötiges Gesicht und er nahm einen tiefen Schluck. Er war also zugänglich für Annehmlichkeiten. Gut.

Er befahl der Wirtin, alle Hübscherinnen herbeizuholen. Ursel war nicht da, so saßen sie zu fünft um ihn herum.

Natürlich ließ sich die Rudolfin kein Wort entgehen und stand daneben. Er fragte sie zunächst nach dem mittlerweile berühmten Verdächtigen mit den blau-grünen Beinlingen. »Wir verdienen unser Geld damit, dass die Kerle ihre Beinlinge ausziehen«, rief Adelheid, »wie sollen wir uns da erinnern, wie die aussehen?« Alles lachte, der Büttel rief zu Ruhe und Ordnung auf. Mit den Nachforschungen hatte er kein Glück, denn die Mädchen konnten sich nicht mehr an die alten Kleider von Endres erinnern. Es war schon zu lange her, dass er hier Gast gewesen war.

Er sprach noch die Beute des Raubmordes an, fragte, ob in den letzten Tagen wertvolle Hehlerware angeboten worden sei oder ob es unter Gästen um einen dubiosen Handel gegangen war. Das war ein heikler Punkt, denn sowohl Wirtin als auch die Hübscherinnen waren gezwungen, das eine oder andere lukrative Nebengeschäft zu tätigen. Aber nicht in der vergangenen Woche.

Barbara wartete, bis der Büttel gegangen war, stahl sich davon und holte ihn auf der Gasse schnell wieder ein. »Verzeiht mir«, sprach sie den überraschten Mann an, »ich habe da vielleicht etwas für Euch. Ich wollt's vor der Wirtin nicht sagen, weil es um einen guten Kunden geht. Ein fränkischer Kaufmann, der alle paar Monate auftaucht, dann aber eine Menge springen lässt.«

»Wie heißt der?«

»Jakob Reutlin«, phantasierte sie, denn die ganze Geschichte war erstunken und erlogen.

»Und was ist mit dem?«

»Ja, das ist so ein Problem. Ich habe ihm vorgestern nur so mit einem Ohr vom Nachbartisch aus zugehört. Er fragte einen anderen Kaufmann um Rat, weil ihm jemand, den er nicht kenne, günstig ein paar wertvolle Einzelteile aus Gold angeboten hat.«

»Hat er gesagt, wer?«

»Ja, das hat er tatsächlich. Und er hat sogar aufgezählt, um was für Sachen es ging. Aber, wie gesagt, ich habe gar nicht richtig zugehört. Es ist wie mit einem Namen, der einem auf der Zunge liegt, aber man kommt nicht drauf. Sobald man ihn dann hört, weiß man genau: Der ist es. Wenn Ihr mir einen Namen nennt, auf den ihr gestoßen seid, oder bestimmte Wertsachen, dann fällt es mir bestimmt ein.«

Der Büttel blieb stehen und zog Barbara in eine Seitengasse. Er hatte dem hochnäsigen Strafherrn, der die Ermittlungen führte, bisher mit nichts aufwarten können und dafür auch dessen Verachtung zu spüren bekommen. Für den nächsten Rapport, der schon zum Gebetläuten anstand, hätte er gerne etwas vorzuweisen gehabt. »Beim Melberwirt wollte einer eine Porzellanvase losschlagen«, fiel er tatsächlich auf Barbara herein. Dass sie ihm in der Gasse ganz nahe gekommen war und ihm vertraulich die Hand auf die Brust gelegt hatte, steigerte seine Gesprächsbereitschaft zusätzlich.

»Nein, so etwas war es nicht«, hauchte sie. »Weiter.«

Er zählte noch zwei Ermittlungsergebnisse auf, die er beim morgendlichen Rapport erfahren hatte, dann schlug Barbaras Herz plötzlich bis zum Hals: »Im ›Roten Löwen‹ hat jemand goldenen Kirchenschmuck losschlagen wollen.«

Es war ihr vor Aufregung kaum möglich, das beiläufig abzutun: »Nein, das auch nicht. Aber wer, um Himmels

Willen, versündigt sich denn auf solche Weise?« Der Büttel wusste es nicht. Sie ließ ihn noch einige Fälle aufzählen und beschied ihn dann zu ihrem größten Bedauern, dass wohl nichts dabei war, von dem der Kunde gesprochen hatte. Er war dennoch halbwegs zufrieden. Wenn er die Geschichte mit dem fränkischen Kaufmann ein wenig ausschmückte, brauchte er heute Abend wenigstens nicht ganz belämmert dazustehen.

Barbara und Endres hatten ihr nächstes Treffen in einer Seitengasse am Kitzenmarkt. Es war kurz: »Im ›Roten Löwen‹ ist wertvolles Zeug aus einer Kirche aufgetaucht«, raunte sie ihm zu. »Mehr weiß ich nicht. Reicht dir das?«

»Muss reichen«, sagte Endres. »Komm heute Nacht nach deiner Arbeit vor die Tür, dann habe ich vielleicht schon mehr.« Damit verschwand er.

»Bis heute Nacht kann viel passieren«, dachte Barbara bei sich und überlegte, wie sie früher erfahren konnte, was im Gasthaus nahe des Roten Turmes am äußersten Rand der Jakobervorstadt geschehen war.

Endres machte sich sofort auf den Weg dorthin. Die Zeit erschien ihm günstig, am helllichten Tag war in den Schänken wenig los. Ein Blick durchs Fenster zeigte, dass außer dem Wirt nur zwei Männer drinnen saßen. Als sie heraus kamen, schlüpfte Endres, die Kapuze der Gugel tief ins Gesicht gezogen, hinein und schob den Riegel vor. Er hatte in seiner Lage keine Zeit, langwierig eine List auszuhecken, sondern ging aufs Ganze. Er überrumpelte den völlig verblüfften Wirt, warf ihn zu Boden, fesselte ihm die Hände mit dessen eigenen Gürtel auf den Rücken, kniete sich auf seine Schultern und hielt ihm von hinten das Messer an die Gurgel.

»Ich hab hier unten kein Geld!«, schrie das Opfer verzweifelt.

»Ich will kein Geld«, sagte Endres mit verstellter, rauer Stimme. »Ich muss nur was wissen. Von wem waren die Sachen aus der Kirche? Wer hat sie gebracht?«

»Sie sind oben!«, kreischte der Wirt.

Endres drückte die Klinge fester an den Hals. »Schrei nicht so! Ich will das Zeug nicht.« Es fiel ihm schwer, das zu sagen. Doch alles, was er sich mit diesem Gold hätte kaufen können, war ein Platz am Galgen. »Ich will nur wissen, von wem es kommt. Den Namen!«

»Ein Fuhrknecht. Veit Bachmair.«

»Wo ist der her?«

»Aus Oberhausen. Schafft bei einem Pferdehändler, den sie ›Rappenbauer‹ nennen.«

Jetzt setzte Endres die Spitze der Klinge genau auf den Adamsapfel. »Pass auf: Ich nehme keinen Heller von dir mit, verstanden? Ich bin gleich draußen und du siehst mich nie wieder. Oder willst du mich wieder sehen?«

»Nein!«, quiekte der Mann.

»Gut. Dann sage zu keiner Menschenseele je ein Wort von meinem Besuch, verstanden?« Schon war Endres zur Tür hinaus geschlüpft und in einer Gasse verschwunden.

Der Wirt rappelte sich auf und knurrte: »Das kannst du vergessen!«

Der Strafherr Johann Ilsung schritt die Reihe seiner angetretenen Büttel ab wie ein Offizier seine Truppe. Er war zufrieden mit dem, was sie ihm gerade vorgetragen hatten – fünf Namen von nicht besonders ehrenhaften Bürgern, die nach Aussagen verschiedenster ebenso wenig ehrenhafter Leute zum Zeitpunkt des Mordes grün-blaue Beinlinge getragen hatten. In zwei Fällen war man wegen der zugehörigen beigen Gugel absolut sicher, in den anderen nicht. Zwei der Männer hatten die betreffenden Büttel bereits überprüft; sie hatten beide an jenem Vormittag gearbeitet, wofür es zuverlässige Zeugen gab. Blieben also drei Namen übrig.

Einer davon war Endres Hofstetter.

»Jeweils ein Trupp von euch sucht nach einem dieser Männer«, befahl Ilsung. »Ob ihr sie findet oder nicht, erkundigt euch nach ihren Weibern, oder denen, die mit ihnen verkehren. Zum Mittagläuten erwarte ich euch hier.«

Der Ermittler selbst wollte noch zwei Männer aufsuchen, die Geschäfte mit dem Mordopfer getätigt hatten. Sie waren aber beide nicht zu finden. So vernahm er Esther Mosmann, die Nichte und damit nächste noch lebende Verwandte David Lambts. Nein, er verdächtigte sie nicht, weil Portner sie ihm als ›nicht koscher‹ geschildert hatte, sagte er sich. Er selbst hatte schon gehört, dass ihr Mann offenbar ein Taugenichts war und ordentliche Arbeit nicht als Teil seiner Bestimmung sah. Wovon er lebte, wusste niemand so genau – »von Geschäftelen eben«, hatte es ein jüdischer Nachbar auf den Punkt gebracht.

Als Ilsung Esther Mosmann in ihrer bescheidenen Behausung gegenüber trat, wunderte er sich, wie so eine schöne Frau in solche Verhältnisse geraten konnte. Ihre Augen waren schwarz und groß, ihre Haut makellos rein und von dunklem Teint. Das Gesicht länglich oval, die Züge fein, wie modelliert. Ihre Haare sah man nicht, sie trug ein Tuch um den Kopf gewunden, dessen Enden hinten hinabhingen und das orientalisch wirkte, ebenso wie das weite, bestickte, bodenlange Hemdkleid. Etwas stimmte mit dem Gewand nicht. Richtig, es fehlte der gelbe handtellergroße Judenring, den sie in der Öffentlichkeit an ihrer Kleidung tragen musste. Offenbar hatte sie ihn nur angeheftet und legte ihn zuhause ab.

Sie hielt einen Säugling auf dem Arm. Wie sich herausstellte, war sie seine bezahlte Amme. Um sie drängten sich drei weitere Kinder, zwei mit schwarzen Locken und Rehaugen, die denen der Mutter ähnelten, und ein blondes.

Das Wohlwollen, das ihr Äußeres bei Ilsung erzeugte, machten ihre Worte schnell zunichte: »Habt Ihr die Vermögensverhältnisse meines Oheims schon geklärt?«, war ihre erste Frage. »Gibt es einen Überblick über seine Schuldner und die Beträge, die wir noch von ihnen zu bekommen haben?«

Ilsung war befremdet. Solch ein Verhalten wäre Wasser auf die Mühlen der zahlreichen Judenhasser in der Stadt. Aber man konnte es auch genau anders herum sehen: Es waren ja die Christen, die in den Juden nur deren Verhältnis zum Geld sahen. Was lag also näher für die Verwandte des Mordopfers, als nach den Leuten zu suchen, die Schulden bei ihm hatten? Allzu oft war das identisch mit einem Mordmotiv.

Er erklärte, man habe eine Reihe von Wechseln im Besitz des Toten gefunden. Esther Mosmann fragte, was sie insgesamt wert wären. Als sie die Summe hörte, schüttelte sie den Kopf: »Das kann nicht alles sein. Da ist eine Lücke von fünfhundert bis tausend Gulden.« Ilsung räumte ein, er wisse noch nicht, was an Wertsachen geraubt worden war. Sie hielt dagegen, sie kenne in etwa die Geldflüsse ihres Oheims, berief sich bei näherem Nachfragen aber doch nur auf Schätzungen und Vermutungen. So ging es hin und her, ohne dass sie einen konkreten Hinweis auf einen Verdächtigen geben konnte. Als er die schöne Frau verließ, war er so schlau wie zuvor.

Zu Mittag grenzte sich die Suche nach dem Pärchen weiter ein. Ein Büttel führte einen völlig verängstigten Weißledergerber mit grün-blauen Beinlingen vor. Er wimmerte, er habe in der Nacht vor dem Mord zu viel Bier gesoffen und am Morgen der Tat seinen Rausch ausgeschlafen. Das könne allerdings niemand bezeugen. Man brauchte keinen besonderen Scharfblick, um zu erkennen, dass man hier keinen heimtückischen Raubmörder vor sich hatte. Ilsung stellte ihm ein paar Fragen und entließ ihn.

In zwei Fällen waren die Männer mit den markanten Beinlingen nicht mehr aufzufinden gewesen. Einer war Gelegenheitsarbeiter, nahm hier und da für billiges Geld Maurer-, Verputzer- oder Anstreicherarbeiten an. Einer der Büttel hatte aufgeschnappt, dass er derzeit einen Auftrag in irgendeinem Dorf hatte.

»So einer lässt sich ausbezahlen wie ein Tagelöhner«, überlegte der Strafherr. »Das heißt, er hat heute Abend Geld von der Sorte in der Tasche, das wahrscheinlich magisch von Bier- und Weinkrügen angezogen wird.« Die Büttel lachten verhalten, ihr Herr zeigte nicht oft einen so deutlichen Anflug guter Laune. »Es genügt, wenn einer von euch heute Abend in den bekannten Häusern nach ihm sucht. Wer bleibt dann noch übrig?«

»Der Hofstetter Endres, Herr«, buckelte einer der Büttel. »Es ist aber ein wenig verwirrend mit seinen Beinlingen. Einige meinten, er hätte grün-blaue. Andere sagten, das stimmt nicht, sie hätten ihn in den letzten Tagen mit ganz einfachen braunen oder grauen gesehen.«

Ilsung wurde hellhörig. »In den letzten Tagen trug er andere? Dann könnte er sie nach dem Mord gewechselt haben. Weißt du noch etwas über diesen Hofstetter?«

»Ja, da gibt es eine ganz sonderbare Geschichte«, fuhr der Büttel beflissen fort. »Er führte gegen Ende letzten Jahres eine Magd von einem Dorf heim in sein Haus nach Augsburg. Nur, dass es gar nicht sein Haus war. Er hat das Mädchen sitzen lassen und als der Hausbesitzer den Mietzins kassieren wollte, ist sie rausgeflogen und direkt ins Frauenhaus gegangen.«

»Hast du ihren Namen?«

»Barbara Gütermann.«

Während die Büttel weiter nach Endres Hofstetter suchten, nutzte Johann Ilsung die Zeit, um noch einmal die Runde bei einigen Zeugen zu machen. Er wollte sie fragen, ob sie Hofstetter oder vielleicht dessen ehemalige Verlobte kannten.

»Barbara Gütermann?«, wiederholte im Kontor des Kaufmanns Gossembrot dessen angehender Buchhalter Franz Dachs. »Die Hübscherin?«

»Ihr kennt sie?«, horchte der Magistrat auf.

»Ja, sie hat mich neulich angesprochen«, antwortete Dachs mit einem Seitenblick auf seinen Herrn Hans Gossembrot, der kaum merklich das Gesicht verzog. »Auf dem Schützenfest in der Rosenau.«

»Warum habt Ihr das bei meiner ersten Vernehmung nicht erwähnt?«

»Ich habe der Begegnung keine Bedeutung zugemessen«, erklärte Dachs. «Ihr fiel etwas herunter und ich hob es ihr auf. Da plauderten wir ein paar Worte.«

»Worum ging es?«

»Ach, eine der anderen Hübscherinnen hatte zuvor bei dem Wettlauf einen Ballen Tuch gewonnen und sie wollte wissen, wo sie es wohl verkaufen könnte.«

»Habt Ihr David Lambt genannt?«

»Gott bewahre, nein. Das hätte ich Euch natürlich erzählt, nachdem er ermordet worden war.«

»Aber sie lenkte das Gespräch auf Geschäftspartner von Euch, die Ihr nennen solltet?«

»Nun ja, gewissermaßen schon.« Dachs kam ins Grübeln. »Wenn ich es mir recht überlege, fragte sie auch nach jüdischen Händlern, die gebrauchtes Geschirr kaufen. Aber ich würde unsere Geschäftsfreunde niemals mit solchen Leuten behelligen.«

Ilsung wollte sich schon zum Gehen wenden, da fiel dem Buchhalter noch etwas ein: »Ich habe die Frau auf dem Fest später noch einmal gesehen. Mit einem Mann zusammen. Ich bin mir nicht sicher, aber ich meine, es wäre der gewesen, der ein paar Wochen vorher im Kontor genau das Gleiche gefragt hatte wie sie.«

Der Ratsherr gab Franz Dachs eine Beschreibung von Endres – sie passte. Er verließ das Kontor und ging hinüber ins Rathaus.

Für den Rapport der Büttel war es noch zu früh, doch der Waibel hatte eine wichtige Botschaft für Johann Ilsung: »Der Wirt vom ›Roten Löwen‹ war hier und meldete, dass es bei ihm zu einem seltsamen Überfall gekommen sei. Der Räuber hat nichts mitgenommen, sondern wollte nur den Namen eines Hehlers wissen.«

Ein Überfall, bei dem nichts gestohlen wurde? Das hörte sich eher nach einer Streiterei an, die der Wirt hochspielte. Dafür war jetzt keine Zeit. Der Strafherr war schon dabei, sich abzuwenden.

»Der Täter ist vielleicht einer von unserer Liste«, fügte der Waibel hinzu. »Es könnte dieser Endres Hofstetter gewesen sein.«

Ilsung fuhr herum. »Wieso?«

»Weil kurz drauf eine gewisse Barbara Gütermann im ›Roten Löwen‹ auftauchte und nach ihm fragte.«

»Jetzt kommt Bewegung in die Sache«, rief der Strafherr. »Ich glaube, wir haben unser Pärchen.« Er schickte den Waibel zu sich nach Hause, wo er sein Pferd satteln lassen und es zum ›Roten Löwen‹ bringen sollte. Ilsung selbst machte sich eiligst zu Fuß auf den Weg dorthin.

Der Löwenwirt saß vor einem Krug Bier und starrte ratlos hinein. »Eine gute Idee«, sagte Ilsung beim Eintreten. »Schenkt mir auch einen Krug voll ein und richtet mir ein Mittagessen her. Derweil könnt Ihr mir von dem Überfall erzählen.«

»Es war in aller Früh, ich hatte noch keinen Schluck gefrühstückt«, begann der Wirt und schilderte die Einzelheiten des Kampfes. Ilsung hielt ihn an, zügig fortzufahren und erfuhr so, dass der Maskierte offenbar großes Interesse an einem Pferdeknecht namens Veit Bachmair aus Oberhausen hatte.

»Und Ihr habt eine Ahnung, wer der Vermummte war?«

»Oh ja, die habe ich«, sagte der Wirt. »Kurz drauf war nämlich eine Frau da und fragte mich, ob vielleicht ein gewisser Endres Hofstetter hier gewesen wäre und sich nach jemandem erkundigt hätte. Sie hatte wohl keine Ahnung, dass sich der Kerl aufgeführt hat wie ein Verbrecher, denn sonst hätte sie nicht so arglos gefragt. Ich dachte mir, da stimmt was nicht und sagte, es wäre noch keiner hier gewesen. Und dann habe ich klug reagiert, wie Ihr zugeben müsst: Ich tat ihr schön und fragte, wer sie ist. Wenn ihr Endres auftauchte, wollte ich es sie gleich wissen lassen, habe ich behauptet.«

Ilsung klopfte ihm in ehrlicher Anerkennung auf die Schultern.

Draußen wurde Hufgetrappel laut, das vor dem Haus verstummte. Der Waibel hatte wie befohlen das Pferd gebracht und trat ein. Gierig schaute er auf die Eier mit Speck, die der Wirt gerade servierte. Beim Essen sagte Ilsung, entgegen seiner sonstigen Gewohnheiten mit vollem Mund: »Und diese Barbara Gütermann ahnt nichts von dem Überfall und dass ich von ihr weiß?«

»Aber nein, sie hockt im Frauenhaus und wartet auf Nachricht von mir.«

Sie lief ihm also nicht weg. Dann musste er sich vordringlich um Endres Hofstetter kümmern, der mit Sicherheit auf dem Weg nach Oberhausen war. »Wo genau arbeitet dieser Pferdeknecht namens Veit?«, fragte er.

»Bei einem gewissen Rappenbauern«, gab der Wirt beflissen an. »Ein stinkreicher Kerl, wenn Ihr mich fragt.«

»Wie war er denn so, der Veit Bachmair?«

Der Wirt erzählte, das Kirchengold sei nicht das erste Raub- oder Diebesgut gewesen, das ihm Veit Bachmair verkauft habe. Zweimal hätte er zuvor schon Geschäfte mit ihm gemacht – einmal ein Ballen flandrischer Brokat, der noch in das Transport-Sackleinen eingenäht war, als Ware, das andere Mal eine Ladung Räucherschinken und teure Würste mit feinsten orientalischen Gewürzen. »Als Hehler würde ich ihn nicht bezeichnen, wegen der drei Geschäfte mit mir«, versuchte der Wirt eine Einschätzung. »Seine ehrliche Haut hat er aber auch nicht mehr. Gelegenheit macht Diebe, würde ich da sagen. Er war einer, der zu was kommen will. Und als Knecht bringst du es zu nichts, wenn nicht noch was nebenher geht. Aus meiner Erfahrung sage ich Euch eines: Kleine Geschäfte machen gierig auf das große, das endgültig alles verändert.«

»Würdest du ihm zutrauen, der großen Gelegenheit massiv nachzuhelfen?«

»Durch Mord?«

»Oder ein Mordkomplott.«

»Wisst Ihr, ich traue grundsätzlich jedem alles zu«, sagte der Wirt gedehnt. »Wenn ein Geschäft schief läuft, dann kippt es schnell bei einem Menschen. Du musst ein zweites aufziehen, um die Verluste des ersten auszubügeln. Aber du hast ja kein Geld mehr, also musst du es dir leihen. So, und schon geht das nächste Geschäft auch in die Hosen, weil du es nicht mit Bedacht durchziehst. Dann hockst du richtig blöd da. Mit Schuldnern im Genick, mit dem Druck, das dritte Geschäft zu machen. Da bist du nicht mehr wählerisch, zumal du mit einem normalen Gewinn deine Verluste nicht mehr ausgleichen kannst. Wenn dann einer kommt und dir anbietet, bei einem Einbruch mitzumachen, bist du dabei. Und wenn aus dem Einbruch ein Raub wird und dabei einer umkommt ...« Der Wirt zuckte mit den Schultern und stellte eine gleichgültige, schicksalsergebene Miene nach.

Ilsung ließ sich in diese düstere Welt versinken, tauchte aber schnell wieder auf: »Der Veit hat doch ordentliche Arbeit bei einem Großbauern, sagtest du, oder?«

»Wie viel hat er denn gespart als Knecht in fünf Jahren? Bestimmt nicht so viel, wie das letzte Geschäft für einen Tag Arbeit abgeworfen hat.«

»Was hat es denn abgeworfen?«

»Bis jetzt noch nicht so viel. Ich gab ihm zehn Gulden. Wenn das Zeug weiterverkauft ist, soll er noch mal hundert bis hundertfünfzig bekommen. Je nachdem, was, ich rausschlage.«

»Daraus wird leider nichts«, sagte der Strafherr mit einer Mischung aus Strenge und Ironie.

»Ihr beschlagnahmt die Sachen, stimmt's?« Der Wirt hatte das schon erwartet, Ilsung nickte. »Und meine zehn Gulden?«

»Ich habe euch Straffreiheit für die Hehlerei mit Mörderware versprochen, und das halte ich auch. Ich denke, das wiegt den Verlust von zehn Gulden auf, oder?« Im Aufstehen wies er den Waibel an: »Schickt einen Büttel zum Frauenhaus. Er soll Barbara Gütermann im Rathaus festsetzen, bis ich wieder zurück bin.«

»Das kann ich doch persönlich tun«, sagte der Waibel.

»Nein, lasst einmal, ich will noch kein solch großes Aufhebens machen. Sie ist vorerst nur Zeugin. Außerdem habt Ihr einen wichtigeren Auftrag: Ihr nehmt das Beutegut in Verwahrung.« Damit war er auch schon zur Tür hinaus und galoppierte davon, durchs Fischertörle in Richtung Oberhausen.

Barbara sah versonnen auf ihre Spindel und überlegte, was sie tun sollte, falls keine Nachricht vom Löwenwirt kam. Eigentlich wäre ihr am liebsten gewesen, Endres machen zu lassen und hier in aller Ruhe zu warten, was geschah.

Auf einen Schlag war es mit der Ruhe vorbei. Kathrin stürzte herein und rief mit aufgeregter, doch unterdrückter Stimme: »Pack deine Sachen, schnell!« In ihren Augen sah Barbara, dass es um jede Sekunde ging. Während sie sich zur Truhe wandte, fuhr Kathrin fort: »Der Büttel ist unten und will dich verhaften. Ich habe gesagt, ich hole dich.«

Mit zittrigen Händen raffte Barbara ihr Bündel zusammen und verknotete es mit einem Strick. »Und jetzt?«

»Du gehst hinunter«, wies Kathrin sie an. »Sag auf mein Zeichen, du musst noch auf den Abtritt und hau dann durch den Krautgarten vom Nachbarn ab. Ich schmeiße dein Bündel durchs Fenster in den Hof neben den Pferdestall. Hast du dein Geld bei dir?«

Barbara nickte. Sie ging hinaus und zauderte: »Aber die Ausrede mit dem Abtritt verschafft mir nicht besonders viel Zeit.«

»Lass mich nur machen.« Kathrin schob sie zur Treppe. »Du wirst genug Zeit haben.«

Unten stand der Büttel mitten im Raum, an den Tischen saßen Adelheid, Els und die Wirtin. Els, immer wieder Els: stets zur Stelle, wenn etwas passierte, das Barbara in Bedrängnis brachte. Sie grinste gehässig, wie immer.

»So, Barbara«, bellte die Bulldogge und umklammerte entschlossen den knorrigen Stock. »Du kommst mit.«

»Wohin denn?«

»Der Waibel hat befohlen, dich festsetzen zu lassen. Hast wohl mit dem Judenmord zu tun.« Entsetzt fuhren die anderen Frauen auf. »Hast dich ja auch recht neugierig danach erkundigt, was wir über die Beute wissen, gell?« Die Bulldogge hatte doch noch begriffen, dass Barbara ihn bei ihrer letzten Begegnung in dem Seitengässchen hereingelegt und ausgehorcht hatte.

Da kam ihr der dreiste Gedanke, das wieder zu versuchen. »Da seid Ihr bei mir falsch«, sagte sie. »Der Endres hat mich danach gefragt. Den solltet ihr fangen.«

Wie erwartet, verzog sich das vierschrötige, faltige Gesicht der Bulldogge zu einem überlegenen Grinsen: »Keine Angst, der Strafherr selber ist schon hinter ihm her.«

»Ach was«, winkte Barbara ab. »Es weiß doch gar keiner, wo er ist.«

»Wir schon«, feixte der Büttel. »Nach Oberhausen will er abhauen.« Er war wirklich dümmer als ein Sack Bohnenstroh. Der Amtsdiener hatte ihm erzählt, dass Ilsung vom ›Roten Löwen‹ aus nach Oberhausen aufbrechen wollte. »Aber der Strafherr kriegt ihn, ganz sicher. Wirst ihn in der Arreststube vom Rathaus wiedersehen.«

Kathrin war ganz beiläufig hinter Barbara die Treppe herunter gekommen und in der Küche verschwunden. Nun schleppte sie den Wasserkübel, in dem ein Putzlumpen hing, heraus und nickte Barbara unmerklich zu – das Zeichen zur Flucht. Kathrin war eine wahre Freundin: Sie wusste nicht, worum es ging. Barbara hatte es ihr verschwiegen. Dennoch half sie ihr.

»Ach, das regt mich alles so auf, dass ich brunzen muss«, sagte Barbara und ging zur Hintertür.

»Wo willst du hin?«, fuhr die Bulldogge sie an.

»Na, hinaus auf den Abtritt«, gab Barbara zurück. »Soll ich es vielleicht hier erledigen?«

Der Büttel machte Anstalten, ihr zu folgen. So schlau war er dann doch, Barbara auch draußen zu bewachen.

Ihre Flucht schien vereitelt.

Da stellte Kathrin den Putzkübel zwei Fuß vor ihm nieder, kniete sich hin und begann, den Boden zu wischen. Der ohnehin schon großzügige Ausschnitt ihres Kleides wölbte sich nach vorne und gab noch tiefere Einblicke frei. Der alte Büttel konnte ihren herrlich jungen, festen, zarten Busen bis zur Brustwarze sehen.

Er setzte sich bequem auf eine Bank.

Barbara schlüpfte zur Tür hinaus. Als sie ihr Bündel aufgehoben und sich durch den Nachbarsgarten davon gemacht hatte, leckte sich der Büttel gerade das erste Mal die Lippen. Er hatte noch nie so etwas schönes gesehen wie Kathrins wogende Brüste, die im Rhythmus des Schrubbens zusammenprallten und sich wieder trennten, nach unten drängten und wieder zurückhüpften.

Barbara war schon auf der Reichsstraße, als sie ihm wieder in den Sinn kam.

Dass sie schon sehr lange auf dem Abtritt war, fiel dem Büttel nicht auf, er hatte jedes Zeitgefühl verloren. Und als er sich doch langsam wunderte, wo sie blieb, konnte er nicht aufstehen, denn die Wölbung in seinem Gewand war so groß wie schon lange nicht mehr. Er hoffte, sie schnell zum Abklingen zu bringen, weil sich Kathrin mit dem Scheuerlumpen jetzt von ihm wegbewegte und ihm das Paradies in ihrem Ausschnitt fortan verwehrt war.

Doch jetzt sah er ihren Hintern. War das normal, dass sich in dieser Stellung der Stoff des Kleides so eng darüber spannte? Die herrlichen runden Backen zeichneten sich ab, als wären sie nackt. Wie kam der Fleck von Putzwasser dorthin, dass die Haut durchschimmerte? Keine Macht der Welt konnte seine Augen von diesem prächtigen Schauspiel abhalten – und schon gar nicht die heißen Blutströme aus seiner Schwellung zurückfließen lassen.

Barbara lief schon am Rathaus vorbei.

Schließlich gewann Pliesbachs Pflichterfüllung doch wieder die Oberhand über Kathrins mehr oder weniger raffinierte Vorzeigekünste. »Wo bleibt die nur so lange?«, raunzte er schließlich, ohne aufzustehen.

»Wer?« fragte Kathrin unschuldig, richtete sich auf und präsentierte dabei noch einmal ihre Brüste. Sie war sehr stolz auf sich, dass sie es so lange geschafft hatte.

»Na, diese Gütermännin.«

»Ach, die ist raus?«

»Ja.«

»Wohin denn?« Kurze Zeit gelang es Kathrin noch, mit unsinnigem Wortwechsel den Vorsprung ihrer Freundin zu vergrößern. Dann konnte auch ihr verführerischer Körper nicht mehr verhindern, dass die Schwellung in der Leibesmitte des Büttels abklang, er hinausstürzte und vom Abtritt her ein schreckliches Fluchen hören ließ. Kathrin ging hinterher und fragte, was denn passiert sei.

»Sie ist abgehauen!«, kreischte der Büttel. Die Angst stand ihm im Gesicht, denn er war restlos blamiert. Kathrin konnte sich ein Grinsen nicht verkneifen, als sie den Kopf hinausstreckte und sah, wie er durch die Salatköpfe im Nachbarsgarten stapfte, um sich auf die Verfolgung zu machen.

Endres war gerade an den ersten Häusern von Oberhausen angekommen, als plötzlich Sturmglocken von Augsburg herüberschallten. Unwillkürlich hielt er an, blickte zurück zur Stadt und fragte sich, was das zu bedeuten habe. Er kam zu dem Schluss, dass es für ihn nur gut sein konnte. Welche Gefahr auch immer drohen mochte, ein möglicher Verfolger saß in der Stadt hinter eilig verschlossenen Toren fest. Dachte er.

Im Dorf herrschte große Aufregung – Kühe wurden von den Weiden in die Ställe getrieben, Männer und Frauen rannten hin und her, alte Weiber spähten ängstlich zu den Fenstern heraus. Eine sprach ihn an: »He, du da, du kommst doch aus Augsburg. Was ist denn da los?«

»Die Bayern sind wieder über den Lech gekommen«, gab er zur Antwort. Er hatte zwar keine Ahnung, aber das war das Naheliegendste. Und er wollte der Frau irgendetwas erzählen, weil auch er etwas von ihr wissen wollte: »Ich suche den Bachmair Veit, den Pferdeknecht. Wo finde ich den?«

»Der schafft beim Rappenbauern, die Straße runter und an der Abzweigung rechts«, wies ihm die Alte den Weg. »Der größte Hof, du musst durch ein Tor mit zwei riesigen Pfeilern. Kannst es nicht verfehlen.«

Auf dem Hof herrschte Aufregung, wie überall im Dorf. Endres wurde fast von zwei Knechten über den Haufen geritten, die zum Tor herausgaloppiert kamen. Ein älterer Mann in den Kleidern eines besseren Bürgers und teuren Stiefeln sah ihnen nach. Kein Zweifel, das war der Hofherr. Endres fragte ihn nach seinem Knecht. Ein sorgenvoller Blick war die Antwort: »Jessas, der Veit geht uns schon seit gestern ab. Ich habe ihn in der Frühe nach Augsburg hineingeschickt, er sollte vier Kaltblüter bei den Welsern abliefern. Er hätte spätestens gestern Abend wieder da sein sollen. Bist du ein Freund von ihm?«

»Ja«, log Endres. »So was blödes, ich komme extra aus Augsburg hierher, und er ist selber in der Stadt.«

»Was, du kommst aus der Stadt? Ja, erzähl doch, was ist denn da los?«

Endres erkannte blitzschnell seine Gelegenheit, sich mit einer dramatischen Geschichte erstens eine Brotzeit zu ergattern und zweitens sich ein wenig auf dem Hof festzusetzen. Dann würde er sehen, wie er am besten an den Pferdeknecht herankam. Tatsächlich bat ihn der Rappenbauer zum Mittagessen herein. Endres war der Mittelpunkt, die ganze Familie starrte ihn mit offenen Mündern an, als er über die Zustände in der Stadt fabulierte. Er schilderte einfach, was er beim letzten Läuten der Sturmglocken erlebt hatte. »Ihr braucht euch aber keine Sorgen um Veit zu machen«, schloss er mit einer wohlgemeinten Lüge. »Ich bin sicher, die Welser kannten gestern schon die heraufziehende Gefahr und haben ihn bei sich behalten. Kaufleute wissen immer früher über alles Bescheid.« Die Weiber seufzten hörbar auf und der Bauer warf ihm einen dankbaren Blick zu. Besser hätte es nicht laufen können. Nach dem Essen sprang jeder auf und ging eilig seinen Aufgaben nach. Es galt, die Pferde von den Weiden hereinzutreiben. Die Knechte, deren leere Hocker ihm am Tisch auffielen, waren schon damit beschäftigt, die Tiere von den weiter entfernten Wiesen oder Stallungen zu holen.

Endres überlegte am Hoftor, was er nun tun sollte. Da bog von der Hauptstrasse her ein Reiter ab, stob an ihm vorbei und direkt zum Tor des Rappenbauernhofes hinein.

Er sah ihm entgeistert nach. Ein besserer Herr in vornehmen Kleidern. War das vielleicht einer von den Kaufleuten, zu denen der Veit geschickt worden war? Erzählte er etwas über dessen Verbleib? Er zögerte nicht, ging zurück zum Hof. Das verschwitzte Pferd war an einem Ring neben der Haustüre angebunden. Endres ging ins

Haus; eine Frau, die beim Mittagessen dabei gewesen war, kam ihm entgegen und nickte ihm freundlich zu.

Er lauschte an der Stubentüre. »Was, ein Mord?«, rief der Rappenbauer entsetzt. »Und unser Veit hat damit zu tun?«

»Was der Veit damit zu tun hat, weiß ich nicht«, sagte der Andere. »Mich interessiert erst einmal ein Mann, der hinter Veit her ist. War er schon hier und hat nach ihm gefragt?«

»Aber ja, gerade eben! Ihr müsstet ihm eigentlich begegnet sein.«

Endres hörte drinnen schwere Schritte auf sich zukommen. So schnell er konnte, rannte er hinaus, huschte am Haus entlang und warf sich in die erstbeste Tür, die eines Pferdestalles. Er wagte es nicht, hinauszusehen, hörte aber, wie sein Verfolger davon ritt. Er wartete noch ein wenig, dann spähte er um die Ecke, sah niemanden mehr und trollte sich endgültig vom Hof.

Erst einmal musste er sich verstecken. Er war auf dem Herweg an einem Obstgarten abseits der Straße vorbeigekommen. Dort legte er sich ins hohe Gras und stellte fest, dass er einen ganz guten Überblick über die Straße und den Dorfrand hatte. Es wurde immer unruhiger – erst trieb ein Mädchen eine Gänseherde vor sich her ins Dorf, dann mühte sich ein altes Weib mit zwei Hühnerkäfigen ab, die sie wohl auf den Markt hatte bringen wollen. Sie wurde von einem einfachen Ochsenkarren überholt, auf dem ein Bauer einige Säcke transportierte. Allesamt wirkten sie verängstigt und panisch; gar kein Vergleich mit den in solchen Situationen zwar aufgeregten, aber nicht gerade furchterfüllten Einwohnern der Stadt. Endres wurde erstmals richtig bewusst, wie schutzlos die Dorfbewohner jedem anrückenden Feind ausgeliefert waren. Die Mauer des Kirchhofes bildete ihre einzige Zuflucht; aber die überwand schon ein kleines Häuflein entschlossener Soldaten.

Plötzlich riss er die Augen auf: Am Horizont stieg eine Rauchsäule in den Himmel. Das musste Bergen* oder Leitershofen sein. Eindeutig die Bayern, die brandschatzend näher rückten. Und er saß hier draußen, schutzlos, noch dazu einen Verfolger auf den Fersen. Am vernünftigsten schien es ihm, sich nach Lechhausen durchzuschlagen. Das war vom Feind aus genau die andere Richtung.

Mindestens zweihundert Mal hatte sich Barbara auf dem Weg nach Oberhausen schon umgedreht. Hinter sich fürchtete sie die Büttel, vor sich den Mörder. Wieder saß sie verloren auf der Straße. Nach ihrer Flucht brauchte sie nie wieder ins Frauenhaus zurückkehren; die Rudolfin würde sie halb totprügeln.

Der Einzige, von dem sie sich noch so etwas wie Halt versprechen konnte, war Endres. Halt bei Endres? Sie musste lauthals lachen. Wenn ihr jetzt jemand begegnet wäre, hätte er sie für närrisch gehalten.

Da wurden ihre Gedanken von Glockengeläut unterbrochen. Ein Zeichen des Himmels? Nein, die Sturmglocken

---
* Stadtbergen

Augsburgs. Sie wandte sich ein weiteres Mal um, als ob sie die Erklärung für den Alarm sehen könnte.

Sie legte einen Schritt zu, bekam bald Gesellschaft von Bauern, die der Klang der Glocken von der Feldarbeit weggejagt hatte und die jetzt dem Dorf zustrebten, während sie aufgeregt palaverten, welche Gefahr wohl im Anzug sein konnte. Die naheliegendste Erklärung war, dass die Bayern wieder einmal anmarschierten. Wagen, nur zur Hälfte mit geerntetem Getreide oder Heu beladen, zogen an ihr vorbei. Die Ochsen brüllten und machten große Augen, weil sie andauernd angetrieben wurden, obwohl sie schon viel schneller liefen als sonst.

Als sie an den ersten Gehöften Oberhausens anlangte, wurde Barbara gewahr, dass sie gar keinen Plan hatte. Sie wusste nur, dass Endres hier war, verfolgt von einem Strafherrn. Die allgemeine Aufregung, die nun herrschte, kam ihr zugute. Normalerweise war das Dorf zur Erntezeit ausgestorben, alles Leben spielte sich bis zur Dämmerung auf den Feldern ab. Eine umherstreichende Fremde wäre verdächtig, etwas aus einem der verlassenen Häuser stehlen zu wollen. Jetzt aber war die Hauptstraße voll von Menschen, die sich Fragen, Vermutungen, Neuigkeiten zuriefen. Vor der Dorfwirtschaft, die sonst um diese Zeit ebenfalls verlassen war, hatte sich ein Häuflein Männer und Frauen zusammengerottet. Barbara gesellte sich dazu und hörte bald heraus, was sie wissen musste: Ja, einer hatte einen vornehmen Augsburger Herren im scharfen Galopp zum Dorf hereinreiten sehen. Der hatte eindeutig etwas mit dem Läuten der Sturmglocken zu tun, schloss einer der Bauern messerscharf. Ein anderer bestätigte das, er hatte ihn zum Rappenbauern reiten sehen. Barbara war im Zweifel. Natürlich konnte das ein Bote aus Augsburg sein, der den Dörflern Anweisungen brachte, wie sie sich zu verhalten hatten. Vielleicht sollte er auch Pferde für die Bürgerwehr beschaffen. Es konnte aber auch der sein, der Endres verfolgte.

Ein junger Kerl kündigte an, er werde zum Rappenbauern laufen und sich dort umhorchen. Barbara folgte ihm in sicherer Entfernung. Sie konnte nicht ahnen, dass sich Endres gerade in die Felder und Wiesen schlug – nur einen Steinwurf entfernt, genau auf der anderen Seite des Gehöftes, an dem sie gerade vorbeilief.

Zum Glück ging es am Hof des Rappenbauern so geschäftig zu, dass Barbara auch hier nicht auffiel. Sie kam dem Burschen ganz nahe, als er eine Magd vom Hof auf den fremden, vornehmen Reiter ansprach. »Stell dir vor, das ist ein Strafherr vom Augsburger Stadtgericht«, plapperte die Magd munter drauf los. Barbara war also auf der richtigen Spur, der Ermittler war kein Geist mehr, sondern ein Wesen aus Fleisch und Blut. »Der ist hinter unserem Veit her, hat er gesagt. Und hinter noch einem, der auch hinter dem Veit her ist.«

»Was hat der Veit denn angestellt?«, fragte der junge Bursche.

»Er ist mit ein paar Pferden, die er abliefern sollte, durchgebrannt. Vor zwei Tagen schon.«

»Und dann kommt deshalb gleich ein Strafherr aus Augsburg?«

Die Magd zuckte mit den Schultern. »Dann ist da ja noch der Andere. Der war kurz vor ihm bei uns und hat auch nach dem Veit gefragt. Oje, wo ist er da nur hineingeraten? Dabei war er doch immer ein anständiger Kerl.«

»Na ja, in der Wirtschaft hat er schon immer rechte Sprüche gemacht, dass er der einzige im Ort sei, der wisse, wie man richtig große Geschäfte anpacken müsse und so. Aber was ist denn mit denen, die ihn verfolgen?«

»Die sind beide wieder weg. Der Reiter hat den anderen knapp verfehlt. Er ist scheints los geritten, ihn zu suchen. Weiß nicht, wohin.«

»Hat er gesagt, warum die Augsburger die Sturmglocken schlagen?«

»Der erste hat erzählt, die Bayern sind im Anmarsch und wollen Augsburg belagern. Seltsam, dass er mehr wusste als der Ratsherr, denn der ist auf dem Weg zu uns von den Glocken überrascht worden, hat er gesagt.«

Barbara schmunzelte. Das sah Endres ähnlich: Er hatte sich mit seinen Räuberpistolen wieder einmal den Weg gebahnt. Wie auch immer, sie hatte genug gehört, machte sich wieder davon und streifte durchs Dorf. Sie versuchte, sich in Endres hineinzuversetzen. Wohin würde sie an seiner Stelle vor dem Verfolger flüchten? Im Dorf fände er kaum ein sicheres Versteck. Was sollte er auch hier, zumal der Pferdeknecht, den er suchte, ja gar nicht mehr da war? Und wie würde Endres es anstellen, diesen Veit zu finden? Bestimmt hatte er bei dem Bauern etwas herausgefunden, das ihn weiterbrächte. Schwang da schon wieder Bewunderung für ihn mit? Ach was. Aber wie sollte Barbara herauskriegen, was sein nächstes Ziel war? Sie war ratlos. Und hungrig, wie ihr Magen gerade lautstark mitteilte.

»He, willst du dir eine Brotzeit verdienen?« Die fremde Stimme schien Gedanken lesen zu können. Es war ein älterer Bauer, der einen Ochsen vor einem leeren Karren die Straße hinaufführte. »Kannst mir helfen, von meiner Ernte einzubringen, was noch geht, bevor die Soldaten kommen.« Eine Mahlzeit, ein paar Stunden aufgehoben sein, einen Platz im Dorf gefunden haben, vielleicht sogar eine Übernachtungsmöglichkeit. Barbara ging mit. Der Bauer war auf dem Feld ganz begeistert, wie schnell und geschickt die einstige Magd seinen Weizen absichelte und auflud.

SIEBTES KAPITEL

Ein unerwarteter Freund

Immer wieder knabberte das Pferd an den fast mannshohen Gerstenhalmen, hinter denen sie sich verbargen. »Du hast doch schon genug von dem herrlich frischen Gras gefressen«, schalt Johann Ilsung sein Reittier. »Nimmst du jetzt Patriziergewohnheiten an und kriegst den Kragen nicht voll?« Sein Blick schweifte über die Felder und Wiesen. Von Bauern war weit und breit nichts mehr zu sehen.

Schließlich entdeckte er ihn. Er bewegte sich vom Dorf weg. Angesichts der Brandschatzungen und der läutenden Sturmglocken konnte das nur ein Lebensmüder sein.

Oder der Mann, den er suchte.

Er schwang sich aufs Pferd und galoppierte hinüber. Endres hörte den Hufschlag. Er fluchte, hatte er doch so gut aufgepasst, dass ihn keiner gesehen hatte. Flucht war sinnlos. Er zückte seinen Dolch, stellte sich geduckt und kampfbereit auf. Ehe er sich's versah, war der Reiter mit weit ausgestrecktem Schwert heran, es klirrte und der Dolch wirbelte durch die Luft. Ilsung riss das Pferd herum und trieb es zurück zu Endres, der auf allen Vieren durchs hohe Gras kroch und seine Waffe suchte. Die Suche war beendet, als er die Schwertspitze an seinem Hals spürte. Ilsung war abgesessen.

Endres brach zusammen wie ein getroffenes Jagdwild und keuchte: »Ich war es nicht. Bei Gott, ich war es nicht.«

»Ich weiß«, sagte Ilsung. Er hätte gar nichts sagen müssen aufgrund seiner überlegenen Position. Und vielleicht, weil er es so ruhig sagte, wurde auch Endres ruhig.

»Nimm die Hände nach oben«, wies ihn der Strafherr an, während er ihn mit der Schwertspitze an der Gurgel zwang, aufzustehen. Endres folgte.

»Ich weiß, dass du und Barbara es nicht wart«, wiederholte er. »Der Mörder hat euch eine Falle gestellt.«

»Wie wollt Ihr da drauf gekommen sein?«

»Der Ort der Bluttat hat es mir erzählt«, lächelte Ilsung. »Auf den ersten Blick sah es so aus – sollte es so aussehen – als wärt ihr von hinten über die Leiter in die Schlafkammer eingedrungen, hättet den Raubmord begangen und wärt auf dem gleichen Wege wieder verschwunden. Alles war oben – ihr, das Opfer, die Beute, der Einstieg.« Er machte eine bedeutungsvolle Pause. »Aber warum war dann die Haustüre offen? Wer hat sie aufgemacht? Ihr bestimmt nicht. Warum sollte einer von euch überhaupt herunterkommen? David Lambt? Wieso macht er die Haustüre auf, lässt sie offen stehen und geht dann nach oben? Kein Mensch tut so etwas. Meine Erklärung: Der Mörder hat sie nach der Tat offen gelassen, damit ihr hineintappst wie das Karnickel in die Grube.«

Ilsung senkte sein Schwert, steckte es weg, holte sein Pferd und ließ Endres seinen Dolch suchen. Als er ihn gefunden hatte, setzten sie sich in Bewegung zurück nach Oberhausen. »Zweitens:«, fuhr Ilsung fort, »Der Hund. Er hat gebellt, lange bevor ihr aus dem Haus kamt. Das hat die Zeugin erzählt, die euch flüchten sah. Also ging ich der Möglichkeit nach, dass er absichtlich aufgeschreckt wurde, um die Aufmerksamkeit auf euch zu lenken. Ich habe den Hof, wo er festgekettet war, untersucht. Und was habe ich gefunden? Scheite von Buchenbrennholz. Der Hund hat damit gespielt, einer war völlig zerkaut.«

»Was soll das beweisen?« unterbrach Endres.

»Im Nachbarhof gab es kein Buchenbrennholz«, erläuterte Ilsung. »Nur einen Stapel von gehacktem Nadelholz, Kiefer oder Tanne. Der lag außerhalb der Reichweite des Kettenhundes. Buchenholz gab es nur im Hof von David Lambt.«

»Dann hat jemand mit den Scheiten nach dem Hund geworfen?«, schloss Endres daraus.

»Exactament«, bestätigte der Strafherr. »Und zwar der Mörder, kurz, bevor er selbst verschwand. Bis jemand nach dem Hund sah, war er schon weg. Und da ist noch etwas: Barbara hat einen Einkaufskorb getragen, sagte eine Zeugin. Ein Stück Lauch hat noch herausgeschaut.«

»Ja, das stimmt«, erinnerte sich Endres.

»Was nehmen kaltblütige Raubmörder wohl mit, die einem genauen Plan gemäß über eine Leiter in ein Schlafgemach einsteigen, einen Mann töten, seinen Besitz rauben, diesen über die Leiter davonschleppen und das

Diebesgut unerkannt durch die Stadt bringen wollen? Einen Einkaufskorb? Und weil sie schon zu einem Mord unterwegs sind, kaufen sie bei dieser Gelegenheit vorher noch ein Stück Lauch ein?«

Endres musste lachen. Es war ein befreiendes Lachen. »Dann glaubt Ihr also auch, dass der Pferdeknecht der Mörder war«, atmete er auf.

»Nein, das glaube ich nicht.«

»Ja, warum denn nicht? Wisst Ihr überhaupt, dass die Kirchenheiligtümer, die der Knecht im ›Roten Löwen‹ verkauft hatte, die Beute des Mörders sind?«

»Seit heute Vormittag kann ich es mir denken«, sagte der Ratsherr. »Trotzdem ist ein Pferdeknecht kaum der Mörder gewesen. Denn dieser hatte sich am Tatort genau ausgekannt. Der Weg durch die Gosse in den Hinterhof, die Leiter, das Fenster. Und dann, ich habe es selbst ausprobiert: Das Fenster war von innen verriegelt. Der Riegel war zwar nicht besonders kompliziert konstruiert. Aber man muss schon wissen, wo er sitzt und wie er funktioniert, wenn man ihn von außen durch die Ritze mit einer Klinge hochschieben will. Man muss sie schräg nach oben führen, sonst klappt es nicht.«

»Der Mörder verkehrte also im Haus?«, fragte Endres.

»Da bin ich mir sicher, ja.«

»Und der Pferdeknecht ist nur sein Handlanger, der die Beute verschachern sollte?«

»Jedenfalls hat er nicht den Plan ausgeheckt und durchgeführt.«

»Ihr denkt aber, nur über Veit kommen wir an den wahren Mörder heran?«, vermutete Endres.

»Es sieht ganz so aus. Aber jetzt erzähle mir einmal, wie Barbara und du in die Geschichte geraten seid.«

Er erzählte und Johann Ilsung hörte aufmerksam zu. »Da!«, schrie Endres plötzlich mittendrin und zeigte zum Horizont. Eine weitere Rauchsäule stieg zum Himmel empor, dicker und näher als die erste.

»Diesmal ist es Steppach«, stellte der Magistrat fest. Sie beschleunigten ihren Schritt und Endres erzählte seine Geschichte erst zu Ende, als sie sicher in der Stube des Rappenbauern saßen. Der Bauer wusste nicht, wo ihm der Kopf stand – die Mordgeschichte und die näher rückenden Bayern, das war einfach zu viel für ihn. Auf der Straße waren immer mehr aufgeregte Stimmen zu hören von Einzelnen und ganzen Familien, die in den Kirchhof flohen. Ab und zu kamen welche herein und fragten, wie es stand, denn der Pferdehändler hatte seine berittenen Knechte als Kundschafter ausgesandt. »Es ist noch keiner zurück«, sagte er. »Also ist kein Feind im Anmarsch.« Während die Frauen beim Herrgottswinkel niederknieten und das Kruzifix um Schutz anflehten, holte der Bauer eine tönerne Flasche und kleine Becher dazu, die er mit Schnaps füllte und verteilte.

Johann Ilsung nutzte diese Stunde der Muße, um ihn über Veit Bachmair zu befragen. »Er ist ein tüchtiger Kerl«, lobte ihn der Bauer. »Von Pferden versteht er sowieso was, mit denen ist er groß geworden. Aber er ist auch geschäftstüchtig. Er hat für seine jungen Jahre schon so manch guten Handel abgeschlossen und ich kann mich immer darauf verlassen, dass er das Geld für meine Pferde auch eintreibt.«

»Geschäftstüchtig, soso«, sinnierte der Strafherr. »Macht er denn auch Geschäfte nebenher, außerhalb des Pferdehandels?«

»Na, was fragt Ihr da noch? Ihr habt mir doch selber erzählt, was er mit diesem Kirchengold getrieben hat.«

»Wisst Ihr noch von anderen Fällen, in denen er sich etwas dazuverdiente?« Ilsung hatte ja bereits vom Löwenwirt erfahren, dass dies der Fall gewesen war. Er wollte es sich aber noch einmal bestätigen lassen.

Der Rappenbauer musste nachdenken. »Ich habe mich immer auf ihn verlassen können«, sagte er schließlich. »Er hat nie irgendetwas versaubeutelt und war immer tüchtig. Ich hatte keinen Grund, mich drum zu kümmern, was er neben seiner Arbeit so tut.«

»Aber Gelegenheiten hätte er gehabt?«

»Na, mehr als genug. Er ist ganz schön rumgekommen. Und er hatte es immer mit Leuten zu tun, die Geld hatten und große Geschäfte machten. Sonst hätten sie ja meine Pferde nicht gebraucht.«

»Wie Ihr ihn mir darstellt, ist er tüchtig und will etwas erreichen. Was könnte das sein? Hat er nicht einmal erzählt, was er später so vorhat? Wozu er Geld brauchen könnte?«

»Wie alle Kerle in dem Alter wollte er halt sein Vergnügen haben, ist auch den Mädchen hinterher scharwenzelt. Ach ja, dass er mal auf einen Zug in den Süden mit wollte, das hat er immer gesagt.«

»Zählt doch einmal auf, bei welchen Kunden er schon überall war.«

Der Bauer blies die Backen auf: »Ist das Euer Ernst? Der Veit ist schon fünf Jahre bei mir. Und mindestens einmal in der Woche bringt er Pferde weg, holt vermietete Pferde zurück, ist bei anderen Vieh- oder Rosshändlern und auf Märkten. Das kann ich Euch beim besten Willen nicht mehr alles herbeten.«

»Nun gut, alle interessieren mich ja auch gar nicht«, schränkte Ilsung ein. »Bleiben wir bei den Leuten, die mit dem Mordopfer zu tun hatten. Am besten, wir fangen ganz vorne bei unserer Geschichte an, bei diesem Nördlinger Kriegsknecht Georg Eger. War der Veit damals, im Januar, bei den Soldaten, als das Städteheer vor Augsburg lagerte?«

»Ja, freilich«, bestätigte der Rappenbauer sofort. »Aber nicht nur der Veit. Alle meine Knechte habe ich da rausgeschickt. Eine Armee ist für einen Pferdehändler immer eine Goldgrube. Niemand braucht dringender Gäule und zahlt besser dafür.«

»Wo genau war denn der Bachmair Veit? Bei den Truppen welcher Stadt, meine ich.«

»O je, das kann ich Euch nicht mehr sagen. Ich habe meinen halben Bestand an die Soldaten verkauft. Direkt danach haben mir die Knechte schon genau erzählt, wer wem wo was für wie viel verkauft hat. Aber seitdem ist viel Wasser den Lech heruntergeflossen.«

»Na gut, das lässt sich ja vielleicht später klären. Nehmen wir noch ein paar Leute, die in Beziehung zu dem Ermordeten standen. Wie sieht es mit Esther Mosmann aus oder ihrem Mann?«

»Kenne ich nicht. Nie gehört.«

»Veit Gundlinger?« Kopfschütteln.

»Zwainkircher?«

»Die kennt jeder, aber mit denen bin ich noch nicht zusammengekommen. Geschäftlich, meine ich.«

»Gossembrot?«

»Nein.« Es hatte keinen Wert, Ilsung gelang es nicht, eine Verbindung herzustellen.

Nach einer Weile kam draußen neue Unruhe auf, dann ging die Tür. Einer der Knechte war zurückgekehrt, hinter ihm drängten ein paar Männer und Frauen herein. »Sie kommen nicht hierher«, verkündete er und die Hälfte der Leute im Raum bekreuzigte sich. »Sie sind kurz hintereinander über ein paar Dörfer westlich von Augsburg hergefallen, aber bei Steppach haben sie wohl aufgehört. Da sind sie jetzt schon viel zu lange, als dass sie noch weiter in unsere Richtung ziehen.«

»Aber abgezogen sind sie noch nicht?«, fragte Ilsung.

»Ich glaube, nicht. Äh, Bauer, hast du für mich auch einen Schnaps?«

Die Lage entspannte sich zusehends und Ilsung konnte noch auf seinen Fall zu sprechen kommen. Tatsächlich erinnerte sich der Knecht, an wen bei der Armee Veit damals die Pferde verkauft hatte. »An die Nürnberger und die Nördlinger«, sagte er.

Endres machte große Augen: »Na, da habt Ihr es – er war bei diesem Georg, Barbaras Liebhaber!«

»Das müssen wir fast annehmen, ja«, stimmte Ilsung zu.

»Was heißt hier, fast?«, wunderte sich Endres über die Zurückhaltung. »Er hat Georgs Beute im ›Roten Löwen‹ verkauft, das sagt doch wohl alles.«

»Aha, das sagt alles«, wiederholte der Ratsherr ironisch. »Dann erzähle mir doch, was es dir sagt.«

Endres ließ sich auf das Gedankenspiel ein: »Also, der Pferdeknecht kommt ins Soldatenlager. Mit den Nördlingern schließt er ein Geschäft ab. Dabei lernt er Georg kennen; bei dem muss er vielleicht die Pferde abliefern oder so. Sie kommen auf Georgs Schatz zu sprechen. Ja, genau: Georg will ihn sicher deponieren und nicht auf dem ganzen Heerzug mitschleppen. Der Pferdeknecht ist der erste Augsburger, mit dem er näher in Kontakt kommt, und er fragt ihn, wo man in der Stadt einen Beuteschatz hinterlegen kann.«

»So weit, so gut«, nickte Ilsung. »Und jetzt?«

»Na, der Pferdeknecht kennt den Juden und vermittelt das Geschäft.«

»Woher kennt er ihn? Gerade haben wir nachgewiesen, dass er mit den Verwandten und Geschäftspartnern David Lambts nichts zu tun hat«, fuhr ihm der Ratsherr in die Parade.

»Ich weiß nicht, ob wir das nachgewiesen haben«, zweifelte Endres. »Es kann auf so viele Weisen passiert sein. Stellt euch vor, der Veit liefert ein Pferd aus, für das schon ein Wagen mit schweren Waren bereitsteht. Der Besitzer heuert den kräftigen Knecht gleich an, die Waren beim Empfänger abzuladen. Und dieser Empfänger ist David Lambt. »Der Fuhrknecht kommt in dessen Haus, sieht den Riegel, den Hinterhof, die Leiter.«

Ilsung musste einräumen: »Ja, solche Schleichpfade der Entwicklung muss man immer in Betracht ziehen. Aber wie geht es dann weiter? Soll der Veit den David Lambt ermordet haben, nur weil er wusste, dass er wertvolle Dinge in Verwahrung hat und die Örtlichkeiten kannte?«

»Mein Veit ist doch kein Mörder!«, protestierte der Rappenbauer. »So was hat der gar nicht nötig. Der ist tüchtig und verdient gutes Geld bei mir.«

»Ich glaube ja gar nicht, dass er es war«, beschwichtigte ihn der Strafherr. »Wir spielen ja nur alle Möglichkeiten in Gedanken durch.«

»Dann spielt mit jemand anderem, nicht mit meinem Knecht.«

Als der Bauer wieder außer Hörweite war, fuhr Endres fort: »Er muss ja nicht vorgehabt haben, ihn zu töten. Erst wollte er Barbaras Medaillon rauben, von dem er wusste, dass es eine Pfandmarke war.«

»Woher soll er von dem Medaillon gewusst haben?«

»Er kannte den Juden und seine Sitte mit den Pfandmarken. Er kannte Georg, über ihn konnte er auch an Barbara gekommen sein. Bei der hatte er das Pfand-Medaillon gesehen und wollte es sich holen. Der Überfall ging schief, da brach er direkt bei Lambt ein. Der Mann überraschte ihn, es kam zum Handgemenge, da ist es halt passiert.«

»Es nützt alles nichts – wie es zugegangen ist, erfahre ich erst, wenn ich ihn habe«, schloss Johann Ilsung die Spekulationen.

Dennoch rekapitulierte er im Stillen Veit Bachmairs Geschichte, soweit man sie kannte: Wie er zur Beute gekommen war, stand noch nicht fest. Auf jeden Fall hatte er sie in den ›Roten Löwen‹ gebracht. Dann war er nach Oberhausen zurückgeritten und seelenruhig seiner Arbeit nachgegangen, als ob nichts gewesen wäre. Als ihn dann ein Auftrag zurück nach Augsburg geführt hatte, war plötzlich alles aus dem Lot gekommen: Hals über Kopf war er davongeritten, hatte alles zurückgelassen – seine Arbeit, seine Heimat, seine Freunde.

Was war nur passiert? Irgendetwas musste ihn in völlige Panik versetzt haben. War sein Name bei den Ermittlungen schon ins Spiel gekommen? Nein, aber der Verkauf der Kirchenschätze an den Löwenwirt stand damals auf der Liste der Büttel. Das musste er erfahren haben. Aber wie? Hatte es ihm sein Auftraggeber gesteckt? Ilsung konnte es drehen und wenden, wie er wollte, mit seinen Spekulationen bewegte er sich nur im Kreis. Er musste Veit Bachmair fassen, der war der Schlüssel zu allem. Wo konnte er hin sein? Die Worte des Rappenbauern hatten es vielleicht angedeutet: Er hatte immer davon geträumt, einen Wagenzug in den Süden zu begleiten. Nun, dorthin kam man auch ohne Wagenzug, mit genügend Geld in der Tasche. Achtzehn Gulden hatte er für die Pferde bekommen, möglicherweise hatte er die zehn Gulden Anzahlung für die Beute auch noch. Das war genug, um ohne Geldsorgen auf eine weite Reise zu gehen.

Bevor es dämmerte, schafften Barbara und der Bauer, dem sie bei der Ernte half, zwei hoch getürmte Fuhren; dann gönnten sie sich in der Stube eine Brotzeit. Die Bäuerin kam später hinzu, sie hatte auf einem anderen Feld Weizengarben gebündelt.

Barbara hatte schon tagsüber versucht, von dem Bauern zu erfahren, was auf dem Rappenbauernhof so vor sich gegangen war. Er hatte vor lauter Arbeit nichts davon mitbekommen. Auch über Veit konnte er kaum etwas erzählen – außer, dass der einmal versucht hatte, das schöne Mädchen aus der Nachbarschaft herumzubekommen, indem er ihr wertvollen Tand und feine Stoffe versprach.

Bevor sie sich ans Ausruhen gewöhnten, zogen sie noch einmal mit dem Wagen hinaus, um einzuholen, was die Bäuerin geerntet hatte. Barbara trottete auf dem Rückweg müde hinter dem Ochsenwagen her, der Bauer führte das Tier und sein Weib saß oben auf den Garben. Sie waren zufrieden, bereits so viel von der Ernte gerettet zu haben, dass sie im Winter zumindest nicht hungern mussten. Barbara hatte ihren Anteil daran, deshalb sahen sie es ihr nach, dass sie noch kurz in der Wirtschaft einkehrte, um ihren Durst wohlverdient mit Bier zu löschen. »Lass einen Krug auf mich anschreiben!«, lachte der Bauer gönnerhaft.

Es war nicht das Bier, das Barbara zu den Tischen zog, die in der sommerlichen Nacht vor der Wirtschaft aufgebaut waren. Sie wollte Neuigkeiten über Endres und den Strafherren erfahren. Das war nicht einfach, denn fast alle redeten nur über die Bayern. Natürlich hatte jeder die Zeichen ihres wüsten Treibens gesehen, aber keiner wusste Näheres.

Dann schnappte sie endlich an einem Tisch etwas über Endres und seinen Jäger auf. Es klang entmutigend: »Der Reiter hat ihn eingefangen und zurück zum Rappenbauernhof gebracht«, wusste einer der Bauern, an dem sie vorbeigezogen waren.

»Vorher hat es zwischen den Beiden einen Kampf auf Leben und Tod gegeben!«, trug ein anderer bei, der es aus einiger Entfernung beobachtet hatte.

»Der Ratsherr hat den Gefangenen an den Händen gefesselt und auf seinem Pferd hinter sich hergeschleift«, schilderte einer, der es aus noch größerer Entfernung gesehen haben wollte.

»Das Geheimnis ist, der Kerl ist ein Spion der Bayern«, vermutete einer, der gar nichts gesehen, aber ein paar Gerüchte aufgeschnappt hatte. »Sie warten beim Rappenbauern auf den Henker aus Augsburg, glaube ich.«

Barbara versuchte, die Spreu dummer Schwätzereien vom Weizen der Tatsachen zu trennen. Sicher erschien ihr, dass der Ratsherr und Endres noch beim Rappenbauern waren und dort offenbar die Nacht verbrachten. Sie trank ihr Bier aus, schleppte sich zu ihrer Schlafstatt in der Scheune der Bauersleute und war hinüber, kaum dass sie ins Stroh gefallen war.

Da es zu riskant war, zurück ins – vielleicht belagerte – Augsburg zu gehen, nahmen Johann Ilsung und Endres das Angebot des Rappenbauern an, in einer Gesindekammer zu übernachten. Als der Ratsherr es sich in dem Bett und Endres auf einem Strohsack gemütlich gemacht hatte, ging es beim Licht eines Kienspans weiter mit den Überlegungen zum Fall.

»Wen haben wir neben dem Fuhrknecht sonst noch als Verdächtige?«, fing Ilsung an.

»Alle Hehler und Diebe, die mich kennen«, sagte Endres.

»Also alle Hehler und Diebe Augsburgs«, grinste der Strafherr und lag gar nicht so weit daneben.

»Ich glaube, uns genügt erst einmal der Wirt vom ›Roten Löwen‹«, fuhr Endres unbeirrt fort. »Was ist, wenn er nur vorgibt, dass ihm der Fuhrknecht die Beute verkaufte und er sie in Wirklichkeit selber gestohlen hat?«

»Wenn er dafür gemordet hätte, hätte er meinen Bütteln nie etwas von dem Gold verraten«, meldete Ilsung Zweifel an.

»Na ja, so denkt Ihr. Aber man weiß nie, was in solchen Köpfen vorgeht. Wenn er leugnet und sie kommen ihm doch drauf, steht er allemal schlechter da, als wenn er von vornherein einen Mittelsmann vorschiebt.«

»Gut. Wer noch?«

»Da ist dieser Hans aus Nürnberg, der Barbara die Nachricht von Georgs Tod überbracht hat. Der treibt sich schon seit Monaten in Augsburg herum. Moment Mal! Der Bachmair Veit war doch bei den Nördlingern und den Nürnbergern im Heerlager, hat der Bauer gesagt«, fiel Endres jetzt erst auf. »Ist schon ein seltsamer Zufall, dass ein Nördlinger und ein Nürnberger bei Barbara gelandet sind.«

»Man muss bedenken, dass dieser Georg Eger ja Kumpane bei seinem Raubzug hatte. Die wissen von seinem Anteil der Beute.«

»Ihr meint, dieser Hans könnte einer von denen sein?«, fragte Endres.

»Warum nicht? Aber weiter: Wen gibt es da noch von eurer Seite? Wie ist das mit den Leuten, die im Frauenhaus verkehren?«

»Auf jeden Fall wissen Els, die überall ihre Nase drin hat, und Kathrin, ihre besten Freundin, von Georg.«

»Beste Freundin, soso«, seufzte der Ratsherr. »Dann hat es sich wohl bei allen im Frauenhaus herumgesprochen. Sonst noch jemand?«

»Na ja, diesem Buchhalter vom Gossembrot müssen wir auch aufgefallen sein«, zählte Endres weiter auf.

»Das seid ihr allerdings«, sagte Ilsung. »Aber er wollte euch doch beide abwimmeln und den alten Lambt in Schutz nehmen. Außerdem – der Mörder hat dir und Barbara mit Absicht eine Falle gestellt, um die Aufmerksamkeit auf euch zu lenken. Franz Dachs hat mir erst beim zweiten Mal auf meine ausdrückliche Nachfrage von euch erzählt. Das sieht ganz und gar nicht nach Belastungseifer aus.«

»Welche Verdächtigen habt Ihr denn noch so?«

»Grundsätzlich einmal alle, die beim Opfer ein- und ausgegangen sind. An vorderster Stelle steht Sebastian Portner, der bei ihm bis über die Ohren verschuldet war.«

»Einen Juden ermorden, um Schulden loszuwerden – das passt doch besser als alles, was wir bisher hatten«, sagte Endres. »Allerdings hatten Barbara und ich mit dem nie was zu tun. Ich kenne nicht einmal seinen Namen.«

»Dann hätte ich da noch David Lambts Nichte, Esther Mosmann«, fuhr Ilsung fort. »Bei der hielt sich die Trauer in Grenzen. Und Geld könnten sie und ihr nicht eben erfolgreicher Mann dringend gebrauchen. Sie hat sich so verdächtig benommen, dass sie es fast schon wieder nicht gewesen sein kann.«

Die Spekulationen gingen noch eine Weile hin und her, dann beendete der verglimmende Kienspan das Gespräch.

Ihre Füße waren wund, die Nacht war rabenschwarz und mit ihrer Kraft war sie längst am Ende. Trotzdem schleppte sie sich Schritt für Schritt vorwärts, die Leben ihres Mannes und dieses unglückseligen Anderen, den sie gar nicht kannte, hingen von ihr ab.

War das überhaupt Oberhausen? Sie war vor Jahren das letzte Mal hier gewesen, und in stockdunkler Nacht war es noch schwieriger, sich zurechtzufinden. Nun, sie konnte jetzt schlecht jemanden herausklopfen, um zu fragen, ob sie hier richtig war.

Also legte sie sich in den Straßengraben und gab sich ihrer völligen Erschöpfung hin.

Als Endres und Ilsung am nächsten Morgen in der Stube erschienen, herrschte schon wieder große Aufregung. Grund dafür war eine junge Frau, die nachts völlig erschöpft in Oberhausen angekommen war, neben der Straße geschlafen und sich am Morgen zum Rappenbauern durchgefragt hatte. Mit tränengeröteten Augen erzählte sie eine schauerliche Geschichte, die aber wenigstens den Verbleib des Rossknechts Veit Bachmair erklärte: »Ich bin aus Leitershofen«, schluchzte sie. »Uns überfielen sie als erstes. Meinen Mann haben sie mitgenommen. Sie lassen ihn nur zusammen mit seinem Knecht wieder frei«, dabei zeigte sie auf den Rappenbauern. Sie warf sich vor Ilsung auf die Knie und hob flehend die gefalteten Hände: »Bitte, bitte, löst die Beiden aus, um Eurer Seele Willen!«

Der Ratsherr schaute den alten Bauern verständnislos an. Der erklärte: »Die ersten Bayern sind wohl schon am Abend vor dem Raubzug über den Lech, ziemlich weit im Süden. Das war der Tag, an dem Veit verschwand. Jetzt wissen wir, dass er ihnen auf dem Weg in den Süden geradewegs in die Hände fiel. Der Trupp, der ihn gefangen hat, überfiel auch Christinas Haus in Leitershofen.« So hieß also die weinende Frau. »Sie werden angeführt von einem gewissen Ludwig Hasenbichl, lassen sie ausrichten. Die Soldaten haben einen Haufen Geld bei Veit gefunden und sich wohl gesagt, wo das herkommt, muss noch mehr sein. Sie drohten ihm, wenn er ihnen nicht jemanden nennt, der für ihn Lösegeld zahlt, bringen sie ihn um. In seiner Todesangst hat er mich genannt. So, nun ging es den Soldaten darum, mir die Lösegeldforderung zu überbringen. Selber konnten sie das ja schlecht tun.«

»Also haben sie mir befohlen, zum Rappenbauern nach Oberhausen zu gehen und ihm zu sagen, wohin er das Lösegeld bringen soll«, heulte die Frau wie ein waidwundes Tier. »Damit ich es auch wirklich mache, nahmen sie meinen Mann als Geisel.«

»Und warum fällst du mir zu Füßen?«, fragte Ilsung in banger Vorahnung.

»Herr, ich traue mich nicht, mitten ins Feindeslager zu reiten«, gab der alte Bauer an ihrer Stelle zur Antwort. »Und von meinen Leuten macht es auch keiner. Aber Ihr, Ihr seid doch ein weltgewandter Mann. Einfache Soldaten lassen Euch vielleicht in Ruhe und mit den Offizieren könnt Ihr eher reden als ein Bauer.«

»Ich soll Euren Knecht da raushauen?«

»Na, Ihr habt doch momentan das größte Interesse an ihm.«

Ilsung graute es genauso wie allen anderen, sich in Feindeshand zu begeben. Andererseits hätte er diese heikle Mission nicht gerne irgendwem sonst überlassen.

Er willigte ein. »Wo soll die Übergabe stattfinden?«

»In Zusmarshausen«, schluchzte die Frau.

»Wie viel wollen diese Kerle?«

»Zwanzig Gulden«, sagte der Rappenbauer und legte einen Beutel voll klirrender Münzen auf den Tisch. »Die zahle ich. Bringt uns nur um Gottes Willen meinen Veit und ihren Mann wieder.«

Die Frage um den Verbleib von Veit war nun also geklärt. Und als ob sich das Schicksal entschlossen hätte, auch die Frage nach Veits Hintermann zu beantworten, ging beim Frühstück die Tür ging auf und der Augsburger Waibel trat ein. »Gottseidank« sagte er unwillkürlich, als er Ilsung da sitzen sah, wie er gerade eine Blutwurst verspeiste.

Der sah ihn entgeistert an: »Sind die Tore der Stadt wieder auf?«

»Allerdings, und ich musste als erster hinaus, weil die Bürgermeister wissen wollen, ob Euch auch nichts passiert ist so nah am Feind. Außerdem habe ich etwas, das für Euch vielleicht interessant ist.« Er setzte sich an den Tisch, eine der Mägde stellte ihm ein Brett mit Wurst und Brot sowie einen Bierkrug hin. Der Waibel erklärte: »Nachdem ich den Kirchenschatz ins Rathaus zurückgebracht hatte, rief ich drei der Büttel zusammen und beauftragte sie, in allen Kirchen der Stadt nachzuforschen, wo er fehlte. Nach

Augsburg gehörte er nicht, also ließ ich noch einmal bei den Hehlern nachfragen. Prompt brachte ein Büttel etwas Interessantes in Erfahrung: Ein Mönch hatte bei mindestens zwei Hehlern nach verschwundenen Heiligtümern gefragt.«

»Ein Mönch? Wisst Ihr, wer das war?«

»Ja, ich habe gleich bei meinem Amtskollegen, dem bischöflichen Waibel nachgefragt. Der sagte mir, er hätte diesem Mönch auf persönliche Anweisung des Bischofs helfen müssen, nach den Heiligtümern zu suchen. Es handelt sich um einen Benediktiner aus dem Kloster Lorch. Ihr wisst schon, das gehört Graf Ulrich von Württemberg. Der Mönch klagte, das Kloster sei von Soldaten des Städtebundes überfallen worden, als sie nach Ulm zogen, um sich zum weiteren Zug auf Augsburg zu sammeln.«

»Graf Ulrich ist mit den Bayernherzögen verbündet. Es würde passen, dass sich die Städter an seinem Kloster vergreifen«, bestätigte der Ratsherr. »Jetzt sagt bloß, das geraubte Kirchengut stammt von dort?«

»Das können wir annehmen«, sagte der Waibel. »Der Mönch war mit der Mission betraut worden, die Gegenstände wieder zu finden und zurückzubringen.«

»Wisst Ihr, wie er heißt?«

»Bertram von Rechberg. Er tauchte ein, zwei Wochen, nachdem das Städteheer bei uns war, in Augsburg auf und blieb eine ganze Weile.«

»Und wo ist er jetzt?«

»So um die Zeit des Mordes reiste er wohl wieder ab. Der bischöfliche Waibel hat ab da jedenfalls nichts mehr von ihm gehört.«

Johann Ilsung dachte nach. Ob der Mönch tatsächlich etwas mit dem Mord zu tun hatte? Sollte er Georgs Teil des Schatzes bei David Lambt aufgestöbert haben? Zeit genug hätte er ja gehabt. Aber der Strafherr mochte es einfach nicht glauben, dass der Gottesmann einen Mord auf sich geladen hatte. Und warum verkaufte Veit dann das Raubgut beim Löwenwirt? Veit war bestimmt nicht von dem Mönch mit dem Verkauf und schon gar nicht mit einem Mord beauftragt worden. Höchstens mit einem Einbruch. Der konnte, wie Ilsung ohnehin vermutete, schief gelaufen sein. Veit hatte es in seiner Panik nicht gewagt, dem Mönch als Mörder unter die Augen zu treten. Er hatte die Beute verkauft und war geflohen, als er mitbekam, dass man auf seine Spur gekommen war.

Das erklärte immer noch nicht die Falle, die Barbara und Endres am Tatort gestellt worden war. Ilsung reimte sich schnell seine Version zusammen: Der Mönch wollte Veit bei seinem Auftrag überwachen und beobachtete das Haus während des Einbruchs. Er bekam mit, dass das Unterfangen entgleist war und sah, wie Barbara und Endres die Straße heraufkamen. Die beiden kannte er, weil sie seinen Weg bei den Nachforschungen gekreuzt hatten, als sie das gleiche taten wie er – nach dem Schatz zu suchen. Da bereitete er spontan die Falle vor, die den Verdacht von seinem Kloster auf das Pärchen lenken sollte.

Es war bisher die schlüssigste Erklärung für die Vorfälle am Mordtag.

Barbara wurde nicht so recht schlau aus dem Bild, das sich ihr von dem Versteck zwischen den Rhabarberblättern im Krautgarten aus bot: Nicht nur der Strafherr und der ihr wohlbekannte Waibel saßen hoch zu Ross, sondern auch Endres und eine Frau, die sie noch nie gesehen hatte. Sie waren gut mit Packtaschen voller Proviant versorgt, hatten also mehr vor, als nur nach Augsburg zurückzureiten. Zügig trabten sie durch das Tor des Bauernhofes.

Barbara folgte zwei Mägden, die kurz darauf heraus kamen, mit geschulterten Sensen aufs Feld gingen und tratschten. »Und ich sage dir, der Veit hat irgendwelche Geschäfte mit den Bayern gemacht!«, hörte sie die eine gerade sagen. »Warum sonst reitet dieser Ratsherr dann der Armee hinterher?«

»Wohin ziehen die Bayern denn?«

»Nach Zusmarshausen.«

»Wer sagt das?«

»Diese Frau, die heute Nacht aufgetaucht ist. Frag mich nicht, was die mit der ganzen Sache zu tun hat.«

»Die gehört wahrscheinlich zu dem Gefangenen vom Ratsherren.«

»Gefangener? Also, ich weiß nicht. Für einen Gefangenen hat er abends recht vertraut mit dem vornehmen Herrn getan.«

Barbara war verwirrt. Vertrautheit zwischen Endres und dem Strafherren? Was bedeutete das? Wie auch immer, sie hatte ein Ziel: Zusmarshausen.

Mit Tränen in den Augen verabschiedete sich Christina Kindlin von ihren drei Begleitern. In Leitershofen erwarteten sie ein niedergebrannter Hof und zwei völlig verängstigte Kinder, die in der Nachbarschaft untergekommen waren. Am schlimmsten jedoch war die Sorge um ihren Mann, die sie keine Sekunde losließ. Dass sich dieser Augsburger Ratsherr um ihn kümmern wollte, erschien ihr als Fügung Gottes. Dennoch bebte sie vor Angst, hatte sie doch kurz zuvor den Teufel in Gestalt der brandschatzenden und mordenden Kriegsleute kennen gelernt. Ilsung schwor, für ihren Mann alles zu tun, was in seinen Kräften stand. Dann zog er mit Endres weiter. Der Waibel ritt noch ein Stück mit Christina, bevor er nach Augsburg abbog.

ACHTES KAPITEL

Barbara zieht in den Krieg

Das also war die Kehrseite des Krieges – verkohlte Schutthaufen, wo einst Bergen und Steppach gestanden hatten. Vergessen waren die zechenden Soldaten mit ihren prahlerischen Abenteuern, die Paraden stolz vorbeiziehender Reiter in schimmernden Rüstungen. Wie ein Hohn erschienen ihr die fröhlich wehenden Wimpel an den Lanzen, als sie solch eine abgebrochene Lanze im Balken eines zerstörten Bauernhauses fand. Was wohl aus den Bewohnern geworden war?

Ein Stück von der Ruine entfernt ließ sich Barbara unter einem Baum zur Rast nieder. Sie pflückte ein paar Äpfel, das war ihr ganzes Mittagessen. Danach hatte sie Glück, sie konnte ein gutes Stück auf einem leeren Heuwagen mitfahren, dessen Lenker so schnell fuhr, wie er nur konnte. Er war in Sorge, ob der Feind seine Wiese wohl unbehelligt gelassen hatte.

Auch Zusmarshausen bestand zur Hälfte nur noch aus Schutt und Asche. Ein ekelhafter Brandgeruch lag über dem geplagten Ort. Barbara vernahm das Ausklingen des Sturms namens Krieg, der darüber hinweggefegt war: Das Wimmern und Weinen von Kindern, Frauen und Männern, deren Liebste erschlagen worden waren, das Brüllen des immer noch verängstigten Viehs, das Rumpeln von Trümmern halb abgebrannter Gebäude, die vollends einstürzten.

Barbara hielt an einem unversehrten kleinen Häuschen, auf dessen Eckstein ein altes Weib saß und aus einer seltsamen Mischung aus Dumpfheit, Trauer und Zufriedenheit vor sich hinbrütete. Barbara ging auf sie zu: »Geht es dir gut?«, fragte sie freundlich.

Die Alte erschrak; sie schien es nicht gewohnt zu sein, dass sich jemand um sie kümmerte. »Mir geht es nicht besser oder schlechter als vorher«, sagte sie. »Ich bin eine arme Witwe, bei mir ist nichts zu holen. Da haben sie mich in Ruhe gelassen.«

»Wann waren die Bayern denn da?«

»Vor zwei Tagen kamen die ersten, gestern zogen die letzten ab«, sagte die Alte. Ihre Stimme klang mit einem Mal brüchig.

Anstatt weiter nachzubohren, suchte Barbara im Haus einen Krug und dann im Dorf den nächsten Brunnen. Als sie sich und der Frau zwei Becher einschenkte, redete es sich schon ein Stück leichter. »Du kannst dem Herrgott danken, dass er dich vor der Heimsuchung verschont hat, was?«, fuhr Barbara behutsam fort.

»Das habe ich schon. So wie sie weg waren, habe ich nur noch gebetet.«

»War es schlimm für dich?«

»Nicht so sehr wie für die meisten Anderen, allen Heiligen sei Dank. Ich habe mich in eine Ecke meiner Stube verkrochen und mir die Ohren zugehalten. Obwohl ich halb taub bin, hörte ich das Huftrampeln, Brüllen der Soldaten und Schreien der armen Seelen, die ihnen nicht entkommen sind. Jeder hat aus Leibeskräften geschrien, sogar das Vieh. Einmal flog die Tür auf und eine Gestalt mit einem riesigen Helm schaute herein. Ich glaubte, mir bleibt das Herz stehen. Aber da war er auch schon wieder weg. Er hat halt gleich gesehen, dass er bei mir armem Weib keine Zeit zu verschwenden braucht. Als das große Schreien und Huftrampeln vorbei war, hielt ich den beißenden Qualm kaum mehr aus und bin hinaus. Vor lauter Rauch habe ich nichts mehr gesehen. Ich wollte in die Kirche, aber die war nicht mehr da.«

Langsam kam Barbara zur Sache: »Sag einmal, sind vielleicht außer mir schon andere Fremde im Ort gewesen, nachdem die Bayern abgezogen sind? Ein vornehmer Herr aus Augsburg, mit feinen Kleidern, einem edlen Rappen mit goldenen und silbernen Zierbesätzen an Gürtel und Zaumzeug? Es waren noch ein oder mehrere andere dabei. Gestern vielleicht?«

Die Alte brauchte nicht lange zu überlegen. »Ja, ja, die waren da«, nickte sie eifrig. »Ein freundlicher Herr, der Vornehme, er hat mir gar ein Stück Brot gegeben. Ein Jüngerer war noch dabei, mit einfachen Kleidern.«

Das waren der Ratsherr und Endres, ganz sicher. Sie waren dem Heer gefolgt.

»Wo sind die Bayern denn hin?«

»Auf der Straße nach Steinekirch sind sie abgezogen.« Sonst wusste die Alte nichts mehr zu sagen. Es war schwierig, mit den völlig verängstigten Bauern ins Gespräch zu kommen. Nur einer erinnerte sich vage an den vornehmen Herrn auf dem Rappen; der war ihm entgegengekommen, als er ein paar versprengte Kühe zurück ins Dorf trieb. Ja, er sei in Richtung Steinekirch geritten.

»Also hinterher«, sagte sich Barbara. Sie wusste zwar nicht, welches Ziel das Heer hatte, aber nichts war leichter zu lesen als die Spuren des Krieges: Das erste Kornfeld, auf das sie stieß, war nur noch ein großer Fleck Asche. Beim zweiten Feld hatte sich keiner der Soldaten die Zeit genommen, Fackeln anzuzünden. Die Reiter waren einfach in breiter Front durchgezogen und hatten die Halme kurz vor der Ernte niedergetrampelt. Barbara las einige Ähren auf, zerrieb sie zwischen den Handflächen und kaute die Körner.

Sie wanderte, bis sie an die Stelle kam, wo die Straße nach Ulm kreuzte. Auf einem Meilenstein setzte sie sich nieder und ruhte aus. Nein, das Ausruhen war nicht der einzige Grund, warum sie innehielt. Sie blickte die Straße nach Süden hinunter, zur Verwüstung, den verrohten Kriegern, der Todesgefahr. Sollte sie diesen Weg wirklich gehen? Gut, es war der Weg zu Endres und dem Strafherren, und die waren ihre einzige Hoffnung. Aber sie konnte doch auch einfach warten, bis sie mit Veit, dem vermeintlichen Mörder, zurückkamen und endgültig ihre Unschuld bewiesen.

»Aber wo soll ich so lange hin?«, fragte sie sich. Nach Augsburg zurückzukehren kam nicht in Frage. Eine

Stimme erhob sich in ihr: »Es ist kein Zufall, dass du gerade an der Straße nach Ulm angehalten hast. Schlag dich doch vollends bis dort durch.«

Aber was erwartete sie da? Wollte sie ihr Geld als Arschverkäuferin verdienen – als Hure auf der Straße und in finsteren verborgenen Winkeln, vielleicht auch hinter den Säulen des Münsters? Angefeindet von Weibern, die genauso heruntergekommen wären wie sie und ihre Reviere verteidigten, gejagt von Ruffianen, gegängelt von Büttel, schutzlos Räubern und anderem Gesindel ausgeliefert, mit einem Fuß im Grab, mit dem anderen im Kerker?

»Besser, als den bayrischen Mördern, Brandschatzern und Vergewaltigern oder den Augsburger Büttel in die Hände zu fallen«, sagte die Stimme, die für die Flucht nach Ulm war.

»Ich kann nur wieder von vorne anfangen, wenn in Augsburg meine Unschuld bewiesen ist«, beendete Barbara laut den inneren Disput. »Und dazu sind niemand anderes als dieser Ratsherr und Endres in der Lage.« Die beiden wagten sich mitten unter ein feindliches Heer und wollten dort einen gerissenen Mörder stellen. Dabei konnten sie weiß Gott jede Hilfe gebrauchen. Nein, Barbara würde sich nicht verkriechen und warten, bis sie es vielleicht geschafft hätten. Sie war es ihnen schuldig, bei ihrer gefährlichen Mission zu helfen. Also stand sie auf und wählte den schweren Weg zwischen verbrannten Dörfern und vernichteten Feldern hindurch.

Das Schauspiel lenkte Veit wenigstens für eine Stunde ab von den rauen bayerischen Soldaten, die ihn in der Gewalt hatten. Allesamt sahen sie zu, wie die gewaltige Steinbüchse feuerbereit gemacht wurde, auf dass sie die Stadtmauer von Büren* zertrümmere. Das eisenberingte Rohr lag auf einem Holzkasten, der seitlich mit Pflöcken arretiert war. Ein Knecht trieb gerade mit einem Holzschlegel einen Keil unter die Vorderseite und brachte das Geschütz so ein Stück weit nach oben. »Pulver und Steinkugel sind schon drin«, kommentierte einer der Zuschauer. Dann rief der Büchsenmeister den Umstehenden zu, sie sollten sich nach hinten weg in Sicherheit bringen und die Ohren zuhalten. An einer langen Stange glimmte die Lunte, der Meister führte sie ins Spundloch ein und Veit glaubte sich in die Hölle versetzt: Es tat einen Schlag, der jeden Knochen im Leib erzittern ließ. Er hüpfte ohne sein Zutun ein Stückchen hoch, so sehr bebte der Boden. Einen ganz kurzen Augenblick lang konnte er, weil er direkt hinter dem Rohr stand, die Steinkugel sehen, wie sie herausgeschleudert wurde. Sie hatte einen Durchmesser von über einer Elle. Den Einschlag in der Burgmauer bekam er nicht mit, denn er wurde mitsamt dem Geschütz und den Schaulustigen in eine weiße, beißend stinkende Wolke gehüllt.

Endlich war die Sicht auf das Bollwerk wieder einigermaßen frei. Gespannt kniffen alle die Augen zusammen, um zu sehen, wo der Treffer saß. Veit wäre im ersten Augenblick gar nichts aufgefallen, obwohl er nach dem Knall

---

* Kaufbeuern

geglaubt hatte, von der Mauer könne gar nichts mehr übrig sein. Dann bemerkte er, dass rechts unterhalb der Stelle, wo der Mauerkranz schon zertrümmert war, einige Steinbrocken hinabkullerten. Der Büchsenmeister wiegte den Kopf hin und her, als ob er nicht so ganz sicher war, ob er gut getroffen hatte oder nicht. Ein Offizier in voller Rüstung und mit hochgeschobenem Visier löste sich jetzt aus der Menge, trat zu ihm und urteilte: »Wieder zu tief.«

Der Meister entgegnete: »Kommt drauf an, wie groß die Bresche werden soll.«

»Allzu groß wird sie eh nicht«, sagte der Offizier. »Auf der Seite zu uns her ist die Mauer am stärksten.«

»So gut sollte unsereins sowieso nicht treffen, wenn's uns nicht wie dem Geschützmeister aus Metz gehen soll«, lachte einer der anderen Büchsenschützen. Jeder Soldat kannte die Geschichte: Der Mann aus Metz hatte es geschafft, an einem Tag drei Schuss abzufeuern, und sie lagen allesamt gut ihm Ziel. Daraufhin hatte man ihn der Hexerei bezichtigt und er hatte zur Buße eine Pilgerreise nach Rom anzutreten.

Um den nächsten Schuss vorzubereiten, musste erst einmal eine Pavese vor das Rohr geschafft werden, ein riesiger Schild auf einem Holzgestell. Er bestand aus Holzbrettern, die mit Tierhäuten verleimt waren und gegnerische Pfeile und Armbrustbolzen federnd abbremsten. »Los, von euch muss auch einer ran«, kommandierte der Offizier in Richtung des Haufens, der Veit in der Gewalt hatte.

»Ich bin nur zum Zuschauen hier«, maulte einer. »Ich stell mich doch nicht in den Pfeilhagel.«

Der Offizier zog das Schwert.

»Schon gut«, rief ein anderer Soldat, packte Veit und zerrte ihn nach vorne. Der Mann, der das Kommando innehatte, trieb den Gefangenen mit der flachen Klinge zur Pavese, die Veit zusammen mit anderen Leidensgenossen vor das Geschützrohr wuchtete. Seine Peiniger lachten grölend über diesen neuerlichen Schicksalsschlag. Als zwei Pfeile neben ihm in den Boden schwirrten, glaubte er schon allein durch den Schreck, der ihn durchfuhr, er sei getroffen. Daraufhin feuerten die Bayern eine kleinere Büchse ab. Das sollte Schützen auf der Stadtmauer in Deckung zwingen; außerdem nahm ihnen der Pulverdampf die Sicht.

Veit kam mit dem Schrecken davon und wurde wieder zurückgejagt. Im Schutz der Pavese machte sich nun ein Geschützknecht daran, mit einem feuchten Lumpen an einer Stange das haften gebliebene Pulver aus dem Rohr zu wischen und glimmende Pulverreste zu löschen. Dann galt es, zu warten, bis das Eisen so weit abkühlte, dass man gefahrlos neues Pulver hinein stopfen konnte.

In der Abenddämmerung und insgesamt fünf Schuss später befanden die Hauptleute zufrieden, dass die Bresche groß genug war, um am nächsten Morgen zu stürmen. Beim üblichen nächtlichen Zechgelage stieß man schon auf den Leitersturm an, auf fette Beute, das Vergnügen des Brandschatzens, auf die Weiberschändungen, das nächste maßlose Gelage mit dem erbeuteten Wein und dem ganzen abgeschlachteten Vieh, das man gar nicht alles fressen konnte.

Barbara hatte Glück – was man eben so Glück nennen konnte in ihrer Situation. Bei einem Weiler am Wegesrand, der offenbar zu klein war, als dass sich das Brandschatzen gelohnt hätte, stand an einer Schmiede ein Planwagen. Er gehörte zum Tross der Armee, hatte Achsbruch erlitten und war soeben repariert worden. Die Insassen schickten sich eilig an, weiterzufahren, um das Heer wieder einzuholen. Normalerweise hätte Barbara solche Leute nicht zweimal angesehen – ein alter, zahnloser, völlig verdreckter Kerl in einem bodenlangen Gewand und einer zerschlissenen Weste und ein nicht ganz so altes, nicht völlig zahnloses, etwas weniger verdrecktes Weib. Sie waren Marketender, wie die zerbeulten Pfannen, Töpfe, Helme, Rüstungsteile, Karnickelfelle und gepökelten Heringe verrieten, die von den Seitenwänden baumelten.

Der Gaul, der nicht einmal den Namen Klepper verdiente und dessen räudiges Fell sich über die Rippen spannte, schien von Barbaras Ersuchen, mitzufahren ebenso wenig angetan wie die Besitzer des Krämerladens und, wie Barbara vermutete, Bordells auf Rädern. Zwei Pfennige beseitigten jedoch alle Bedenken und so fand sie sich hinten auf der Wagenkante sitzend und die Beine im aufgewirbelten Staub baumelnd wieder. Auch, wenn sie nichts zu Essen abbekam, schlief sie nach etlichen zurückgelegten Meilen nachts so gut unter dem Wagen, dass ihr sogar die ekelhaften Geräusche des Liebesaktes über ihr erspart blieben.

Am nächsten Tag holten sie schon weitere Nachzügler aus dem Tross ein und am späten Nachmittag erreichten sie das Lager vor Büren. Mit knappem Gruß verabschiedete sich Barbara von dem Paar, mit dem sie kaum zehn Worte gewechselt hatte.

Wieder war sie völlig ahnungslos, wo sie nach Endres und dem Ratsherren suchen sollte. Als erstes interessierte sie jedoch ein Ochse am Spieß, der zum Glück schon gar war und von dem sie für ein paar Pfennige ein Stück erstand.

Als sie sich aufmachte, das Lager nach Endres und dem Ratsherrn zu durchsuchen, blieb es nicht aus, dass sie auf Schritt und Tritt von wüsten Soldaten angegangen wurde, die sie für eine fahrende Hure hielten. Barbara trat die Flucht nach vorne an: Sie erzählte den einfachen Soldaten, ein Hauptmann, dessen Namen sie von den Marketendern aufgeschnappt hatte, habe sie zu sich bestellt. Mit dem könne der Soldat ja ausmachen, ob er sie mit ihm teilen wolle. Dann war meistens Ruhe. Und wenn ihr mal einer auf den Hintern klatschte, kam sie deswegen auch nicht um. So arbeitete sie sich von Trupp zu Trupp durch, ohne zu wissen, ob die Gesuchten überhaupt im Lager waren.

Im ersten Sonnenlicht erlebten die Bayern eine böse Überraschung: Wie durch schwarze Magie stand die Stadtmauer so unversehrt da, als hätte es gar keinen Beschuss gegeben. Die Bürener hatten nachts alles wieder hoch gemauert, was tagsüber zerschossen worden war. Wütend bellten die Hauptleute nach den Geschützmeistern, um das Inferno noch heftiger zu wiederholen. An diesem Tag wurden nicht weniger als zwölf Schuss aus den vier gewaltigen Steinbüchsen abgefeuert. Nachts gab man blindlings weitere vereinzelte Schüsse ab, um die Maurer bei der Arbeit zu treffen.

In dieser Nacht fand Veit Bachmair noch weniger Schlaf als in den Nächten zuvor. Nicht wegen des Geschützdonners, der alle paar Stunden die Soldaten fluchend aus dem Schlaf riss und die Pferde panisch wiehern ließ. Vielmehr waren Veits Hoffnung und Zuversicht aufgebraucht. Mit der Nacht und der unbarmherzigen Rohheit der Soldaten umfing ihn nun eine bodenlose Verzweiflung. »Herrgott, verzeih mir, dass ich das wundervolle Leben, das du mir beschert hast, so versaut habe«, betete er und reckte dabei die gefesselten und gefalteten Hände dem Nachthimmel entgegen. »Verzeih mir, dass es mir nie gut genug gehen konnte, dass ich mich in meiner Gier zu diesen Geschäften habe verführen lassen. Lieber Gott, es ist doch Strafe genug, dass ich diesen furchtbaren Menschen in die Hände fiel, obwohl ich schon fast in Sicherheit war. Sie haben mir mein ganzes Geld genommen und bringen mich um, wenn der Rappenbauer kein Lösegeld schickt. Herr, ich komme schier um vor Angst. Bitte, bitte, erlöse mich aus diesem Albtraum.«

Veits Gebete wurden sogar erhört – zunächst jedenfalls. Der Augsburger Ratsherr Ilsung hatte, ohne dass er als solcher erkannt worden war, zusammen mit Endres das Lager der Bayerischen vor Büren längst erreicht. Im Durcheinander einer Lieferung von Schießpulver für die Steinbüchsen war es ihnen gelungen, die Wachen zu umgehen. Der Beschuss des Tages war da schon vorbei und das Lager wandelte sich allmählich zum Festplatz mit Braten an den Feuern, reichlich Bier und Wein.

Zum Glück hatte Ilsung in seinem Leben genügend Bayern reden hören, so dass er ihren Dialekt einigermaßen nachahmen und sich als einer von ihnen ausgeben konnte. Dennoch dauerte es viel zu lange, bis er sich unter den tausenden von Männern zur Lanze des Anführers Ludwig Hasenbichl durchgefragt hatte. Und als er am Ziel war, trafen er und Endres nur im Schlaf grunzende oder besoffene Landsknechte an. Hasenbichl selbst war gar nicht bei ihnen, sondern vergnügte sich irgendwo bei den Marketenderinnen. So blieb den Beiden nichts anderes übrig, als nahe der Lanze ihr Lager aufzuschlagen und ihr Glück am nächsten Morgen zu versuchen.

Das war eine Verzögerung, die sich als fatal für Veit erweisen sollte.

Denn das erste Sonnenlicht gab das gleiche Bild preis, womit die Bayern trotz des nächtlichen Beschusses schon gerechnet hatten – eine nahezu unversehrte, nachts wieder ausgebesserte Stadtmauer. Schon bliesen die Hörner zum Alarm, die Landsknechte rappelten sich auf und nahmen Aufstellung. Ilsung beobachtete die Lanze: Der Anführer kam gerade heran geritten und verkündete seinen Männern, die sich im Halbkreis aufgestellt hatten: »Die Hauptleute scheißen auf eine Bresche in der Mauer. Wir werden sofort mit dem Sturm beginnen. Unsere Lanze muss drei Mann zum Leitertragen stellen. Entweder mit einem großen Schild oder direkt an der Leiter anpacken.

Los, her zu mir, ich will nicht bei den letzten sein, die mit ihren Leuten antrutscheln!«

Mit etwas mehr Zeit hätten die zehn Soldaten vielleicht darum gewürfelt, wer ganz nach vorne in den Hagel der Steine, Pfeile und Armbrustbolzen gehen sollte. So aber mussten sie es mit ein paar flüchtigen Blicken untereinander ausmachen. Streit kam nicht infrage, wollte man vor dem Anführer und anderen Söldnern nicht als feige dastehen. Schnell waren die ersten Beiden gefunden – Die Männer entsannen sich, wie sie am Vortag Veit, ihre Geisel, zu der Pavese geschickt hatten. Warum sollten sie das nicht wieder tun, und zwar mit allen beiden Gefangenen? Also schickten sie Veit und Ambros, dessen Weib die Lösegeldforderung überbrachte. Der dritte war ein Söldner mit einem riesigen Schild. Sie gingen dem Pferd des Lanzenführers nach.

Der Ratsherr Johann Ilsung verfolgte die Szene aus dem Kreis der umstehenden Söldner. Freilich erkannte er, dass zwei Männer gezwungen werden mussten, in den Kampf zu gehen. Und er zog den Schluss, dass diese beiden vielleicht Veit Bachmair und die andere Geisel waren. Sicher war er nicht, es konnten auch gefangene Soldaten oder ungehorsame Söldner sein. Zeit, diese Frage zu klären, war ebenso wenig, wie Verhandlungen um den Freikauf der Geisel aufzunehmen.

Ein anderer der Umstehenden war Ilsung gegenüber im Vorteil – der Mörder, der erst an diesem Morgen den Vorsprung des Strafherrn aufgeholt hatte. Der kannte Veit Bachmair im Gegensatz zu dem Ratsherrn gut; schließlich war Veit sein Handlanger gewesen. Nun sollte er zum Belastungszeugen werden und ihn an den Galgen bringen. Der Mörder sah, wie man Veit zu einer der Sturmleitern zerrte. Und er sah Ilsung. Aber dieser sah ihn nicht, er rechnete nicht mit ihm. Ilsung wusste nicht, wer der Mörder war, und wenn er eine Ahnung gehabt hätte, wäre das Gesicht nicht zu erkennen gewesen unter der grünen Kapuze. Grün wie die Tracht der Armbrustschützen, die jetzt ebenfalls nach vorne zogen und denen sich der Mörder mit seiner eigenen Armbrust anschloss.

Veit begriff gar nichts, so schnell ging es. Schon stand er an einer der langen Leitern, die gerade außer Schussweite des Gegners am Boden lagen. »Anheben!«, bellte eine Stimme und er griff mit beiden Händen in eine Sprosse. Hinter ihm stand der Söldner aus seiner Lanze und stemmte den großen Schild über ihre beiden Köpfe. Er lag vorne auf dem nächsten Schild auf, hinten schob sich ein weiterer über ihn als Teil eines schussfesten Daches.

»Vorwärts!« Dieses Kommando setzte nicht nur die Leitern mit dem Schilddach in Bewegung, sondern auch die großen Standschilde, die von jeweils zwei Schützen angepackt und in schnellem Schritt an den Leiterträgern vorbei nach vorne geschleppt wurden. Ihre Bögen oder Armbrüste und die Köcher trugen sie dabei auf dem Rücken. Was im Kampfgetümmel nicht auffiel: Zu der Pavese, die gerade an dem armen Veit Bachmair vorbei getragen wurde, hatte sich ein dritter Schütze gesellt, der geduckt hinter den beiden anderen herlief, die Armbrust im Anschlag.

Schon setzte der Geschosshagel ein. Es war entsetzlich für Veit: Hunderte von Pfeilen kamen über ihn mit Sirren und Rauschen, über dem Schilddach klapperten die abgeprallten Pfeile wie Hagelkörner, dazwischen die dumpfen Einschläge derer, die stecken blieben. Schlimmer noch war das grelle Pfeifen der Armbrustbolzen. Für einen Unerfahrenen waren diese ›Heuler‹ kaum zu ertragen. Sie sollten normalerweise dazu dienen, die Pferde der Gegner verrückt zu machen, doch es wirkte auch bei Menschen. Veit fühlte einen Brechreiz hochsteigen. Er hörte Schreie vor sich und bei den anderen Leitern, wusste nicht, ob es Angstschreie waren oder ob Soldaten durch Lücken zwischen den Schilden getroffen worden waren. Dass mindestens ein Leiter- oder Schildträger vor ihm gefallen war, merkte er, als er über dessen Körper stolperte und dem fluchenden Schildträger vor sich ins Kreuz taumelte. Schon deckte der seinen Teil des Daches nicht mehr richtig ab und ein Bolzen schwirrte an Veits Ohr vorbei.

Es war für den armen Pferdeknecht kaum vorstellbar, dass das Inferno noch zunahm. Es begann mit noch lauteren, krachenden Geräuschen – die ersten Steine, die vorne auf das Panzerdach fielen, das nun dicht vor der Mauer angelangt war. Weitere Kommandos wurden gebrüllt, Veit spürte, wie sich die Leiter nach vorne senkte und abrupt zum Stehen kam – man hatte die Eisendornen an den vorderen Enden in die Erde gerammt. Von hinten erhielt er einen Fußtritt, der Söldner schrie: »Loslassen!« Die Leiter schien nach oben zu entschweben. Er sah die Astgabeln der Stangen, die in die Sprossen griffen und sie hoch hievten.

Er war nun auf Höhe der Wand aus den aneinander gereihten Pavesen vorgerückt, hinter denen die Schützen unaufhörlich zur Mauerkrone hinaufschossen. Was Veit nicht sah, weil er gebannt nach oben starrte: Ein Armbrustschütze zielte nicht nach oben – der Mann neben ihm. Der Mörder.

Er richtete seine Armbrust zur Seite, zielte kurz und traf Veit, der gerade mit beiden Armen den schützenden Schild abstützte, unter der linken Achsel. Der Bolzen drang direkt ins Herz. Es war ein gnädiger Tod. Er spürte gar nicht, dass er getroffen war. Es riss ihn einfach um, er schlug län4gs hin. Dunkelheit erlöste ihn.

Niemand hatte etwas von dem Mord bemerkt, die Aufmerksamkeit war ja auf den Feind in der Höhe gerichtet und auf die Leiter, die gerade gegen die Mauer krachte. Ein metallischer Schlag verriet, dass sich die große Eisenklaue hinter der Brüstung eingekrallt hatte und ein Wegstoßen der Leiter unmöglich machte.

Der Mörder hatte seine Armbrust sofort nach dem Schuss wieder nach oben gerichtet, lud sie nach und schoss wie alle anderen auf die gegnerischen Reihen. Mit einem Seitenblick vergewisserte er sich, dass sein Opfer nicht mehr an seinem Platz stand. Die anderen Leiterträger rannten jetzt zurück, geschützt von einem Teil der Schilde. Andere Schildträger gaben den schwer bewaffneten Söldnern Deckung, die als erste die Leiter erklimmen sollten.

Der vorderste Mann trug eine Schaller, einen Helm mit Visier und breiter Krempe, sowie Schulter- und Armpanzer. Das schützte ihn vor Schlägen und Schüssen von oben, ansonsten war er nur mit einem Kettenhemd gerüstet. Weitere Panzer wären zu schwer gewesen, denn schließlich musste er die Leiter hochklettern, einen schweren Eisenschild über den Kopf halten, ein Kriegsbeil und ein großes Schwert mitschleppen.

Von oben warfen sie Steine, doch der Mann, der größte, kräftigste und furchtloseste, lenkte sie mit seinem Schild ab. Unter ihm stieg ein Armbrustschütze die Leiter hinauf, gefolgt von weiteren Grüngewandeten, die einzig und allein die Aufgabe hatten, ihm geladene Armbrüste hochzureichen. Auf halber Höhe hatte der Schütze seine Position erreicht: Er stand so günstig, dass er jeden auf der Mauer, der die zweite Leiter neben seiner wegschieben oder beschießen wollte, ins Visier bekam. So war der Anlauf der Männer auf der Leiter nebenan einigermaßen gedeckt. Der Schütze konnte zwar die Gegner nicht treffen; aber er zwang sie in Deckung, was letztendlich die gleiche Wirkung hatte.

Schon klinkte unter dem Johlen der Angreifer die zweite Leiter ein und der Schildträger erklomm die ersten Sprossen. Nun aber setzte der Gegner mit seiner Verteidigung erst richtig ein. Zuerst fiel ein brennendes Reisigbündel herab, das mit Schweineschmalz getränkt war und loderte wie Höllenfeuer. Es landete auf dem Schild des ersten Vorkämpfers, mit dem er es zwar zur Seite kippen konnte, aber nur, um von einem zweiten Bündel getroffen zu werden. Das stieß er mit Müh und Not weg, indem er mit der eisenbewehrten Hand, in der er sein Beil hielt, so wild fuchtelte, dass er wankte und fast stürzte. Das brennende Bündel löste sich auf und fiel in mehreren lodernden Flammen zu Boden. Schwarzer Qualm stieg auf, die Schützen sahen keine Ziele mehr und konnten nur noch blindlings in die Rauchwolke schießen. Dadurch hatten die Feinde auf der Mauer mehr Bewegungsfreiheit und es gelang ihnen, einen gewaltigen Steinbrocken hinunterzuschleudern. Der brachte den Sturmsoldaten gewaltig ins Wanken, er verlor den Halt und hing für einen Augenblick in der Luft, mit dem Ellenbogen in die Leiter eingehängt.

Dann ging es Schlag auf Schlag: Eine Flamme züngelte bläulich an der Leiter empor – die Verteidiger hatten Öl direkt daran herunterlaufen lassen, wo es auf ein Flämmchen traf, das noch vom Reisig herrührte. Die erste Leiter stand in Flammen. Der Kämpe, dem ein kleines Vermögen winkte, falls er es bis auf die Mauer schaffte, kletterte noch ein paar Sprossen hoch, dann gab er auf. Er lief Gefahr, zur lebenden Fackel zu werden; wenn nicht, konnte ihm über die brennende Leiter kaum Verstärkung folgen. Er säße auf der Mauer alleine in der Falle und der Rückweg wäre ihm abgeschnitten.

Während er den Männern unter ihm Zeichen ab, abzusteigen, bahnte sich bei der anderen Leiter eine Tragödie an: Auf den Sprossen war der Sturmtrupp schon über die Hälfte vorgedrungen. Neben dem ersten Mann ragten eine Hellebarde und eine Lanze der Krieger unter ihm hervor, ein endloser Schwarm von Pfeilen und Armbrustbolzen rauschte an ihm vorbei nach oben, um ihn zu schützen.

Es sah gut aus. Doch dann geschah etwas, was der Gegner unbeobachtet vorbereitet hatte: Ein Holzkarren wurde auf dem Wehrgang vor die Leiter geschoben, auf ihm ragten einige zusammen gemauerte Quader auf, die wohl beim Beschuss aus der Burgmauer gebrochen waren. Alle Pfeile und Armbrustbolzen nützten nichts, außer dem Karren, der jetzt direkt über der Leiter stand, war nichts und niemand zu sehen. Furchtbar langsam, fast schon majestätisch, neigte sich, von unsichtbaren Stangen geschoben, die Steinmasse und kippte über die Leiter. Die Soldaten darunter hatten keine Chance, wurden in einer Lawine aus Leibern, Waffen, Steinquadern und Rüstungsteilen unter grässlichen Todesschreien in die Tiefe gerissen. Nicht einer überlebte.

Die Frage, ob man noch einen Anlauf nehmen sollte, erübrigte sich, denn auch diese Leiter stand in Flammen. Jetzt tönte von der Mauerbrüstung her lautes Siegesgegröle. Es blieb nichts anderes mehr zu tun, als dass sich die Schützen mit ihren Pavesen halbwegs geordnet zurückzogen. Dazu trug die eine Hälfte ihre Schutzschilde weg, wobei ihnen die anderen Deckung gaben. Dann bauten sie die Schilde wieder auf und gaben ihrerseits den Kameraden Schutz, die sich nun zurückzogen. Wenigstens das funktionierte ohne Verluste.

So kam der Mörder erneut ungeschoren davon. Als er es außer Schussweite geschafft hatte, tauchte er im Rückzugsgetümmel unter. Eine unbändige Freude schien seine Brust zu sprengen. Erstens, weil er dem Schlachteninferno lebendig entronnen war. Zweitens, weil er sein Ziel tatsächlich erreicht und sein Opfer mit einem sauberen Schuss erledigt hatte. Und drittens, weil jetzt alle Furcht, für den Mord in Augsburg doch noch gestellt und gerichtet zu werden, weggewischt war. Obwohl – ein Rest dieser Furcht war noch da. Johann Ilsung lebte noch. Diesem findigen Hund war zuzutrauen, dass er die Witterung auch ohne seinen wichtigsten Zeugen wieder aufnahm.

Er musste sterben.

Die Gelegenheit dazu war günstiger denn je – Ilsung hatte nicht die geringste Ahnung, dass sein Widersacher in unmittelbarer Nähe war. Und hier, in diesem Chaos, war nichts leichter, als einen Menschen zu töten. Veit war das beste Beispiel dafür.

Doch der Mörder unterschätzte Ilsung. Der hatte nach der Rückkehr von nur zwei der drei Männer schnell herausgefunden, dass Veit Bachmair vor der Mauer liegen geblieben war. Er machte sich auf den Weg zum Kampfplatz; vielleicht war sein Zeuge ja noch zu retten. Aber die Enttäuschung war groß, denn er lag aufgereiht zusammen mit den anderen Gefallenen da. Man holte gerade Karren, um sie zum Massengrab abzutransportieren.

Ilsung untersuchte Veits Leiche. Anhand des glänzenden Blutflecks auf der linken Körperseite fand er schnell das Einschussloch unter der Achsel. Er riss einen langen Halm aus dem Gras, in dem der Tote lag, und stocherte mit ihm in die Wunde. Der Halm steckte fast ganz darin, als er auf das Geschoss stieß. Der Ratsherr kannte sich mit Schusswunden nicht besonders aus, aber diese erschien ihm sehr tief. Zum Vergleich untersuchte er die Leichname links und rechts nach Einschüssen von Armbrustbolzen. Tatsächlich: hier konnte er den Grashalm nur halb so weit hineinstecken. Und noch etwas war anders. Es fiel ihm an einem der Toten auf, der einen Pfeil in der Brust stecken hatte. Stellte man sich vor, wie der Mann noch stand, ragte der Pfeil schräg nach oben heraus, denn die feindlichen Geschosse kamen ja von oben, von der Stadtmauer. Auch die Einschusswinkel der Armbrustbolzen ließen sich schräg von oben her rekonstruieren.

Bis auf Veits tödliche Wunde. Sie bildete einen waagrechten Kanal. Dieser Bolzen war nicht von oben abgeschossen worden. Eher ebenerdig von der Seite und, wie das tiefe Eindringen vermuten ließ, aus nächster Nähe.

Er war heimtückisch ermordet worden.

Johann Ilsung hegte keinen Zweifel, dass es derselbe Mörder war wie der von David Lambt. Schon die Schläue sprach dafür. Den entscheidenden Zeugen mitten in einer Schlacht unbemerkt zu beseitigen, das musste erst einmal jemand hinbekommen. Ihm fröstelte. Zum ersten Mal überkam ihn so etwas wie Furcht vor dem Mörder. Woher wusste der, dass der Pferdeknecht hier war? Wusste er auch von ihm, Ilsung, selbst? Nervös sah er sich um. Es war anders als in der normalen Welt: Jeder, den er sah, wäre fähig zu töten. Nicht nur fähig; für die meisten hier bedeutete Töten eine Ehre, Geld und Beute.

Als er zurück zur Lanze von Ludwig Hasenbichl kam, sah er gleich, an wen er sich wenden musste: Der Mann, der zusammen mit Veit als Geisel genommen worden war, saß abseits auf dem Boden und starrte mit unheimlichen, glasigen Augen ins Leere. Die Söldner achteten nicht auf ihn; ihre Aufmerksamkeit galt voll und ganz ihrem Kameraden, der mit seinem waghalsigen Einsatz beim Leitersturm prahlte. Ilsung setzte sich zu der Geisel. Ohne Umschweife stellte er sich vor, erzählte von den Umständen seiner Mission und dass er hier war, ihn zu retten. Der Mann starrte ihn einen Augenblick lang an wie eine Erscheinung, dann fiel er ihm in die Arme. Als Ilsung schließlich noch erzählte, dass es Christina, seiner Frau gut ging, faltete er die Hände und legte sie zwischen die geschlossenen Augen, die für diesen Moment Gottes Gnade gewahr wurden.

»Du warst also dabei, als Veit fiel«, holte Ilsung ihn in die Hölle zurück. Statt einer Antwort begann der Mann zu weinen. »Wie ist es denn zugegangen?«, drang der Strafherr trotzdem weiter in ihn.

Ambros Kindlin schüttelte den Kopf. Er schluchzte noch einmal, wischte sich den Rotz aus dem Gesicht und schluchzte: »Es ging so schnell, so schnell. Er war vor mir, dann hat es ihn auf einmal weggehauen und er lag da, wo zuvor die Leiter war.«

»Also hat es ihn seitlich umgerissen?« Ambros bestätigte es. »Als ob der Schuss von der Seite gekommen wäre?«, hakte der Ratsherr nach.

»Nun ja, ich habe, Gott sei's gepriesen, nicht so viel Erfahrung mit so etwas. Vielleicht taumelte er ja auch, drehte sich, was weiß ich.«

»Wer war denn seitlich von euch?«

»Na, die Schützen, die uns Deckung gaben. Wir waren gerade auf ihrer Höhe, als es Veit erwischt hat.«

Das passte zu Ilsungs Verdacht. Dem Mörder war es tatsächlich gelungen, sich unter die Schützen zu mischen. Er fragte Ambros, ob ihm an einem mit einer Armbrust etwas aufgefallen war, doch der sah ihn nur verständnislos an: »Etwas aufgefallen? Herr, habt Ihr eine Ahnung, wie das da vorne zuging? Ich hätte nicht einmal meine eigene Mutter erkannt, wäre sie vor mir gestanden.«

Ilsung ging es wie Ambros, er hatte keine Erfahrung mit Kampf, Krieg und Töten. Aber er wusste aus Erzählungen von Söldnern, dass diese im Schockzustand höchster

Bedrängnis eine unglaubliche Wahrnehmung an den Tag legten. Manche konnten Gesichter und Rüstungen von Gegnern, mit denen sie nur auf einen Hieb aneinandergeraten waren, hinterher genauestens beschreiben. Es schien, als ob sich im Angesicht der Bedrohung alle Sinne so weit wie möglich öffneten, damit sie selbst den kleinsten Reflex, die unscheinbarste Bewegung und die winzigste Warnung vor dem entscheidenden Schlag wahrnahmen.

»Ambros, es ist unheimlich wichtig«, drängte Ilsung. »Es geht um einen Armbrustschützen, der wahrscheinlich nur ein paar Fuß von dir entfernt stand. Du musst ihn gesehen haben. Sein Bild ist in dir, ich weiß es ganz genau.«

Ambros schloss die Augen ganz fest und legte beide Fäuste vor die Stirn, als ob er das Bild aus seinem Hirn zerren wollte. Aber es half nichts. Er ließ mutlos die Arme sinken, öffnete die Augen und schüttelte den Kopf. »Ich bin noch zu durcheinander«, sagte er.

»Vielleicht kommt es ja später«, blieb der Strafherr beharrlich. »Nimm dir vor, das Aussehen des Mordschützen in dir zu bewahren, ja?« Ambros nickte.

Sie hatten nicht bemerkt, wie einer der Landsknechte zu ihnen getreten war. »Was hast du da mit dem?«, fuhr er Ilsung an.

Der schlüpfte instinktiv in die Rolle, die ihn durch das ganze Heerlager gebracht hatte: »Wollte auch ein paar Erlebnisse vom Leitersturm hören«, äffte er den fremden bayerischen Dialekt im Tonfall eines Mannes nach, der etwas zu sagen hatte. »Da höre ich, dass der Mann ein Gefangener ist. Wie schaut's aus, verkauft ihr mir den?

Ich könnt noch einen Knecht für die Packpferde meiner Lanze brauchen.«

Der Söldner rief einen Kameraden her und beriet sich mit ihm. »Na, was sollen wir noch mit dem, wo der andere hin ist?«, hörte Ilsung den zweiten Söldner sagen. »Herrgottsakrament, wir hätten ihn doch nicht ins Gefecht schicken sollen.«

»Wärst du lieber an seiner Stelle draufgegangen?«

»Na, es ist ja nicht mehr zu ändern.« Damit wandte sich der Soldat an Ilsung: »Was zahlt Ihr denn für den Kerl?«

»Na, was ist ein Knecht, den ich nach dem Feldzug wieder laufen lassen muss, schon wert? Zwei Gulden, mehr nicht.«

»Für den anderen hätten wir das Zehnfache gekriegt!«, maulte der erste Söldner.

»Ach, der andere, der andere! Der ist hin.« Der andere wandte sich an Ilsung: »Komm, fünf Gulden, und eine Ruh' ist.«

»Vier. Durchfüttern muss ich ihn ja auch noch.«

»Her mit dem Geld. Da, nimm ihn mit.« Das tat Ilsung, bevor noch einer kam und seine Kameraden wieder umstimmte. Er ließ sich mit Ambros Kindlin an einem erloschenen Lagerfeuer nieder, wo Endres gewartet und die Pferde bewacht hatte. Sie entfachten die Flammen neu und brieten darüber drei Würste aus dem Proviant. Zur Feier der Befreiung von Ambros brachen sie sogar die Weinflasche an.

»Zwei Gulden wäre Euch mein Leben wert gewesen«, sagte Ambros vorwurfsvoll.

Ilsung legte versöhnlich den Arm um ihn und lächelte: »Ich hätte zweihundert bezahlt, aber ich durfte mich doch nicht verdächtig machen.«

Nach dem kleinen Festmahl versank Ambros in einen glückseligen Verdauungsschlaf. Der Ratsherr aber starrte grübelnd vor sich hin. »Der Kerl ist also hier«, überlegte er. »Ob er weiß, dass ich auch hier bin?« Er spielte alle Möglichkeiten logisch durch: Ahnte der Mörder nicht, dass sein Verfolger im Heerlager war, hatte er schon lange das Weite gesucht. Der Zeuge war tot, was hielt ihn hier also noch? Wusste er, dass Ilsung hier war, dann – der Ratsherr sah sich unbehaglich um. Dann würde er auch ihn beseitigen.

Ein Trupp von Söldnern mit Schwertern, Dolchen, Beilen und Spießen kam genau auf ihn zu. Nichts hätte sie abhalten können, einfach über ihn herzufallen und ihn abzustechen. Sie zogen weiter, Gottseidank.

Was also war zu tun? Der Ratsherr hatte einen kleinen Vorteil auf seiner Seite: Er wusste, dass es sich um einen Armbrustschützen handelte. »Prima, davon gibt es hier ja höchstens dreihundert«, sagte er zynisch zu sich selbst.

Ambros wurde unruhig. Er wälzte sich im Schlaf hin und her, begann zu reden. Ilsung kniete sich neben ihn, lauschte. »Schieß doch!«, hörte er. »Die anderen laden schon wieder nach, warum schießt du nicht?«

Er sprach von dem Armbrustschützen. Von Veits Mörder. Ilsung war es gelungen, diesen in den Erinnerungstraum einzupflanzen. Die Satzfetzen ergaben einen Sinn: Die Söldner schossen und luden nach, so schnell es ging, sie mussten dem Gegner ja so heftig zusetzen wie nur möglich. Nicht jedoch der Mörder. Der wartete mit seinem Schuss auf den richtigen Augenblick. Ambros hatte in seiner Todesangst unbewusst wahrgenommen, dass dieser eine Schütze nicht alles gab, um ihm den Feind vom Leib zu halten.

Ilsung lauschte weiter. »Ja, ja, ich schlepp die Leiter ja schneller!« Der Schütze war aus seinem inneren Blickfeld gerückt.

Er rüttelte Ambros wach. »Du hast den Schützen im Traum gesehen«, sagte er. »Er hat in deine Richtung geschaut, als er nach Veit, der hinter dir lief, suchte. Du musst sein Gesicht erkannt haben. Wie sah es aus?«

In der Sekunde zwischen Traum und Erwachen sah Ambros den Mann tatsächlich noch vor sich. »Nein, kein Gesicht«, murmelte er. »Eine Kapuze. Grün. Kein Gesicht, nur ein Schatten.«

»Also eine grüne Gugel? Los weiter, was trug er darunter? War die Schecke auch grün?«

»Nein. Ich weiß nicht. Die Schecke war nicht zu sehen.«

»Warum nicht? War sie verdeckt?«

»Ja, durch einen Harnisch. Genau, das war es, was anders war als an den anderen. Er trug einen Brust- und Rückenharnisch. Ungewöhnlich für einen Schützen.«

Ilsung überlegte. Stimmt, Armbrust- und Bogenschützen trugen lieber ein Lederwams mit Metallplättchen besetzt, manchmal kombiniert mit einem Kettenhemd, denn das ließ ihnen die nötige Beweglichkeit. Sie mussten sich schließlich hinknien, gelenkig hinter sich greifen, um flink die Pfeile oder Bolzen aus den Köchern ziehen, brauchten Armfreiheit zum Anlegen und Zielen. Zum Spannen der

Armbrustsehne steckten sie den Fuß in einen vorn angebrachten Bügel und drückten so die Waffe fest an den Boden. Dann beugten sie sich hinunter, hängten den Spannhaken, der an ihrem Gürtel befestigt war, in die Sehne ein und spannten diese, indem sie den ganzen Körper streckten, bis die Sehne einrastete. Bei alledem behinderte ein Harnisch. Der Mörder war also gar kein richtiger Armbrustschütze; er hatte sich die Waffe besorgt und die nächstbeste Rüstung angelegt.

Ilsung wusste also, wie sich der Mörder von regulären Schützen unterschied. Er lief im Lager umher, bis er eine Gruppe in grünen Gewändern beisammen sitzen sah – angeworbene Armbrustschützen. Er gesellte sich zu ihnen und erzählte, er vermisse einen Schützen aus seiner Lanze, den er zum Angriff abgeordert hatte. Er beschrieb den Mörder, doch keiner schien ihn gesehen zu haben. »So kann ich nicht den ganzen Tag lang vorgehen«, sagte er sich. »Es wird auffallen, dass ich jemanden suche und schließlich wird er zuerst auf mich aufmerksam.«

Er ging zurück zum Lagerfeuer, wo Ambros und Endres wieder schliefen und die Pferde immer noch grasten. Eine friedliche Insel. Hier suchte er Zuflucht und grübelte. Blieb ihm tatsächlich nichts anderes übrig, als sein eigener Köder zu sein und zu warten, bis er den Mörder angelockt hatte? Und was sollte dann passieren? Der Kerl brauchte nicht einmal besonders nahe zu kommen mit seiner Armbrust. Auch zu dritt konnten sie ihn nicht überwältigen; selbst, wenn sie ihn rechtzeitig sahen.

Am späten Nachmittag ging er noch einmal durchs Lager. Dann erlebte er eine seltsame Szene: Eine junge

Frau kokettierte gerade mit einem Soldaten. Als sie Ilsung sah, stürmte sie zum Unmut des Kriegsmannes geradewegs auf ihn zu und strahlte ihn an. »Ich bin Barbara Gütermann«, jauchzte sie fast. »Wo ist Endres?«

Ilsung war völlig verblüfft. Er kannte sie ja nur dem Namen nach, wähnte sie aber in der Arrestzelle des Augsburger Rathauses. Jetzt stand sie mitten im Feindeslager vor ihm, so selbstverständlich, als ob es ein Marktplatz zuhause wäre. Er brachte sie zum Lagerfeuer, wo sie Endres in die Arme fiel. Mit großen Augen ließ sie sich von ihm erzählen, was er mit Ilsung erlebt hatte. In wenigen Augenblicken wechselten sich Hoffnung und Enttäuschung ab – Hoffnung, als sie hörte, dass Veit endgültig Licht in das Geheimnis um den Mord bringen konnte; maßlose Enttäuschung, ja Verzweiflung, als Endres schilderte, wie der Zeuge knapp zwei Stunden zuvor umgekommen war. Nicht anders als ihre neuen Gefährten schauderte auch sie vor dem Mörder, der allwissend schien und an jedem beliebigen Ort agieren konnte.

»Ich bin kurz davor, an einen bösen Zauber zu glauben«, sprach Endres aus, was alle dachten. Dennoch fühlten sie sich an ihrem kleinen Lagerfeuer miteinander sicher und schmiedeten bei einem Mahl aus den letzten Vorräten Pläne: »Überlasst es für heute Abend einmal mir, die Soldaten auszuhorchen«, sagte Barbara.

Das taten sie dann auch. Ilsung hatte tagsüber zwei Lager von Armbrustschützen ausgemacht. Diese rissen sich darum, der schönen Marketenderin, als die sich Barbara ausgab, bei ihren Nachforschungen um einen säumigen Kunden zu helfen.

Und tatsächlich, einer der Söldner erinnerte sich an den Schützen mit der unsinnig sperrigen Rüstung: »Er ist mir schon beim Sturm aufgefallen, weil er in seinem Blechpanzer kaum mit der Waffe hantieren konnte. Und die Armbrust – na ja. Einen Fasan, der vor dir hoch flattert, triffst du vielleicht damit. Aber von der Stadtmauer holst du keinen Feind herunter.«

»Habt Ihr ihn denn später noch einmal gesehen?«, fragte Barbara mit großen Augen.

»Aber ja, sonst hätt ich ihn schon längst vergessen. Da hinten, bei der langen Brücke, da stehen ein paar Planwagen. An einem davon saß er, neben sich die mordsmäßige Rüstung und die mickrige Armbrust.« Barbara belohnte den Mann mit einem leidenschaftlichen Kuss auf den Mund, der vom anerkennenden Raunen der Kameraden, derbem Gelächter und den unvermeidlichen rauen Anspielungen untermalt wurde.

NEUNTES KAPITEL

Dem Mörder ganz nah

Barbaras Neuigkeit sorgte natürlich für große Aufregung. Beinahe unbesonnen sprang Johann Ilsung auf, gürtete Schwert und Dolch, sattelte sein Pferd und lud die Packtaschen auf. »Wir dürfen keine Minute verlieren«, erklärte er seine Hast. »Wenn er jetzt abhaut, ist vielleicht die letzte Gelegenheit dahin.«

»Aber was wollt Ihr tun?«, fragte Endres. »Ihr könnt ihn doch nicht mitten unter diesem Kriegsvolk überwältigen und wegschleifen. Der hat sich bestimmt mit ein paar kampferprobten Kumpanen umgeben.«

»Davon gehe ich auch aus«, stimmte Ilsung zu. »Aber es reicht vielleicht schon, wenn wir ihn sehen. Habe ich sein Gesicht, habe ich bald den ganzen Kerl.«

»Endres und ich kommen mit«, sagte Barbara. »Wenn es der ist, der mein Medaillon rauben wollte, erkennen wir ihn vielleicht an der Gestalt, falls er sich in einer Gruppe versteckt.«

»Endres ja, aber du bleibst hier und hältst mein Ross bereit, Barbara. Das ist nichts für eine

Frau.« Barbara wollte protestieren, doch der Ratsherr verschwendete keine Zeit mit Diskussionen. Er nahm Endres und Ambros mit.

Es kam ganz anders als geplant.

Die drei hatten sich gerade ein paar Schritte vom Lagerfeuer entfernt, da passierte es. Endres rettete die Situation – und wahrscheinlich das Leben Johann Ilsungs – mit seiner schnellen Reaktion. Vielleicht war es nur Zufall, dass er im entscheidenden Moment in die richtige Richtung blickte. Jedenfalls sah er, wie sich der geduckte Schatten hinter dem Stapel Brennholz aufrichtete. Er konnte nur noch ein alarmierendes »Da!« schreien, den Ratsherrn mit der einen Hand am Ärmel packen und mit der anderen auf den Mann zeigen.

Was Ilsung in dieser Sekunde wahrgenommen hatte, konnte er später gar nicht mehr sagen. Vielleicht hatte er sogar das Schwirren des Armbrustbolzens noch gehört. Jedenfalls ließ er sich fallen und drehte sich gleichzeitig weg von dem Schützen. Das konnte nicht verhindern, dass er von einer unsichtbaren Wucht weggerissen wurde, ganz so wie Veit bei dem Anschlag am Morgen. Doch der Bolzen traf ihn nicht in Kopf, Hals oder Herz, wohin der Mörder zweifellos gezielt hatte. Er steckte hinten im Schulterblatt.

Ilsung war nicht mehr bei Bewusstsein, als sich Ambros und Endres über ihn beugten. Vielleicht war das ein Fehler, denn an seinem Zustand hätten sie so oder so nichts ändern, wohl aber den Schützen erwischen können. Seine Waffe war abgeschossen, also ungefährlich. Sie wussten beide, wo er war und mit der beherzten

Reaktion eines Soldaten wären sie mit wenigen Sätzen bei ihm gewesen, bevor er Schwert oder Dolch hätte ziehen können.

Doch sie waren nun einmal keine kaltblütigen Soldaten, sondern eilten dem Opfer zu Hilfe. Sie überzeugten sich, dass er noch atmete, schleppten ihn zurück und betteten ihn bei der Feuerstelle auf.

Erst jetzt schickte sich Endres zur Verfolgung an. Er nahm Ilsungs Schwert, reichte Ambros einen Dolch und bedeutete ihm, mitzukommen. An der Wagenburg fanden sie niemanden. Die abgerissenen Männer und Frauen dort beäugten sie misstrauisch und wussten angeblich nichts von einem Armbrustschützen. Irgendwo galoppierte ein Pferd davon.

Der Mörder war abermals entkommen.

Barbara verband die Wunde und legte Ilsung feuchte Umschläge auf die schweißnasse Stirn, während die anderen nach einem Feldscher* suchten. Sie kamen mit einem graubärtigen Mann zurück, der einen Vertrauen erweckenden und erfahrenen Eindruck machte und zwei große Umhängetaschen mit sich führte. Nach der ersten Untersuchung blickte er auf und sagte misstrauisch: »Das stammt aber nicht vom Angriff heute früh?«

Endres gab geradeheraus zu, dass es sich um einen Streit handelte und die Verletzung frisch war. Der Mann holte ein Stoffbündel aus seiner Tasche und entrollte es. Zum Vorschein kamen einige Werkzeuge. Er nahm eine große Pinzette, steckte sie ohne Zaudern in die Wunde und bewegte sie tastend darin. Iösung stöhnte, Endres wandte sich ab. Der Feldscher bekam das Geschoss zu fassen und zerrte daran, bis das Ende aus dem Blut ragte. Er legte die Pinzette weg, holte eine Zange und zog den Bolzen vollends heraus.

»Tücher«, verlangte er und Barbara reichte ihm zwei Leinenlappen, die sie in Ilsungs Gepäck gefunden hatte. Einen drückte er auf die Wunde, bis er mit Blut getränkt war, mit dem anderen tupfte er den Rest ab. Er nahm zwei Tonfläschchen aus seiner Tasche, entkorkte sie und schüttete aus jeder ein Pulver auf die Wunde. »Schimmelpulver und geriebener Taubenmist«, erklärte er knapp. »Gegen Eiter.«

Er sah an Ilsungs Kleidern, dass dieser ein vornehmer Herr war und man von seinen Leuten mehr verlangen konnte als von gewöhnlichen Soldaten. »Einen Gulden bekomm ich von euch. Dafür kriegt ihr noch alles, was ihr braucht, um ihn weiterzubehandeln.« Barbara gab ihm von Ilsungs Geld, das sie verwahrte, die geforderte Münze. Der Feldscher reichte ihr im Gegenzug ein getrocknetes Bündel. »Goldrute für Umschläge«, erläuterte er. Eine weitere Hand voll Blätter folgte: »Sinnau als Trank, wenn er fiebert.« Mit dem Hinweis, dass ein Soldat mit Wundstarrkrampf seiner Hilfe bedürfe, packte er sein Werkzeug und seine Taschen zusammen und eilte davon.

»Endres, ich will mit dem armen Kerl so schnell wie möglich weg von hier«, sagte Barbara, kaum dass der Feldscher weg war. Auch die anderen Beiden hatten keinen größeren Wunsch, als diesem unseligen Ort zu entkommen. Doch für die Nacht war es undenkbar, den Verwundeten zu transportieren.

Am nächsten Morgen wurden sie alle wieder von der Bürener Hosannaglocke geweckt, die Freund wie Feind einen neuen Sturm ankündigte. Barbara versorgte die Wunde von Johannes Ilsung, der immer noch ohne Bewusstsein war, aber keinen fiebrigen Schweiß mehr zeigte. Die Männer bauten eine Trage, indem sie zwei lange Baumäste durch die Steigbügel des Sattels steckten und diese hinter Ilsungs Pferd am Boden schleifen ließen. Dazwischen spannten sie seinen Umhang und betteten ihn darauf. Das ganze Gepäck luden sie dem Klepper auf, sie selbst gingen zu Fuß. Sie waren ganz froh, dass die Soldaten von dem neuerlichen Sturm abgelenkt waren; so gelangten sie unbehelligt aus dem Lager auf die Straße nach Augsburg.

»Seltsam, ich sehe gar keine Leitern von hier aus«, wunderte sich Ambros, als er sich ein letztes Mal umwandte.

»Sie versuchen es heute an der Mauer oben am Berg«, erklärte Barbara, die aufmerksam beobachtet hatte, wohin sich die Ströme der Söldner im Morgengrauen bewegt hatten. Der Wunsch, so viel Raum wie möglich zwischen sich und die unselige Ansammlung von Mordlust, Niedertracht und Rohheit zu bringen, ließ sie die ersten zwei bis drei Meilen zügig bewältigen. Der aufkommende Kriegslärm beim Sturm und das markerschütternde Donnern der Steinbüchsen trieben sie zusätzlich an. Doch bald endete das mühselige Dahinschleppen in einer Rast an der Wertach.

»Wie soll es jetzt weitergehen?«, fragte Endres bei der Brotzeit. Von Ilsungs Geld hatten sie am Abend zuvor einer Marketenderin noch einen Laib Brot und einen Schinken abgekauft.

»Na, wie wohl? Wir bringen den armen Kerl nach Augsburg.« Barbara sah gar keine andere Möglichkeit.

»Da werden wir gejagt, hast du das schon vergessen?«

»Endres, wenn wir Ilsung dabei haben, wird uns nichts passieren, das weißt du doch.«

»Falls er bis dahin in der Lage ist, zu erzählen, was vorgefallen ist.«

»Für euch war das mit dem Armbrustschuss eigentlich ein Glück«, warf Ambros ein. »Er ist der Beweis für eure Unschuld. Ihr seid danebengestanden, dann kann ja keiner von euch geschossen haben und somit auch nicht der gesuchte Mörder sein.«

»Wenn der da sich noch dran erinnert«, murrte Endres. »Und wenn er dann überhaupt noch lebt.« Seine Bedenken sollten sich nicht nur als Miesmacherei erweisen: Johann Ilsung erwachte, nachdem sie sich bis zum Nachmittag ein paar Meilen weitergeschleppt hatten. Er hatte höllischen Durst, stöhnte die ganze Zeit, Schweiß und Fieber kamen zurück. In immer kürzeren Abständen mussten sie rasten, um ihn nicht zu sehr zu quälen. In einem Kupferbecher kochten sie Sinnau-Tee gegen das Fieber.

Ambros sprach es schließlich aus: »Das schafft ihr nicht am Stück bis Augsburg. Er muss sich erst ein paar Tage erholen.«

»Aber nicht im Straßengraben«, beschloss Barbara. Also schafften sie den Ratsherrn zu einem kleinen Weiler abseits der Straße. Hier erlebten sie eine böse Überraschung: Als sie sich auf rund hundert Schritt genähert hatten, kamen ihnen einige Bauern entgegen, bewaffnet mit Sensen, Gabeln und Dreschflegeln. Barbara übernahm das Reden, bat um ein Plätzchen, wo sie den Verletzten in Ruhe gesund pflegen konnten.

»Verschwindet!«, war die Antwort. »Wir wollen mit eurem Dreckskrieg nichts zu tun haben.«

Erklärungen, dass es ihnen selbst genauso ging, nutzten den Gefährten nichts. Sie konnten ja nicht wissen, dass der kleine Weiler in den letzten sieben Tagen zwei Mal von plündernden Soldaten heimgesucht worden war. Die Bauern waren mittlerweile bereit, jeden Fremden zu erschlagen, ohne groß nachzufragen.

Barbara, Endres und Ambros zogen mit dem Verletzten weiter. »Dieser hundsfottvermaledeite Krieg vergiftet alle«, fluchte Barbara. »Kein Funke eines Christenmenschen steckt mehr in diesen Bauern. Die sind genauso viehisch geworden wie die Soldaten selber. Als ob das eine Pest für die Seelen wäre.«

»Seit wann hast du was gegen Soldaten im Krieg?« Endres konnte sich ein hintersinniges Grinsen nicht verkneifen.

Barbara stützte sich in einer mehr als vertrauensseligen Geste auf seine Schulter und seufzte: »Ja, sag es mir nur. Ich glaube, jetzt würde ich Georg und seinen Klosterschatz gar nicht mehr wollen. Auch, wenn beide noch da wären.«

»Willst du mich vielleicht wieder haben?« hauchte ihr Endres ins Ohr. Barbara hob den Kopf, den sie auf seine Schulter hatte sinken lassen und sah ihm tief in die Augen. Eine so innige Verbindung hatten beide nicht einmal gespürt, als sie verlobt gewesen waren und noch an eine glückliche Zukunft in ihrem Augsburger Häuschen geglaubt hatten.

Barbara sah ihn mit anderen Augen als damals. Jetzt war es keine Illusion mehr, was sie mit ihm verband. Sie hatte seine Welt gründlich kennen gelernt. Es ließ sich nicht leugnen, er war immer noch ein Schuft und es war ihm nicht zu verzeihen, wohin er sie gebracht hatte. Aber sie hatte erkannt, wie gottserbärmlich er Tag für Tag kämpfen musste. Was sie seit dem Mord an David Lambt durchmachten, war für sie ein Albtraum; für ihn war es nicht weit von seinem sonstigen Alltag entfernt. Laufend gehetzt und belauert werden, sich verstecken müssen, in Sorge um den nächsten Tag leben, von kalten Menschen umgeben sein, die einen nur belügen und betrügen.

Barbara wusste, wie schwer die Weisheit ›Dann soll er es halt mit anständiger Arbeit versuchen‹ umzusetzen war für jemanden ganz unten. Diesen Vorwurf hätte man ihr, der Hure, auch machen können. Sie hätte nichts lieber getan, als ordentliche Arbeit für ordentliches Geld zu verrichten. Ordentlich kam von Ordnung, aber in der gottgewollten Ordnung, von der man ihr immer erzählte, war das für sie nicht vorgesehen. Und für Endres war in der noch viel schlimmeren, der zunftgewollten Ordnung, auch kein Platz. Genau wie sie hatte er nur die Wahl zwischen einem erbärmlichen Auskommen als Knecht, Tagelöhner oder der Ehrlosigkeit. Und genau wie sie fügte er sich nicht in irgendwelche Ordnungen, die die Kleinen klein hielten und die Großen immer größer werden ließen. Täglich versuchte er, auszubrechen. »Wolf zu Wolf«, hätte Georg dazu gesagt, dass sie beide in ihrem Existenzkampf immer wieder aufeinanderstießen.

Barbara sah sich um. Ambros hatte sich dezent entfernt, um sich ›die Beine zu vertreten‹. Sie ließ sich ins hohe Gras sinken, zog Endres mit, wurde von ihm gezogen. Ein Kuss, Hände auf warmer Haut. Barbara war es gelungen, trotz ihres Schicksals als Hure die Lust für sich zu bewahren – ›Dienst ist Dienst und Schnaps ist Schnaps‹ hatte sie das Motto von einem alten Soldaten übernommen und das Bedienen der Kunden von ihrem eigenen Vergnügen getrennt. Schon lagen die leichten, sommerlichen Kleider neben ihnen, die Leiber wälzten sich und zerdrückten so manche Blume. Ein heftiges Stöhnen – leider weder von Barbara, noch von Endres. Johann Ilsung warf sich im Fieberschmerz hin und her.

Barbara eilte zu ihm, fühlte seine Stirn. Endres genoss noch den Anblick ihres nackten Körpers, geformt aus dem Licht der untergehenden Sonne und erregend fließenden Schatten. Dann zog er sich seufzend an, trug Barbara das Kleid nach und streifte es ihr über. »Rasch, hol etwas von der aufgeweichten Goldrute für einen Umschlag«, sagte sie. Endres brachte die Packtasche und sie verarzteten erneut die Wunde. Ihre Augen, eben noch von Glut erfüllt, flackerten vor Angst. »Endres, wenn er stirbt, können wir nie mehr zurück«, flüsterte sie, obwohl niemand da war, sie zu belauschen. »Es wird aussehen, als ob wir es waren.«

»Er darf eben nicht sterben.«

»Es ist zu anstrengend für ihn. Hier auf der Straße wird er nicht gesund.«

»Du hast doch erlebt, wie die Leute in dieser Gegend sind. Die helfen keinem Fremden. Und wir kennen hier niemanden.«

Barbara überlegte, dann stieß sie Endres heftig an. »Vielleicht kennen wir ja doch jemanden! Endres, ich habe doch für diesen Fugger gesponnen.« Endres sah verlegen weg, hatte er doch damals ihre Wolle an Hans Fugger verkauft und sie um einen guten Teil des Erlöses betrogen. Wie dem auch war, Fugger kannte sie beide. »Hast du nicht einmal erzählt, er stammt aus einem Dorf ein gutes Stück südlich von Augsburg?«

»Ja, aus Graben. Mitten im Lechfeld.«

»Na, das Lechfeld müssten wir doch bald erreichen.«

»Schon. Aber glaubst du wirklich, wir wären dort willkommen, bloß, weil du ein paar Spindeln für den Fugger gesponnen hast?«, zweifelte Endres.

»Wir können es versuchen. Und wir haben noch ihn.« Damit deutete sie auf Ilsung. »Ein vornehmer Augsburger, der für uns spricht, dürfte uns doch die Tür öffnen, oder?«

Ihr Nachtlager mussten sie wieder unter freiem Himmel aufschlagen, in einer Mulde zwischen einigen sanften Wiesenhügeln. Irgendwann schmiegte sich Endres an Barbara, weckte sie und forderte ein, das zu vollenden, was sie im Sonnenuntergang begonnen hatten. Sie schlichen sich vom schnarchenden Ambros und dem unruhigen Ilsung weg und genossen unter der Mondsichel ihre Leidenschaft. Als sich der erschöpfte Endres auf ihren Busen als Kissen sinken ließ, sah Barbara hinauf zum Himmel. »Man kann die Zukunft aus den Sternen lesen, sagt man.« Endres brummte irgendetwas Unverständliches. »Ich glaube, von uns steht nichts da oben«, fuhr sie fort.

Jetzt hob er leicht den Kopf: »In ein paar Tagen weißt du, was da über uns steht.«

»Ein paar Tage, ein paar Tage«, äffte sie ihn nach. »Das ist dein Problem, dass du immer nur an den nächsten Tag denkst. Darum hast du nie was Größeres aufbauen können.«

»Was willst du denn groß planen in unserer Situation?«, erwiderte Endres. »Wir können nur hoffen, dass wir auch morgen von irgendwelchen versprengten Soldaten verschont bleiben. Dass wir es schaffen, uns bis Graben durchzuschlagen, dort aufgenommen werden. Was dann kommt, lässt sich nicht planen.«

»Nein, aber du musst drauf eingestellt sein. Vielleicht entsteht ja aus all diesen Wirren eine Gelegenheit. Vielleicht kann uns jemand brauchen, seine Waren und seinen Besitz in Sicherheit zu bringen. Und wenn er sieht, dass wir verlässlich sind, stellt er uns als Knecht und Magd ein.«

»Wenn es so kommt, kommt es eben so.«

»Nicht unbedingt. Manchmal muss man ein bisschen nachhelfen. Das geht nur, wenn man vorher weiß, was man will.«

Endres wälzte sich aus dem Gras auf Barbaras warmen, nackten Körper und sah ihr dreist in die Augen: »Weißt du's? Was willst du, das aus uns werden soll?«

Barbara hielt dem Blick stand. »Wir waren doch schon so nah dran«, sagte sie. »Als wir das Häuschen hatten und ein bisschen Geld verdienten und uns auf ein Familienleben freuten. Aber du bist ja nicht für so ein Leben zu haben. Du streifst ja lieber umher wie ein wildes Tier und suchst dir Tag für Tag deine Beute zusammen.«

»Sag nicht ›lieber‹«, entrüstete sich Endres. »Glaubst du, dieses Leben macht mir Spaß? Glaubst du, das ist schöner, als jeden Tag an seine Arbeit zu gehen und zu wissen, was man abends mit heimbringt? Aber dieser Weg war mir schon in der Wiege verwehrt. Ich komme aus einer nichtsnutzigen Familie; da bietet dir keiner eine Lehrstelle an. Dann kommen halt die ersten Geschäftchen, Hehlereien und Diebstähle. Nur für's Erste, bis man was Anständiges findet. Aber bis dahin fliegt die erste Sache auf oder du hast Ärger mit einem von den Lumpen, mit denen du dich täglich abgeben musst. Jedenfalls gehörst du schon zu dem Pack dazu. Und da bleibst du auch, da hilft dir keiner raus.« Endres sah ihr tief in die Augen, sie fühlte sich an Georgs ehrlich verliebte Blicke erinnert. »Barbara, als wir in Augsburg in dem Häuschen wohnten, war es mir Ernst, wirklich! Ich bin herumgezogen und habe verzweifelt versucht, ein großes Geschäft an Land zu ziehen.«

»Im Frauenhaus?«

»Ja, da auch. Da verkehren doch die Leute mit dem meisten Geld, werden größere Geschäfte gemacht als in den schäbigen Spelunken. Ja, ich konnte nicht widerstehen, mich mit den Hübscherinnen einzulassen, sobald ich ein paar Münzen hatte. Aber das ändert nichts daran, dass ich mit allen Mitteln, die ich hatte, versucht habe, unser Glück zu retten. Glaubst du mir das?«

Barbara schwieg. In der Antwort auf diese Frage lag eine große Entscheidung.

»Glaubst du mir das?«

Barbara drückte sein Gesicht in ihre Brüste und streichelte seinen Kopf. »Ja, Endres, ich glaube, ich glaub's.

Aber jetzt will ich aus diesem erbärmlichen Dasein raus kommen, und zwar ohne Lug und Trug. Mit dir zusammen, es muss gehen.« An ihrem Schenkel spürte sie, dass auch etwas anderes schon wieder ging und sie taten es, wälzten noch einmal die Grashalme und Sommerblumen nieder.

Am nächsten Morgen kam Endres die Idee, statt der mühseligen Schleppvorrichtung für den Verletzten eine Sänfte zu konstruieren. Dazu hängten sie die zwei Äste der Trage wie immer in den Steigbügeln von Ilsungs Pferd ein. Doch anstatt die Enden hinterherschleifen zu lassen, machten sie sie an den Satteltaschen des Kleppers fest, der nun hinter dem ersten Pferd dreintrottete. So kamen sie wesentlich schneller voran.

Immer noch nicht schnell genug, wie es schien. Am Nachmittag näherte sich ein fernes Donnern von Hufen in einer Staubwolke. Als sich die Gefährten in ein Buschwerk abseits der Straße geflüchtet hatten, erzitterte bereits der Boden von dem Reiterhaufen. Ein kurzes banges Warten, und schon galoppierte die erste Formation vorbei, Lanzenreiter mit ihren Knechten. »Das sind keine Bayern!«, rief Endres erleichtert. »Da, schaut, der Wimpel – rot, weiß, grün, unsere Stadtfarben. Das sind Augsburger!« Allen fiel ein Stein vom Herzen, dennoch vermied man es, sich den Kriegsleuten zu zeigen.

Als die Reiter durch waren, entdeckte Barbara die Silhouette des Fußvolkes am Horizont. »Sollen wir die auch noch abwarten?«, fragte sie.

»Dann kommen wir gar nicht mehr voran«, sagte Endres. »Los, wir machen uns wieder auf den Weg. Vielleicht sind wir ja schneller als sie und können vor ihnen her ziehen. Schließlich sind es die Unseren.«

»Da drehe ich die Hand nicht um«, sagte Ambros. »Ein wüstes Pack ist das allemal.«

Sie zogen weiter, doch ihre Hoffnung, dass sie schneller waren als die Soldaten, ging nicht auf. Allerdings stellten sie bald fest, dass diese nicht das Geringste von ihnen wollten. Sie zogen vielmehr im strammen Schritt eines Gewaltmarsches an ihnen vorbei. Entschlossene Mienen ließen vermuten, dass sie sich in einer ernsten Lage befanden, weiter hinten in der Marschkolonne wandten sich immer öfter Männer um, als ob sie verfolgt würden. Die Truppe lockerte sich in den letzten Reihen stark auf und einer der Letzten, ein älterer Soldat, blieb schwer schnaufend bei den Gefährten stehen, stützte sich auf seine Hellebarde und stieß hervor: »Hundsfott noch mal, ist das eine Plackerei! Habt ihr einen Schluck Wasser?«

Barbara reichte ihm den Krug und Endres nutzte natürlich die Gelegenheit, um zu fragen, was hier vorging.

»Ah, tut das gut«, seufzte der Mann und wischte sich den Mund mit dem Ärmel sauber. »Was hier los ist? Na, wir sind das Augsburger Kontingent, das mit anderen Städtischen bei der Belagerung in Büren die Stellung hielt.«

»Ist die Belagerung vorbei?«, fragte Ambros.

»Das kann man sagen.« Der Soldat warf sich in die Brust. »Nach sieben Tagen haben die Bayrischen aufgegeben und sind abgezogen. Unsere Hauptleute meinten, wir müssten uns jetzt wieder um den Schutz von Augsburg kümmern.«

»Warum habt ihr's denn gar so eilig?«, fragte Endres.

»Na, du bist gut. Irgendwo zieht noch die herzögliche Armee umher, das dürften ungefähr zehnmal so viele sein wie unser Haufen. Wenn die uns erwischen, dann gute Nacht!« Damit nahm er noch einen Schluck, gab den Krug zurück, schulterte die Hellebarde und versuchte im Laufschritt, Anschluss an seine Truppe zu bekommen.

Auf diese Warnung hin beschleunigten auch die Gefährten den Schritt und bereuten es, beim Warten im Gebüsch so wertvolle Zeit vergeudet zu haben. Endlich konnte ihnen ein Bauer bestätigen, dass es nur noch wenige Meilen bis Graben waren. Als hätte sich die allgemeine Erleichterung wie eine Kraft spendende Medizin auf Johann Ilsung übertragen, wachte er auf. Endres erklärte ihm, was passiert war.

»Und wohin sollen wir uns retten?«, fragte Ilsung.

»In das Dorf Graben, zu den Fuggern«, erklärte Barbara.

»Fugger? Muss man die kennen?«

»Es ist gut, dass wir sie kennen. Als Fremder ist man hier nicht willkommen.«

»Und woher kennt ihr die Leute aus diesem Dorf?«

»Einer, Hans Fugger, ist Webermeister in Augsburg. Endres und ich haben ihm Garn verkauft.«

»Was, mit euch machen die Geschäfte? Na, die werden es nicht weit bringen.« Barbara freute sich, dass Ilsung genug Kraft gewonnen hatte, um wieder seine ironischen Schläge auszuteilen.

Das Glück war ihnen an diesem Abend hold: der Augsburger Weber Hans Fugger war selbst auf dem Bauernhof, erkannte Barbara und Hans und natürlich den Ratsherrn und empfing sie. Auf die Frage, warum er sich denn aus der

Stadt hierher begeben habe, entgegnete er: »Meinen Augsburger Besitz schützen mächtige Mauern und tapfere Soldaten. Aber meinen Vater schützt hier draußen niemand.« Er deutete auf einen alten, aber vitalen Mann, der die Gäste neugierig beäugte. Fast schien es, als gefiele es ihm, dass mit Endres und Ambros zwei weitere kräftige Männer, die sogar Waffen hatten, seinen Hof hüteten. Sein Sohn hatte zum selben Zweck zwei seiner Knechte mitgebracht.

Kaum, dass man sich allgemein begrüßt hatte und der Altbauer – er hieß wie sein Sohn Hans Fugger – allen Gästen ein Lager zugewiesen hatte, kam ein Knecht vom Feld und schlug Alarm: »Berittene!«, rief er.

Schnell verriegelte man das Hoftor. Die Männer verbargen sich im Haus und in der Scheune – nicht aus Feigheit, sondern um die Krieger nicht unnötig herauszufordern. Die Hoffnung, dass es sich um ein versprengtes Häuflein von Augsburgern handelte, zerschlug sich bald. Zu schwer bebte die Erde unter den Hufen eines ganzen Heeres, und bald kamen die bayerischen Fahnen in Sicht. Zum Glück war es wieder wie bei der Begegnung mit dem Kriegsvolk wenige Stunden zuvor: Sie hatten es zu eilig, um sich mit Streit oder Plünderung aufzuhalten. In vollem Galopp donnerten die Reiter vorbei. Die Straße genügte ihnen nicht; zu beiden Seiten ritten sie durch die Wiesen und Felder.

»Der Alte mit der Hellebarde hatte Recht«, sagte Endres. »Die Bayern setzen ihnen nach.« Zum Glück war das Heer bis zum Anbruch der Dunkelheit durch und als der Mond aufging, war der Spuk vorbei. In der Wohnstube dankte man dem Herrn mit einem Vaterunser dafür. Bei der

Brotzeit brach eine aufgeregte Unterhaltung darüber aus, ob es die Augsburger Fußtruppen in die sicheren Stadtmauern geschafft hatten und was die Bayern wohl als nächstes trieben. Niemand vermochte darauf eine Antwort zu geben. Dann war es an Barbara, Endres und Ambros, von ihrem Abenteuer zu erzählen; Ilsung hatte sich frühzeitig in die angebotene Bettstatt einer Gesindekammer zurückgezogen. Es wurde eine lange Nacht und keiner der Zuhörer hatte je solch eine aufregende Geschichte vernommen.

Endres sah immer wieder zu Barbara hinüber, die, wie hätte es anders sein können, von den Knechten umringt war. Ja, er war eifersüchtig. Er begehrte sie und meinte es ernst mit ihr. Dann musste er auch ihre Worte aus der letzten Liebesnacht ernst nehmen und die Gelegenheit suchen, sich selbst am Schopf zu packen und aus dem Sumpf zu ziehen. Er sah sich um und spürte, dass hier genau dieser Geist herrschte, von dem er nie beseelt worden war: Der alte Fugger war ein Bauer, aber eben kein gewöhnlicher wie diejenigen, die immer nur jammerten, dass ihnen ihr niederer Stand jedes Fortkommen verwehrte. Vor Jahrzehnten hatte er sich einen Webstuhl in eine Kammer gestellt und seine bescheidenen Erträge durch ein Zubrot aufgebessert. Der Sohn wiederum hatte gesehen, dass das Schaffen auf dem Bauernhof von engen Grenzen bestimmt war: Man konnte immer nur ein wenig mehr ernten, als Unwetter, Missernten, Abgaben und die vielen Mäuler auf dem Hof übrig ließen. Aber der junge Fugger hatte ein Gespür dafür, wo es keine Grenzen gab – auf dem Webstuhl. So viel er nur webte oder weben ließ, er konnte alles verkaufen. Grenzen setzte ihm nur seine eigene Tüchtigkeit. Vor gut zwanzig Jahren hatte es ihn aus der engen Webstube in Graben hinaus nach Augsburg gedrängt, wo die Händler nur auf gute Tuche warteten. Wie weit würde es ihn und die Seinen wohl noch nach oben treiben? Der nächste Schritt wäre, die Tuche über Handelsherren zu verkaufen, ja, selbst solch ein Handelsherr zu werden und mit den Waren die Landesgrenzen zu überschreiten. Wo landete jemand, der keine Grenzen kannte? Bei großen Reichtümern, in den Kanzleien oder vor dem Thron des Kaisers?

Ach, Unsinn. Endres schüttelte die Gedanken, die ihn aus dieser Fuggerschen Bauernstube zu goldenen Kaiserpalästen trugen, förmlich aus dem Kopf.

Am nächsten Morgen kam Kunde aus Augsburg: Die mehr oder weniger fliehenden Augsburger Truppen hatten es sicher durch die Tore ihrer Stadt geschafft, die Bayerischen hatten beim Illerbrunnen zu Stetten* die Verfolgung aufgegeben und lagerten nun mit dem ganzen Heer bei der Bruder-Arnold-Kapelle. Die letzten Boten, die sich durch die Kriegswirren gewagt hatten, berichteten von einer schlimmen Lage: Die Bayern zogen abermals plündernd und brandschatzend um Augsburg, zum Glück in Richtung Norden – zumindest zum Glück der Anwesenden. In Augsburg herrschte Belagerungszustand, die Tore waren verschlossen.

Die Ungewissheit wurde erst am nächsten Tag durch gute Nachrichten abgelöst. Sie kamen durch zwei Reiter,

---

* Haunstetten

die der Fuggerbauer auf den Hof zu einer Rast einlud. Sie waren leicht gerüstet, trugen nur Schwerter und Dolche zur Selbstverteidigung. »Wir sind Kundschafter des Memminger Kontingents«, stellte sich der eine vor. »In Memmingen haben wir erneut ein Heer des Städtebundes zusammengezogen als Entsatz für die belagerten Bürener. Als die Bayern erfuhren, dass wir gegen sie zogen, haben sie die Belagerung aufgegeben.«

»Und ihr sollt herausfinden, was das bayerische Heer jetzt treibt?«, fragte Endres.

»Ja, was immer sie tun, unsere Armee setzt ihnen nach. Sie sollen gegen Augsburg gezogen sein und die Stadt jetzt belagern.«

»Um Augsburg braucht Ihr Euch keine Sorgen zu machen«, mischte sich Johann Ilsung ein und stellte sich den Kundschaftern vor. »Wir haben den ganzen Ärger schon im letzten Jahr kommen sehen und unsere Wälle noch einmal dermaßen verstärkt, dass die Bayern wohl kaum drüberkommen. Sie werden ihre Wut halt wieder im Umland auslassen.«

»Es ist unsere Aufgabe, das herauszufinden«, erwiderte der Soldat. Nur kurze Ruhe gönnten sie sich, dann brachen sie auf.

Johann Ilsung sollte Recht behalten: Die Bayern wagten es nicht, gegen Augsburg anzurennen. Nach zwei Tagen zogen sie weiter an der Stadt vorbei in Richtung Norden. Als die Gefährten das von einem versprengten Reiter erfuhren, stieß Ambros einen Schreckensschrei aus: »Dann suchen sie ja schon wieder Leitershofen heim!« Keine Macht der Welt konnte ihn abhalten, sofort aufzubrechen und nach seinem Weib zu sehen. Das nahmen Ilsung, Barbara und Endres auch als Anlass zum Aufbruch. Der Ratsherr war, durch gute Wundkräuter, gehaltvolle Fleischbrühe und anderes herzhaftes Essen so gut zu Kräften gekommen, dass er wieder reiten konnte. Den anderen lieh der Fuggerbauer Pferde und auch sein Sohn schloss sich mit seinen Knechten an. So bildeten sie eine Gruppe, in der man sich einigermaßen sicher fühlen konnte. Ambros bog allein nach Leitershofen ab, es gab keine Anzeichen mehr dafür, dass noch ein Feind in der Nähe war. Wie sie einige Zeit später erfuhren, traf er sein Weib glücklich wieder und baute sein Zuhause aus den Trümmern neu auf. Johann Ilsung hatte ihm einige Gulden zugesteckt, um die Not zu lindern.

In Augsburg legte sich die Aufregung nach den abermaligen Kriegswirren nur langsam; die Bürger standen noch in Waffen. Hans Fugger und seine Knechte verabschiedeten sich, Johann Ilsung nahm Barbara und Endres mit zu sich nach Hause. Das Anwesen erinnerte die beiden an eine Burg: Ein Haupthaus zur Straße hin mit Kontor und Lagern, ein Rückgebäude und ein schmaler Zwischenbau umschlossen einen Hof, ganz in der üblichen Bauweise der vornehmen Familiensitze. Die Stuben im rückwärtigen Trakt be-deuteten für Barbara und Endres endgültig eine neue Welt: Keine Flechtwerkwände, kein Stroh am Boden, keine Feueresse im Raum, keine Schemel, keine einfachen Ablagebretter, keine finsteren Kammern – stattdessen holzgetäfelte Wände, saubere und polierte Dielenfußböden, reich geschnitztes und gedrechseltes Mobiliar, mit Wänden eingefasste Kamine, Halterungen voller vornehmstem Geschirr, mit raffiniertem Schnitzwerk und Gold beschlagene Truhen, große Butzenglasfenster in jedem Raum, prächtig bemalte Türen mit wuchtigen Rahmen wie kleine Tore. Der einzige Barbara wohl bekannte Luxus waren die Daunenbetten in den Schlafgemächern; allerdings hatte sie so etwas wie die Betthimmel aus schweren, gefransten Stoffen nie zuvor gesehen.

Johann Ilsung überließ es den Beiden, seiner Familie das Abenteuer zu erzählen, denn er machte sich umgehend auf den Weg zum Rathaus. Glich Augsburg einem aufgeschreckten Ameisenhaufen, so entsprach das Rathaus dem Nest der Königin, wo das Gewusel am Schlimmsten war. Selbst Ilsung als Ratsherr brauchte ganze drei Stunden, um sich bei Bürgermeister Rauppold einen Augenblick Gehör zu verschaffen. Hätte nicht die spektakuläre Verwundung dessen Neugier geweckt, wer weiß, ob er überhaupt zu ihm vorgedrungen wäre. Der Schulterverband war auch gleich eine willkommene Überleitung zum Mord am Juden David Lambt: »Das stammt von Lambts Mörder«, erklärte Ilsung in einem für ihn völlig ungewohnten Anflug von Dramatik. »Er hat meinen Hauptzeugen vor Büren ermordet und wollte dasselbe mit mir tun.«

Der Bürgermeister bekam große Augen. »Und das war dieser Endres Hofstetter?«

»Nein, mit Sicherheit nicht. Hofstetter stand direkt neben mir, als ich getroffen wurde. Er rettete mir das Leben, indem er mich vom Schützen wegdrehte.« Jetzt hatte der Ratsherr die volle Aufmerksamkeit des Bürgermeisters, die allerdings nachließ, als er eingestehen musste, dass ihm der Mörder entkommen war und er immer noch keine Ahnung hatte, wer es war. Wenigstens war die Unschuld von Barbara und Endres bewiesen. »Fahrt fort mit Euren Nachforschungen«, verabschiedete ihn Rauppold. »Macht keinen Wirbel, dann könnt Ihr Euch Zeit lassen, denn im Moment interessiert sich der Vogt für alles, bloß nicht für den Mord. Büttel kann ich Euch aber keinen einzigen zur Verfügung stellen.«

Als Ilsung aus der Amtsstube trat, erschrak er nicht schlecht: Ein Mönch in dunkelbrauner Kutte schien bereits auf ihn gewartet zu haben. Ilsungs Ahnung bestätigte sich, er stellte sich als Bertram von Rechberg vor, Benediktiner aus dem beraubten Kloster Lorch. Einer von Ilsungs Hauptverdächtigen, zumindest was die Hintergründe des Mordes an Lambt betraf. Der Ratsherr taxierte ihn: Seine Gesichtszüge lagen halb im Schatten der Kapuze verborgen, wirkten dennoch ausgeprägt mit kräftiger Nase, vollen Lippen und markantem Kinn. Man sah ihnen an, dass sie Stille und Versenkung gewohnt waren; so schimmerte durch die bläulich-grauen Augen zwar ein wacher Geist, doch sie verharrten in fast schon geheimnisvoller Gleichmut. Oder war es nicht das gefasste, entrückte Gesicht eines Gottesmannes, sondern nur eine starre Maske?

Die Kutte verbarg den Körper, doch er schien schlank gebaut und wirkte kräftig. Der Mönch war von Adel, konnte also durchaus im Waffenkampf ausgebildet worden sein, bevor er ins Kloster gegangen war.

»Ich habe gehört, Eure Ermittlungen brachten Euch in größte Gefahr?«, fragte er. Ilsung bestätigte das und der Mönch kam zur Sache: »Konntet Ihr neue Erkenntnisse gewinnen? Leider erfuhr ich erst nach meiner Rückkehr nach Lorch, dass der Mord an dem Juden mit dem Raub unserer Heiligtümer zusammenhing. Daraufhin kehrte ich nach Augsburg zurück.«

Ilsung hatte nicht den Eindruck, dass es sich hier um die Finte eines Mörders handelte, legte sein innerstes Misstrauen aber noch lange nicht ab. Er schilderte kurz seine Erkenntnisse und nutzte dann die Gelegenheit, selbst etwas Neues zu erfahren: »Habt Ihr denn den Überfall auf das Kloster miterlebt?«, fragte er.

Der Mönch nickte, was bei ihm immer wie eine leichte Verneigung wirkte: »Das war der Grund, weshalb man mich mit dem Auftrag betraute, die gestohlenen Heiligtümer zurückzuholen. Ich habe die Räuber gesehen.«

»Würdet Ihr sie wieder erkennen?«

»Einige schon.«

»Habt Ihr sie sprechen hören? Wo kamen sie der Sprache nach her?«

»Man sagte mir, dass der, dessen Anteil wieder aufgetaucht ist – Euer Rat hat mir die Stücke freundlicherweise wieder ausgehändigt – aus Nördlingen stammte. Der Sprache nach könnte das bei zweien, die ich gehört habe, sehr wohl sein. Es waren aber auch welche dabei, die eindeutig fränkisch sprachen.«

»Nürnberger?« Sofort kam Ilsung dieser dubiose Hans in den Sinn, der die Todesnachricht seines Kameraden überbracht hatte und seitdem immer wieder auftauchte.

»So genau kann ich das nicht sagen. Aber es war ein sehr ausgeprägtes Fränkisch; ganz so, wie es wohl in Nürnberg zu hören ist.« Sie redeten noch kurz, dann verabschiedete sich der Mönch und erklärte Ilsung, wo er in der Bischofsburg nach ihm fragen solle, falls man sich gegenseitig weiterhelfen könne.

Vor dem Rathaus blieb Johann Ilsung erst einmal stehen und überlegte. Den Mönch konnte er nach dieser Begegnung nicht mehr als Mordverdächtigen führen. Er musste wieder ganz von vorne beginnen. Das glaubte er zumindest. Doch schon bald bot sich ihm eine neue Spur dar: Als er den Fischmarkt überquerte und trotz der ungebührlich frühen Stunde in der Trinkstube der Kaufleute neben der Stadtkanzlei einkehrte, ließ ihn gleich eine der ersten Neuigkeiten aufhorchen: Der Kaufmann Sebastian Portner wollte es noch an diesem Tage wagen, einen Zug in die welschen Lande zu schicken. Daran waren gleich zwei Besonderheiten: Erstens stand Portner mit dem ermordeten Juden als dessen Schuldner in Verbindung. Zweitens musste es ihm außerordentlich dringend sein, aus der Stadt zu kommen, so lange das Land noch so unsicher war. Zwar war das bayerische Heer abgezogen, doch konnte die Gegend immer noch von versprengten Haufen verseucht sein. Von solch einer marodierenden Gruppe war auch der Rossknecht Veit Bachmair aufgegriffen worden.

Veit Bachmair. War es arg weit hergeholt, einen Zusammenhang zwischen ihm und Portners Kaufmannszug herzustellen? Ilsung hatte sich schon gefragt, ob Veit vielleicht gar nicht blindlings aus seiner Heimat geflüchtet war, sondern Plan und Ziel dahinter gesteckt hatten. War es Portners Plan? War Veits Ziel Portners Wagenzug gewesen, der ihn aus der Schusslinie der Ermittlungen hatte bringen sollen? Der Zug hätte wohl ursprünglich zu der Zeit aufbrechen sollen, als Veit geflohen war; der Feldzug der Bayern hatte es verhindert.

Obwohl er eine Verbindung zwischen dem Rossknecht und dem Kaufmann kaum noch überprüfen konnte, schaute er auf dem Heimweg in dessen Kontor vorbei. Dort herrschte die erwartete Aufbruchsstimmung. Aber es war eine andere Art von Aufregung, nicht die übliche vibrierende Vorfreude. Einer der Wagenmeister herrschte gerade zwei Knechte an, weswegen auch immer. Die anderen schien eher die Bedrückung zurückhalten zu wollen, als dass es sie hinaustrieb. Portner war an seinem Platz, im Kontor, und brütete über einer Karte.

War da ein Schreck in seinen Augen, als er Ilsung sah? Wenn ja, überspielte er ihn flugs: »Ah, Ihr seid glücklich wieder zurück. Wie schön.«

»Ja, leider hat es einer nicht geschafft – Veit Bachmair, ein wichtiger Zeuge von mir.« Ilsung sah den Kaufmann bei diesen Worten prüfend an. Er zeigte keine Regung. Sollte Veit sein Handlanger gewesen sein, unterdrückte er seine Reaktion sehr gut. Oder er hatte schon anderweitig davon erfahren.

»Verzeiht mir, ich habe kaum Zeit, mir Eure Erlebnisse anzuhören, Ihr seht ja. Ich studiere gerade den Umweg, den wir machen müssen, damit wir nicht über bayerisches Gebiet nach Innsbruck müssen.«

»Schon recht mutig von Euch, in solchen Zeiten loszuziehen«, bemerkte der Ratsherr.

Da kam Portner näher, ganz der verschlagene Kaufmann: »Nun ja, es ist so, dass Mut derzeit besonders gut gelohnt wird.« Der ratlose Blick des anderen versetzte ihn in Erstaunen: »Habt Ihr das mit dem Weinraub noch gar nicht gehört? Passt auf: Ihr wisst ja, dass der Bischof mit den bayerischen Herzögen verbandelt ist. So, und jetzt steckt ein Kaufmannszug mit sechzig Fass welschen Weins und zwanzig Ballen kostbaren venezianischen Stoffes im bischöflichen Füssen fest, weil er wegen des Krieges nicht mehr weiterkommt. Und was tut der Bischof? Er einigt sich mit dem Bayernherzog Stephan, dass der die Ware als Kriegsentschädigung nehmen kann!«

»Was für ein Teufel hat den Bischof denn da geritten? Das haben sich doch die Augsburger nicht gefallen lassen, oder?«

»Na, das könnt Ihr glauben. Man hat den großen Rat einberufen und beschlossen, die bischöfliche Münze am Perlach, die Häuser der Bischofspfalz am Fronhof und das Haus des Domdekans niederzureißen. Mit den Steinen verstärken sie direkt die Stadtmauer. Hat Euch das eigentlich niemand im Rathaus erzählt? Na, wie auch immer. Durch den Weinraub haben wir jetzt etwas, wovon jeder Kaufmann träumt: Mangel. Mit den Rotwein-Vorräten in der Stadt ist es schon seit Jahresanfang schlecht bestellt, als das Städteheer durchzog und alles leer gesoffen hat. Das war im Winter, da rollte noch lange kein Nachschub an Welschwein über die Alpen.« Ilsung war sich dieses Problems bewusst und hatte auch schon davon profitiert. Er hatte im Frühjahr einige Wagenladungen Burgunder heranschaffen lassen, für den er einen verdammt guten Preis erzielte. »Den Sommer über haben sich die Weinkeller kaum aufgefüllt. Ihr wisst ja, die Waren fließen wegen des Krieges allgemein nicht so gut.«

»Und der Verlust der sechzig Fässer aus Füssen schlägt dem Fass den Boden aus, wie?«, vermutete Johann Ilsung.

»Das könnt Ihr laut sagen. So eine Gelegenheit ist selten. Der erste, der wieder mit einem Wagenzug Welschwein in Augsburg einfährt, ist ein gemachter Mann.«

»Und das wollt Ihr sein, ungeachtet der Bayern da draußen?«

»Die Bayern treiben mir den Preis nur noch weiter in die Höhe. Das liegt halt einmal in der Natur des Handels: Je höher das Risiko, desto höher der Profit«, lachte Portner und setzte mit klagender Miene hinzu: »Aber das sehen die, die zu Knechten geboren sind, leider nicht so. Meine Knechte zum Beispiel.« Damit deutete er hinaus zu den Wagen.

»Wollen sie nicht so recht ihren Kopf hinhalten für Euren Profit?«, konnte sich Ilsung eine scharfzüngige Wahrheit nicht verkneifen.

»Ich zahle ihnen ja schon das Doppelte, aber ich habe immer noch nicht genug beisammen. Das Häuflein da bringt mir mit Müh und Not die leeren Wagen bis Bozen. Aber es müssen noch ein paar dazukommen, um die schwere Ladung sicher heimzumanövrieren.«

Johann Ilsung legte die Hand ans Kinn und dachte nach. »Ich hätte noch einen Knecht für Euch«, sagte er schließlich.

ZEHNTES KAPITEL

Die große Reise und der Tod

»Nach Bozen und zurück?« Die Stimme von Endres überschlug sich fast. »Ich soll da hin, wo wir gerade herkommen? Zu den Bayern?«

»Da sind keine Bayern mehr. Nur noch die Angst vor ihnen. Der Zug umgeht bayerisches Gebiet. Dafür kriegst du doppelten Lohn. Für zwei bis drei Monate.« Ilsung schaute von Endres eiskalt berechnend hinüber zu Barbara. Wusste er doch, dass die ihrem Geliebten im Genick saß, die nächst beste Gelegenheit zu nutzen, um solides Geld zu verdienen. Endres konnte gar nicht ablehnen, wollte er zeigen, dass er es mit Barbara ernst meinte.

»Warum tut Ihr mir das an?«, jammerte der arme Kerl.

»Du kannst meine Ermittlungen weitertreiben«, erklärte Ilsung. »Sebastian Portner ist für mich im Mordfall einer der Hauptverdächtigen.«

›Deinen Mordfall kannst du dir sonst wohin schieben‹, dachte Endres bei sich. ›Ich habe genug mitgemacht mit diesem Dreck und die Beute ist sowieso weg.‹

»Ich habe bisher keinen Nachweis, dass der Rossknecht Veit Bachmair Portners Handlanger war. Aber wenn du monatelang in Portners Nähe bist, kannst du etwas herauskriegen. Dann schnappst du irgendwann abends in der Schänke oder am Lagerfeuer den entscheidenden Hinweis auf. Du kriegst vielleicht sogar etwas über die Hintergründe heraus, über finanzielle Schwierigkeiten Portners. Der geht jetzt bestimmt nicht ohne Not solch ein Risiko ein, um einen großen Gewinn einzufahren. Er hat's nötig.«

»Ihr meint, der hatte es auch nötig, David Lambt umzubringen?«, fragte Barbara.

Ilsung hob nur die Schultern.

»Wenn wir schon beim Umbringen sind«, fiel Endres jetzt ein, »dann würde das doch bedeuten, dass Portner der Armbrustschütze vor Büren war, oder?«

»Das war eher ein gedungener Häscher«, meinte Ilsung. »Portner selbst ist fast schon zu alt für solch einen Kampfeinsatz.«

»Wie auch immer, ich wäre Nacht für Nacht mit diesem Mörder zusammen«, sagte Endres. »Er kennt mich, vom Medaillon-Überfall und von Büren her. Vergesst das. Nein. Oh nein, oh nein, oh nein.«

Diese Bedenken durfte Ilsung nicht wegwischen. Ja, es konnte tatsächlich sein, dass der Mörder als Portners Knecht auf dem Wagenzug mitfuhr. Ilsung lud Endres ein sehr großes Risiko auf, wenn er ihn mitschickte. »Es kommt drauf an, wie du das Verhältnis zwischen dir und mir darstellst«, sagte er. »Es liegt ja nicht auf der Hand, dass du mein Ermittlungsgehilfe bist. Sag einfach, ich hätte dich in Oberhausen festgenommen und gezwungen, mit zur Belagerung nach Büren zu kommen, damit du mir den Pferdeknecht zeigen kannst.«

»Aber den kannte ich doch gar nicht!«

»Das weiß doch der Mörder nicht. Und wenn, habe ich dir das eben nicht geglaubt. Quasi als Wiedergutmachung beschaffte ich dir dann die Arbeit bei Portner.«

»Das hört sich gut an«, warf Barbara ein. »Da gibt es keinen Grund, dir etwas anzutun.«

»Der Mörder ist schlau«, entgegnete Endres.

»Ja, das ist er«, gab der Ratsherr zu. »Aber du musst sowieso vorsichtig sein. Das ist nicht schwer, bei solch einem Wagenzug hockt die Mannschaft immer eng beieinander. Bleib immer in der Nähe von anderen, schlafe bei Knechten, auf die du dich verlassen kannst, begib dich nicht in Situationen, die einen Hinterhalt ermöglichen, halte deinen Dolch immer griffbereit.« Endres schien nicht überzeugt.

»Endres, ich kann es dir nicht verdenken, wenn du da nicht mitmachst«, sagte Barbara. Der Ratsherr verbarg seine Enttäuschung, Endres atmete auf. »Ich kann es dir auch nicht verdenken, wenn du heute Abend zum Zug durch deine alten Wirtschaften aufbrichst und wieder Geschäfte mit Dieben und Hehlern anleierst. Und wenn du morgen versuchst, ein paar alte Armeeklepper billig zu kaufen und teuer an Bauern in einem der verwüsteten Dörfer zu verschachern. Und wenn du übermorgen eine verzweifelte Frau aus diesen Dörfern überredest, die

Arschverkäuferin zu machen und dir ein paar Groschen Kuppelgeld abzudrücken.«

»Was willst du damit sagen?«, fuhr Endres auf.

»Dass du hier und jetzt entscheiden musst, ob du der Alte bleibst oder das neue Leben anfangen willst, von dem wir in den Straßengräben und Erdlöchern geredet haben. Ob du dich wie eine Ratte von einem Tag zum nächsten retten willst oder dich mutig dem Wagenzug anschließt, mit einem Säckel voller Geld zurückkommst, das Wohlwollen eines Magistrats besitzt«, damit sah sie zu Ilsung hinüber, der zustimmend nickte, »ein für allemal den Ruch eines Lumpen ablegst und um meine Hand anhältst.«

Der Ratsherr war sprachlos. ›Wo hat dieses Luder nur so gut reden gelernt?‹, dachte er bei sich. Er kannte sie immer noch nicht gut genug und ging viel zu sehr von sich selbst aus. Das war eben keine kühl vorbereitete Rede mit wohlgesetzten treffenden Pointen, wie er sie vor dem Magistrat zu halten pflegte. Diese Worte waren völlig unüberlegt aus dem Herzen gequollen. Genau darum hatten sie getroffen. Endres verbarg seinen Kopf vor dem, was kommen mochte, unter seinen zusammengefalteten Händen und wimmerte: »Ist ja schon gut, ich mach's ja!«

Ilsung drosch ihm anerkennend auf die Schulter und sagte gönnerhaft: »Nicht so zaghaft, mein Freund! Dein künftiges Weib hat Recht: Wenn du wiederkommst, stehe ich in deiner Schuld. Die mache ich mit einem günstig verpachteten Häuschen und einer guten Stellung wett. Und Barbara werde ich auch eine einträgliche Arbeit verschaffen.« Zu ihr gewandt, fügte er hinzu: »Du brauchst nie mehr ins Frauenhaus, mein Mädchen.«

»Es reicht mir, wenn Ihr ein paar Worte auf meiner Beerdigung sprecht, irgendwo zwischen hier und Bozen«, knurrte Endres.

»Und jetzt meldest du dich bei Portner. Sechzehn Pfennige pro Tag verlangst du, verstanden? Wahrscheinlich behält er dich gleich da; morgen früh geht es ja schon los.«

Endres meldete sich bei Portner und wurde auch sofort eingestellt. Es gelang ihm aber, sich für die Nacht in Barbaras Kammer davonzustehlen; Johann Ilsung lächelte in seinem Bett, als unaufhörlich knarzende Balken ihm dieses kleine Geheimnis verrieten. Am nächsten Morgen begleitete Barbara Endres noch vor Sonnenaufgang zur Karawane der Planwagen in der Straße bei Portners Anwesen. Zum Abschied küsste sie ihn so heftig, dass sie heiteres Aufsehen unter Zugknechten und Zuschauern erregten. Als der letzte Wagen aus der Stadt rollte, stiegen ihr Tränen in die Augen.

»Seid Ihr wirklich sicher, dass keine Gefahr für Endres besteht?«, fragte sie Ilsung, als sie zurückkehrte.

»Der weiß sich schon zu helfen«, beruhigte sie dieser.

Ilsung ging den ganzen Tag über seinen Amtsgeschäften im Rathaus nach. Als er wieder nach Hause kam, erwartete ihn Barbara schon am Haustor, sichtlich aufgeregt.

»Ich habe meine Freundin Kathrin abgepasst«, sagte sie auf dem Weg in die Stube. »Sie hatte unglaubliche Neuigkeiten für mich: Am Abend vor meiner Flucht war Hans Pfeifer im Frauenhaus.«

Johann Ilsung zog die Augenbrauen hoch: »Der Nürnberger Kamerad deines einstigen Nördlinger Verlobten?«

»Genau der. Kathrin sagt, er war an dem Abend ziemlich betrunken und gab Dinge von sich, die er vielleicht gar nicht verraten wollte. Zum Beispiel, dass er sich ärgerte, weil ihn die Augsburger nicht mehr weiter als Soldat einstellen wollten. Er sagte, dass er sich dann halt der anderen Seite anschließen werde, als Söldner sei ihm das schließlich egal. Versteht Ihr? Dann hat er sich vielleicht von den Bayern anwerben lassen und war bei der Belagerung Bürens dabei.«

»Ja, ja, das kann schon sein«, überlegte Ilsung, während er sich von Barbara das Essen auftragen ließ. Er hatte sie, zumindest bis zur Rückkehr von Endres, als Hausmagd eingestellt. »Deswegen muss er noch nicht der Gesuchte sein, wenn ich auch zugeben muss, dass er mehr und mehr auffällt. Nehmen wir einfach einmal an, er war es. Wieso hätte er Veit, den Rossknecht, dann überhaupt beim Mord an David Lambt gebraucht?«

»Beim Mord nicht. Der Rossknecht war auf jeden Fall der Vermittler zu David Lambt, das habt Ihr doch herausgefunden. Dass er Hans danach in die Quere kam, kann also leicht sein. Vielleicht hat er ihn heimlich beobachtet, von dem Mord mitbekommen und ihn um die Beute erpresst.«

»Das ist alles leicht möglich. Und dass der Armbrustschütze ein Soldat mit einer gewissen Erfahrung war, würde auch ins Bild passen, trotz der unsachgemäßen Rüstung. Aber woher sollte Hans, dieser Herumtreiber aus Nürnberg, gewusst haben, dass er mich vor Büren im wahrsten Sinne des Wortes treffen kann?«

»Na, Ihr seid doch aufgefallen, als Ihr nach den Soldaten gefragt habt, die Veit gefangen hielten. Das hat Hans bestimmt mitbekommen.«

»Ich nehme an, du hast deine Freundin Kathrin beauftragt, uns sofort zu alarmieren, wenn er wieder auftaucht?«

»Natürlich. Sie wird direkt hierherkommen.«

»Gut. Ich werde die Büttel auf ihn ansetzen, falls ich welche kriegen kann. Wenn ich ihn habe, stelle ich ihn zuerst diesem Bruder Bertram gegenüber. Sollte der ihn aus dem Kloster wiedererkennen, sind wir schon einen großen Schritt weiter.«

Ilsung freute sich, dass sich binnen so kurzer Zeit seit seiner Rückkehr gleich zwei konkrete Spuren ergeben hatten. Doch es ging ganz und gar nicht in diesem Tempo weiter. Im Gegenteil, jeden Tag schleppte sich die Zeit träger dahin, was die Aufklärung des Mordes betraf. Nach einer Woche hatten weder die Büttel Hans Pfeifer gefunden, noch hatte sich Kathrin aus dem Frauenhaus gemeldet, noch fruchtete Barbaras ständige Suche in den Wirtschaften etwas. Der Ratsherr war überzeugt, dass Hans noch nicht in die Stadt zurückgekehrt war. Sollten ihn tatsächlich die Bayern angeworben haben, stand er wahrscheinlich noch in ihren Diensten. Das Heer hatte sich zwar über den Lech zurückgezogen, doch der Krieg ging weiter: es zeichnete sich ab, dass es zu Kämpfen zwischen dem Städteheer und dem Grafen von Württemberg kommen würde. Dann würden die Bayern ihrem Verbündeten, dem Grafen, wohl zu Hilfe eilen.

Vor dem Ende des Krieges machte es kaum Sinn, nach Hans Pfeifer zu suchen. Johann Ilsung überlegte, was danach zu tun wäre. Sollte der Söldner nach Augsburg zurückkehren, würde er ihn erwischen. Aber er glaubte nicht, dass er zurückkehrte. War er tatsächlich der Mörder und hatte Ärger mit dem Rossknecht bekommen, dann war er wohl ohnehin nur in der Stadt geblieben, um das Problem mit Veit zu klären. Da Veit tot war, gab es für den Mörder keinen Grund mehr, sich unnötig im Umfeld seiner Taten aufzuhalten. Er würde bestimmt nach Nürnberg zurückkehren. Wie sollte er ihn da erwischen? Ilsung hatte keine Zeit, dort auch noch zu ermitteln.

Da kam ihm eine Idee. Er suchte Bertram von Rechberg in den bischöflichen Gemächern auf und erzählte dem Mönch von den neuen Verdachtsmomenten. Aber nicht aus Höflichkeit. Er beabsichtigte, von Rechberg für seine Ermittlungen einzuspannen. Der stand zwar immer noch auf seiner Verdächtigenliste, im Augenblick aber unter dem Nürnberger Söldner.

»Hans Pfeifer wird nach Nürnberg zurückkehren, wenn er mit dem Krieg kein Geld mehr verdienen kann«, erklärte er. »Was haltet Ihr davon, wenn Ihr ihm gegenübertretet und seht, ob ihr ihn vom Überfall her kennt? Da wäre es doch am besten, Ihr würdet, so die Zeit kommt, nach Nürnberg reisen und ihn suchen. Für Euch wäre das eine gute Gelegenheit, einen weiteren Teil Eures verlorenen Schatzes zu finden.«

Langsam und bedächtig nickte der Mönch. »Es spricht einiges dafür. Ihr könnt mir genau sagen, bei wem er arbeitet und wo ich ihn finde?«

»Ja, er hat Barbara alles freiweg anvertraut.«

»Seltsam für einen Mörder, findet Ihr nicht?«

»Da habt Ihr Recht. Aber ein Mörder denkt und handelt nun einmal nicht logisch.«

»Nun gut, wenn es an der Zeit ist, werde ich nach Nürnberg reisen. Sprich, sobald der Krieg vorbei ist.«

Sieben Wochen. Sieben lange Wochen, in denen es den Mordfall einfach nicht mehr gab. Anfangs war Ilsung die Zeit nicht lang geworden, denn der Krieg war weitergegangen und hatte die Augsburger Räte vollauf beschäftigt. Das Heer des Städtebundes hatte sich mittlerweile nach Württemberg gewandt, ein Augsburger Kontingent war mitgezogen. Dann kam es zu großer Aufregung, als der Bayernherzog Stephan die Wertach nahe des Galgens mit sechzig Spießen und zweitausend Mann Fußvolk überquerte, um dem Heer nachzusetzen. Er wollte den Städtern bei der Schlacht, die sich abzeichnete, in den Rücken fallen.

Wie immer in solchen Situationen wurden hektische Ratssitzungen einberufen. Dem Beschluss, das Bayernheer mit viertausend Mann verfolgen zu lassen, folgten Besprechungen mit den dafür bestellten Hauptleuten, die mittlerweile gewohnte, aber doch nervenaufreibende Aufstellung der Truppen und deren Auszug.

Der Jubel war groß, als die ersten Boten die Nachricht brachten, man habe die Bayern bei Biberbach gestellt und geschlagen, im Kampf dreißig erstochen und zwanzig gefangen genommen.

Doch Ende August trafen, wie es im Krieg eben so geht, wieder Boten mit hängenden Köpfen und verhärmten

Gesichtern ein: Im württembergischen Döffingen hatte das Städteheer auf dem Friedhof verschanzte Bauern massakriert. Graf Eberhardt von Württemberg rückte daraufhin von Leonberg aus an. Er schien schon geschlagen, bevor er ankam, denn sein Sohn Ulrich, der die Vorhut anführte, war als einer der ersten gefallen. Das Städteheer feierte bereits den Sieg, da tauchte überraschend Graf Eberhardt auf, der sich mit fünfzig Reitern von seinem Fußvolk abgesetzt hatte. In einem raffinierten Umgehungsmanöver fiel er dem Städteheer in den Rücken und soll gerufen haben: »Achtet nicht auf meinen erschlagenen Sohn, da hinten fliehen die Städter!« Das alles führte zu großer Verwirrung bei den Kriegsleuten des Städtebundes, denn ein Teil glaubte den Worten des Grafen, verfiel in Panik, zog sich zurück oder floh gar. Prompt gelang es Eberhardts Heer, deren Reihen zu sprengen und sie vernichtend zu schlagen. Achthundert Mann blieben letztendlich bei Döffingen liegen, darunter etliche Augsburger.

Es war das Ende des süddeutschen Städtebundes und der endgültige Sieg der Bayernherzöge. Wenigstens kehrte nun Friede im Land ein. Der Augsburger Rat traf sich noch zu Beratungen über die Entschädigungsverhandlungen, doch diese wurden zunächst auf höherer Ebene geführt.

Was die Aufklärung des Mordes betraf, verfiel Johann Ilsung in die Qual der Untätigkeit. Endlich, endlich wurde der Wagenzug Sebastian Portners angekündigt. Vor dessen Kontor war die Hölle los: als die ersten großen Planwagen mit den schnaubenden und stampfenden Kaltblütern heran rasselten, warteten auf einspännigen Karren schon Kunden, die Angst hatten, Portners Wein reiche nicht für alle. Die Fuhrleute fluchten, weil sie sich gegenseitig im Weg standen, Familienmitglieder fielen sich schreiend vor Freude in die Arme, Verwalter riefen nach Frachtlisten, Vorarbeiter bellten den Ladeknechten Kommandos zu, die Wagenmeister versuchten, sie mit Anweisungen an die Stallknechte zu übertönen.

Endres war nicht dabei.

Dieser panische Gedanke fuhr in Ilsung jedenfalls hoch, als er ihn auch auf dem Kutschbock des siebten Wagens nicht sitzen sah. Plötzlich fuhr er zusammen. Jemand hatte ihm von hinten auf die Schulter getippt; solch dreiste Vertraulichkeiten war er nicht gewohnt. Er wandte sich um – Endres. Der hatte seinen Wagen schon auf einem Platz unweit des Anwesens abgestellt. Und es kam besser, als Ilsung nach all der leeren Zeit gehofft hatte: »Ich habe etwas für Euch. Damit kriegt Ihr ihn«, kündigte er an.

Ilsung befahl ihm, auf der Stelle Rapport zu erteilen. Doch der mächtige Ratsherr hatte keine Chance. Barbara war ihm gefolgt, wie er feststellte, als sie plötzlich am Hals von Endres hing und sich von ihm im Kreis herum wirbeln ließ. Sie küssten sich, dass es schon peinlich war, dann hieb ihm ein Mann im derben Lederwams auf die Schulter: »Na, im Weiber stemmen bist du ja ganz gut. Jetzt versuch's mal mit dem Fass da drüben, los.« Und schon war Endres wieder verschwunden. Ilsung ging mit einer strahlenden Barbara nach Hause, wo sie ein Festmahl zur Wiederkehr ihres Geliebten vorbereitete.

»Ah, der Herr geruht, heimzukehren!«, begrüßte ihn Ilsung, als er knapp zwei Stunden später endlich kam.

»Willkommen, setz dich, iss, trink und sprich ruhig mit vollem Mund. Was hast du zu berichten?«

»Mann, war das ein Abenteuer!«, setzte Endres an. »Stellt Euch vor, sie haben mich sogar als Fuhrknecht eingesetzt. Auf dem Hinweg war das keine Kunst mit den leeren Wagen. Aber auf dem Rückweg! Ich war zuerst Reitknecht, saß bei einem Siebenspänner vorne auf dem Gaul. In der Eisackschlucht zwischen Ritten- und Schlerngebirge habe ich mich dann bewährt und das Gespann durch die gefährlichste Stelle laviert, als die Gäule nervös wurden. Mich schauderts jetzt noch, wenn ich an die Wagentrümmer denke, die da dreihundert Fuß tief vor sich hin rotten. Jedenfalls haben sie mich danach auf den Bock gesetzt und einen Vierspänner lenken lassen.«

Ilsung ließ die erste Erzählfreude versprudeln, dann fiel er ihm ins Wort: »Endres, ich möchte gerne nächtelang deinen Erlebnissen bei einem guten Becher Wein lauschen. Aber jetzt sei so gut und erzähle, was du über die Morde herausgefunden hast.«

»Also, der Portner ist nicht blöd«, begann Endres, wobei Barbara auf seinem Schoß saß – Ilsung fragte lieber nicht, was ihr andauerndes Kichern zu bedeuten hatte. »Ihm war schon klar, dass ich ihn für Euch aushorchen sollte. Einer der Knechte hat sich mit mir ›angefreundet‹, um seinerseits mich auszuforschen.«

»Gut beobachtet«, unterbrach ihn der Ratsherr. »Aber du sagtest, du weißt etwas.«

»Also, zunächst: Den Rossknecht Veit Bachmair kennt keiner beim Portner. Absolut nicht, dafür lege ich meine Hand ins Feuer.«

»Ich will nicht wissen, was du nicht weißt.«

»Nun seid doch nicht so ungeduldig. Also, dann ganz schnell: Als wir endlich in Bozen sind, versuche ich, Sebastian Portner im Auge zu behalten. Die meiste Zeit verbringt er natürlich damit, sein Geschäft abzuwickeln. Aber als er dann eines schönen sommerlichen Abends allein aufbricht, ohne Knecht und ohne Mappe mit Ladelisten, Verträgen und was weiß ich, noch dazu mit der guten Gugel aus Brokat, da weiß ich, jetzt hat er etwas Besonderes vor. Ich ihm also nach. Er geht zu einem der besseren Wirtshäuser, da hätten sie mich nie hineingelassen. Zum Glück spielt sich an diesem warmen Abend alles draußen ab. Der Wirt steht vor der Türe und als Portner ihn anspricht, kann ich hinterm Hauseck mithören, wie der Wirt was von einem ›verschwiegenen, schattigen Plätzchen hinterm Haus‹ redet. Ich bin schneller hinten als Portner und sehe sofort, was der Wirt meint: Ein Sommergarten für die Gäste. Etwas abseits, unter einer riesigen Kastanie, hat man einen Tisch schön eingedeckt. Es ist noch keiner da und bevor der Wirt gemütlich mit Portner ums Haus schlendert, verschwinde ich schon auf dem Baum im dichten Blattwerk. Nach und nach kommen dann die Gäste, alles bessere Handelsherren, wie es scheint. Die lassen sich Zeug auftischen, von dem ich noch nie etwas gehört habe. Was ist eigentlich Kaviar?«

»Und du konntest belauschen, was gesprochen wurde?«

»Na ja, so einiges. Wenn alle durcheinander redeten, habe ich da oben nicht viel verstanden. Aber wenn einer was Wichtiges sagte, haben alle das Maul gehalten und die Ohren gespitzt. Das habe ich dann mitgekriegt.

Zum Beispiel, dass Seide heuer nicht mehr so gute Preise bringt, weil über Paris eine wahre Schwemme erwartet wird, aber italienische Musikinstrumente sehr gefragt sind.«

»Ich hoffe, du hast dich mit Lauten eingedeckt. Aber jetzt sag endlich, was du über unseren Fall gehört hast.«

»Sie kamen auf ein ›Gewürzschiff‹ von einem gewissen Capitano de Montacada zu sprechen.«

»Was für ein Kapitän soll das sein?«

»Ein toter. Er ist nämlich mitsamt seinem Schiff abgesoffen. So, und nun fragten sich die Kaufleute reihum, ob einer von ihnen mit der Ladung ein Warengeschäft gemacht hat, also einen Anteil gekauft, vorab bezahlt und alles verloren hatte. Einer sagte: ›Die Gewürze haben doch von vornherein gestunken. Dass der Kapitän seine Ladung bis nach Bozen anpreisen musste, hat schon gezeigt, dass man in Venedig wusste, es stimmt etwas nicht. Wahrscheinlich war der Kahn ein alter Seelenverkäufer.‹ So oder so ähnlich.«

»Hat sich Portner dazu geäußert? Dass er Anteile an der Ladung hatte? Oder hast du beobachtet, wie er plötzlich still und mürrisch wurde, als es um das Thema ging?«

»Na, das ist es ja – Portner hat sehr wohl etwas gesagt. Dass einer aus Augsburg alles auf eine Karte gesetzt, zu seinem Vermögen noch ein Vermögen zusammengeborgt und das ganze Geld restlos in die Gewürzladung gesteckt hätte. In der Hoffnung, fünfhundert Prozent Profit mit dem ersten Geschäft seines Lebens zu machen.«

»Wer? Wer ist es?«

»Mit dem Namen kann ich leider nicht dienen.«

Ilsung drehte verzweifelt die Augen zum Himmel. Dann drang er weiter in Endres ein: »Mit dem ersten Geschäft seines Lebens, bist du da sicher?«

»Vielleicht auch mit dem ›ersten großen‹ oder ›wirklich großen‹ Geschäft. In dem Moment redeten wieder alle, da ging das eine oder andere Wort unter.«

»Sag einmal, was hat das eigentlich mit unserem Mordfall zu tun?«, mischte sich Barbara ein. »Bis jetzt ging es nur darum, dass irgendein Augsburger Kaufmann ein Verlustgeschäft gemacht hat. Oder habe ich etwas verpasst?«

»Es geht ja noch weiter«, sagte Endres. »Die Kaufleute wollten natürlich wissen, wer dieser Pechvogel war. Daraufhin sagte Portner, er könne den Namen nicht preisgeben. Weil, und jetzt passt auf, derjenige deswegen wahrscheinlich in eine üble Geschichte hineingeraten ist. Natürlich wurden die anderen da umso neugieriger und bedrängten ihn. Er sagte dann nur noch: ›Stellt euch vor, ich selber bin sogar schon deswegen ins Gerede gekommen.‹ Das beweist doch, dass es um unsere Sache geht, oder, Herr Ilsung?«

»Ein Beweis ist etwas anderes«, brummte der Strafherr und bremste die Euphorie von Endres. »›Ins Gerede gekommen‹ kann in der Kaufmannswelt viel heißen. Aber ich schließe wahrhaftig nicht aus, dass er von unserem Fall gesprochen hat.«

»Was wollt Ihr jetzt tun?«, fragte Barbara. »Ihr werdet doch hoffentlich Portner unter Druck setzen, zu reden, oder?«

Ilsung verzog das Gesicht und wiegte den Kopf unwillig hin und her: »Das wird nichts nützen, glaube ich.«

»Wieso?«, fuhr Endres auf. »Ihr seid der offizielle Ermittler, Euch darf er nichts verschweigen. Ihr könntet ihn zur Not foltern lassen.«

»Glaube mir, den würde ich nur zu gerne foltern lassen«, lachte Johann Ilsung. »Aber ich habe doch keinen Beweis, dass er etwas weiß. Ich kann dich in deinem Kastanienbaum ja schlecht als Zeugen anführen. Und wenn – wir sind uns ja selbst nicht sicher, ob er wirklich von dem Mord gesprochen hat. ›In etwas hineingeraten‹, ›ins Gerede gekommen‹ – das passt für uns ins Gefüge, für den Bürgermeister noch lange nicht.«

»Dann müsst Ihr es halt mit List und Tücke aus ihm herauskitzeln«, sagte Barbara.

»Das wird nichts. In diesem Leben nicht mehr.« Ilsung schüttelte heftig den Kopf. »Portner hat den Namen vor den wohl angesehensten Kaufleuten von Bozen geschützt. Warum sollte er ihn mir anvertrauen? Er ist überheblich ohne Ende und will mich weit unter sich sehen. Das ist schon Ehrensache für ihn, dass er mir das nicht sagt.«

»Und deswegen schützt er einen Mörder?« Endres war entrüstet.

»Du musst dir vorstellen, wie es aus seiner Sicht aussieht: Es geht offenbar um einen Kaufmann. Zwar keinen etablierten, weil es wohl sein erstes wichtiges Geschäft war, aber vermutlich einen aus den besseren Familien. Und weswegen soll er den an den Galgen bringen?«

Barbara verstand: »Wegen eines ermordeten Juden.«

»Ganz genau. Da macht ein Herr Portner, anders als wir, einen großen Wertunterschied. Wegen eines toten Juden hängt man keinen Patrizier.«

»Ich würde trotzdem versuchen, es aus ihm herauszupressen«, beharrte Barbara.

»Du vergisst noch eine ganz andere Sache«, entgegnete Ilsung. »Nehmen wir an, ich rede mit Portner darüber und er rückt den Namen nicht heraus. Der Mörder würde es sofort erfahren.«

»Das stimmt«, pflichtete ihm Endres bei. »Wer immer der Mörder auch ist, er hat stets alles gewusst – dass wir nach dem Schatz suchten, wann wir zu Lambt kommen würden, dass Veit in die Hände der Bayern gefallen ist, dass Ihr ihn suchtet. Er ist uns immer einen Schritt voraus.«

Diese Worte machten Johann Ilsung nachdenklich. Ja, der Täter erfuhr wirklich alles sehr schnell. Konnte man sich das nicht zunutze machen? Der Ratsherr lehnte sich zurück und dachte nach. Er versank dermaßen in sich selbst, dass sich Barbara und Endres ungeniert mit sich selbst beschäftigten. Barbara setzte sich rittlings auf seinen Schoß und küsste ihn leidenschaftlich. Schließlich stand sie auf, nahm ihn bei der Hand und führte ihn hinauf in ihre Kammer. Ilsung sprachen sie gar nicht mehr an.

Das musste er sein. Die Falle schnappte zu.

Angespannt kniff Johann Ilsung die Augen zusammen und konzentrierte sich auf den Torbogen. Huftritte hallten. Er sah zum Wächter. Der war einsatzbereit, die Hellebarde bei der Hand, aber so, dass sie der Reiter nicht sehen konnte. Der zweite Wächter war nicht wie sonst auf Wehrgang oder Turm, sondern stand neben dem ersten, ebenfalls für den Reiter nicht zu sehen. Drei Bewaffnete gegen einen Ahnungslosen, das konnte nicht schiefgehen.

Der Köder, den der Ratsherr ausgelegt hatte, war eine falsche Nachricht: Dass es Capitano de Montacada mit seinem Gewürzschiff wider alle Gerüchte sehr wohl geschafft hatte. Randvoll mit den kostbarsten indischen Gewürzen beladen sei das Schiff in Venedig eingelaufen, hatte Ilsung tags zuvor unter einigen Räten und Kaufleuten verbreitet. Er ging davon aus, dass der Mörder so schnell wie möglich nach Bozen reiten würde, um seine Mittelsmänner zu treffen und das vermeintlich gerettete Vermögen zu sichern. Er würde sich auf den Weg über die alte Römerstraße machen, kaum, dass man das Rote Tor geöffnet hätte. Die Zugbrücke war vor einer Viertelstunde heruntergelassen worden. Und schon war ein Reiter da.

Ilsung erwartete ihn mitten auf der Brücke.

Da kam er, aus den Nüstern des Pferdes stoben weiße Wolken in die kalte Morgenluft. Nein, er war es doch nicht. Auf dem Pferd saß ein Bursche in einfachen Bauernkleidern. Gott wusste, was er hier wollte; aber die Bauern waren zu dieser Zeit alle früh auf den Beinen.

Oder hatte sich der Mörder verkleidet? Seine Listigkeit war erwiesen. Am Ende schickte er einen Handlanger, aber das glaubte Ilsung nicht. Er überlegte, ob er die Provianttaschen des jungen Mannes durchsuchen sollte. War er der Mörder, musste er die Papiere bei sich haben, die seinen Anteil an der Gewürzladung verbrieften.

Da hörte er es.

In diesem Augenblick erinnerte er sich, dass er es damals auch gehört hatte. Das Sirren des Armbrustbolzens, den der Mörder vor Büren auf ihn abgeschossen hatte. Unbewusst hatte er es damals wahrgenommen und in seinem Gedächtnis gespeichert, bevor Endres ihn wegzog, so dass ihn der Bolzen nur in der Schulter traf.

Doch heute rettete ihn niemand.

Der Bolzen kam aus einer Schießscharte der Mauer neben dem Tor. Er drang seitlich unter dem Arm in voller Länge ins Herz ein. Fast genau wie damals bei Veit in der Schlacht. Ilsung wurde seitlich vom Pferd gerissen, das sich erschrocken drehte. Noch als er kopfüber in den Steigbügeln hing und sein Augenlicht erlosch, suchte er nach dem Gesicht des Mörders.

Sein letzter Wunsch – zu erfahren, wer es war – ging nicht in Erfüllung.

Die Torwächter und der Bauernbursche eilten ihm zu Hilfe. Sie konnten nur noch seine Leiche vom Pferd bergen. Einer der Wächter lief, nachdem ein Medicus und zwei Büttel eingetroffen waren, den Wehrgang entlang, auf dem der Mörder geflüchtet war. Er fand nahe Sankt Ulrich ein Seil von der Stadtmauer hängen, an dem er sich offenbar herabgehangelt hatte – zweifellos zu seinem wartenden Pferd.

Endres riss die Augen auf, Barbara schrie aus Leibeskräften. Der Büttel, es war die Bulldogge, blickte von den beiden zum Bruder Johann Ilsungs, der im Nachthemd in der Tür stand. Er konnte sich besser beherrschen, oder das Entsetzen lähmte ihn. Drinnen wurden Stimmen laut,

Schritte polterten durch den schmalen Zwischenbau von den Schlafkammern des Hinterhauses heran.

Schnell war die ganze Familie im Kontor versammelt. Vor dem ganzen Schreien, Klagen, Fragen und Fluchen hielt sich Barbara die Ohren zu. Endres zog sie hinaus, an einigen Nachbarn vorbei, die aufgeschreckt und neugierig herbeieilten.

Barbara stand mit geschlossenen Augen an einer Hauswand, die Handflächen erhoben, wie um einen bösen Zauber abzuwehren. Es war aber nicht mehr die Reaktion des Entsetzens, wie einige Augenblicke zuvor. Im Gegenteil, Barbara hatte sich schnell wieder gefasst. Sie hielt nun vielmehr das Chaos um sich herum fern, weil sie spürte, dass jetzt schnelles und umsichtiges Handeln nötig war. Dass der Tod des Ratsherren noch nicht alles war.

Sie schlug die Augen auf und sah Endres an. »Haben wir gestern nicht den ganzen Tag gerätselt, was Ilsung wohl ausbrütet?«

»Ja, er fragte mich immer wieder nach dem Gespräch, das ich in Bozen belauscht habe. Dann war er öfter weg, dazwischen kam er aus dem Grübeln nicht mehr heraus. Ich bin mir sicher, er hat sich eine Falle für den Mörder ausgedacht.«

»Die wollte er ihm beim Roten Tor stellen, da bin ich mir sicher«, sagte Barbara. »Aber irgendetwas ist schiefgelaufen. Der Mörder hat ihn überwältigt.«

»Mein Gott, warum hat er mich nicht mitgenommen?«, heulte Endres fast. »Ich muss da jetzt hin, sehen, was los ist.« Damit wandte er sich um und wollte losrennen.

Barbara packte ihn am Ärmel. »Nein, Endres, warte.«

»Worauf denn?«

Barbara hatte die Augen abermals geschlossen. Und wieder lag eine andere Bedeutung darin ... sie versetzte sich in den Mörder hinein. »Was hier passiert, kann er alles voraussehen«, sagte sie.

»Was meinst du?«

»Er wurde uns immer dann gefährlich, wenn er sich ausrechnen konnte, was wir tun. Er wusste, dass wir bei David Lambt auftauchen, um den Schatz zu holen. Er wusste, dass sich Ilsung aufgemacht hatte, den Pferdeknecht aus den Händen der Bayerischen zu befreien. Er weiß, dass die Todesnachricht hier im Haus Bestürzung auslöst. Und dass du kopflos zum Roten Tor rennen wirst, um nach Ilsung zu sehen.«

»Barbara, du glaubst doch nicht ... Du meinst, dass er mich auch noch erledigen will?«

»Endres, du bist der entscheidende Zeuge. Das, was du Ilsung über dein Gespräch in Bozen erzählt hast, kannst du dem nächsten Ermittler auch erzählen. Und wenn der einigermaßen schlau ist, kann er Ilsungs Nachforschungen so gut weitertreiben, wie er es selbst getan hätte.«

»Du meinst, er muss mich schnell erledigen, bevor ich irgendetwas weitersagen kann?« Barbara nickte. »Heute noch?« Sie nickte abermals. »Jetzt?« Barbara nickte ein drittes Mal.

»Ilsung soll von der Stadtmauer herab getroffen worden sein, hieß es. Der Mörder ist also in der Stadt.«

Endres sah sich erschrocken um.

»Die Unruhe, die jetzt herrscht, ist die beste Gelegenheit für ihn, zuzuschlagen«, fuhr sie gnadenlos fort. »Wenn dich anschließend der nächste Strafherr oder der Waibel vernimmt, ist es zu spät für ihn.«

»Mein Gott, Barbara, lass uns ins Haus gehen!«

»Ja, aber nicht, um uns zu verkriechen«, sagte sie, während sie ihn am Arm nahm und ins Kontor führte.

Das Herz des Menschenjägers schlug höher. Die Treiber hatten ihre Aufgabe erfüllt und Endres aufgescheucht. Er nahm den direkten Weg – vom Ilsungschen Kontor über den Fischmarkt am Rathaus die Reichsstraße hinunter. Die breite und vornehme Straße war natürlich nicht ideal für einen Anschlag. Aber sein kleiner Freund, der Armbrustbolzen, würde auch hier seinen Weg finden. Er erlaubte dem Schützen selbst im Herzen der Stadt, einen Hinterhalt in sicherer Entfernung zu beziehen. Der bestand aus der Gosse zwischen zwei großen Häusern gleich bei der Moritzkirche. Öffnete er den Holzverschlag nur ein Stück, hatte er ein weites Schussfeld über die Reichsstraße. Nach hinten hinaus gelangte er schnell und ungesehen zum Salzstadel, wo sein Pferd wartete. Auf dem konnte er sich in kürzester Zeit durch die Gassen um Sankt Anna, dem Kornhaus und dem Gögginger Tor davonmachen. Zur üblichen Zeit wäre er wieder zurück, stünde an seinem Arbeitsplatz und niemand würde vermuten, was er heute schon alles fertig gebracht hatte.

Er sah Endres schon von weitem kommen. Der Vorteil bei solch armen Schluckern war, dass sie meistens dieselbe Kleidung trugen und somit leicht zu erkennen waren. Wie erwartet, hatte er einen schnellen Schritt angeschlagen. Es war noch ziemlich früh und nur vereinzelt kamen Menschen in die Straßen und Gassen. Niemand lief in der Nähe von Endres und drohte in die Geschossbahn zu gelangen.

Schon war er auf Schussweite heran.

Von all seinen Anschlägen mit der Armbrust war das der einfachste. Der Mörder konnte anlegen und zielen wie auf einem Schützenfest, er visierte das Herz von schräg vorne an. Der Schlag der Sehne, das Sirren des Bolzens und das freudig erhebende Gefühl, das Opfer wie von einem Schlag getroffen zu sehen, waren eins – der Moment des Jägers. Der Fall – was war das? Der Fall blieb aus! Stattdessen fing sich das Opfer taumelnd und deutete mit ausgestrecktem Arm in die Richtung, aus welcher der Schuss gekommen war. Ein Reiter galoppierte heran, das Opfer selbst rannte auf den Hinterhalt zu, hielt plötzlich einen Dolch in der Hand. Die Kapuze der Gugel, scheinbar gegen die kühle Morgenluft übergezogen, rutschte herab. Lange Haare kamen zum Vorschein. Das war gar nicht Endres! Es war Barbara; Endres saß auf dem Pferd und ritt an ihr vorbei.

Schnell weg. Durch die Gosse, da nutzte das Pferd des Verfolgers nicht. Die Armbrust fiel zu Boden, sie war jetzt nur Last. Wie lang solch eine Gosse sein konnte. Hinaus, umgewandt – Barbara war hinter ihm her, flink und wendig. Hinüber zum Pferd, losgebunden, aufgesessen. Barbara hatte aufgeholt, streckte schon die Hand nach ihm aus. Ein Tritt in die Flanken des Tieres, es machte den rettenden Satz, galoppierte davon. Zum Glück hatte er die Kapuze festgeschnürt, Barbara hätte ihn sonst erkannt.

Antreiben, antreiben, direkt auf das Gögginger Tor zu. Das Pferd gab alles, doch mit dem Hufschlag stimmte etwas nicht. Wieso hallte er nach? Ein Blick über die Schulter. Nein! Der Reiter war hinter ihm! Endres hatte blitzschnell reagiert, war um den Häuserblock geritten. Das hier war sein Revier, die Gassen und Gossen. Jäger und Gejagter hatten die Rollen getauscht.

Der Mörder hatte das edlere und schnellere Ross, doch vor dem Bogen des Heilig-Kreuz-Tores bremste das Tier unwillkürlich ab. Der Wächter stand mit drei Bauern davor, die hinaus wollten und ein Hindernis bildeten. Die Bauern sprangen erschrocken zur Seite, doch der Wächter nahm seine Aufgabe ernst und versuchte mit erhobenen Armen und lauten »Halt!«-Rufen, den Reiter zum Stehen zu bringen. Der begriff, dass er es nicht schnell genug hinaus schaffte und riss das Pferd herum, um auf die Gasse entlang der Stadtmauer einzuschwenken. Seine Schnelligkeit war dahin, Endres saß ihm schon wieder im Nacken.

In der engen Gasse wurde ihm gewahr, dass er innerhalb der Stadt ein Wettreiten nicht für sich entscheiden konnte. Aber warum auch? Er war doch jetzt genau in der Lage, die er sich wünschte – allein mit Endres zwischen engen, verschwiegenen Mauern. Er zügelte das Pferd, nutzte den letzten Schwung, um es schlagartig herumzureißen. Dabei zog er das Schwert. Wie eine Lanze hielt er es am ausgestreckten Arm nach vorne, bereit, es dem Anderen durch die Brust zu bohren.

Doch was war das? Der Stoß wurde pariert. Der Lump, der Dieb und Hehler trug ein Schwert, die Waffe eines Herrn oder Kriegers. Ein Klirren in der Luft, und die

Kontrahenten waren im Nahkampf verschlungen. Jeder hielt mit der freien Hand den Schwertarm des anderen fest, keinem nutzte die lange Waffe in dieser engen Gasse. Es war ein Zerren und Drängen, Stoßen und Ringen, das nichts brachte. Doch Endres brachte es Zeit, denn er war ja nicht allein und musste nur auf Barbara warten. Die kam außer Atem, dachte aber nicht ans Verschnaufen, sondern griff den Mörder geradewegs mit dem Dolch an. Der riss sich von Endres los, trieb sein Pferd einen Schritt zurück und tatsächlich gelang es ihm, das Schwert zum Stoß auf die blindwütig angreifende Furie anzusetzen.

Er traf sie in die Brust.

Und wieder fiel sie nicht. Ein dumpfer metallischer Klang verriet, warum: Sie trug einen Harnisch unter dem Gewand von Endres, mit dem sie den Mörder getäuscht hatte. Darum konnte die Armbrust nichts ausrichten. Rüstung und Waffen hatten die beiden von den Ilsungs erbeten mit dem Versprechen, den Täter zu fangen.

Also ein erneuter Stoß, dann eben auf Gesicht oder Hals. Aber jetzt war Endres wieder unbehelligt, hieb von oben herab mit dem Schwert. Barbara nutzte den Augenblick, in dem der Mörder den Streich parieren musste, zum Großangriff: Sie rammte den Dolch in seinen Oberschenkel, krallte sich mit der anderen Hand in seinem Wams fest. Hätte es sein müssen, sie hätte sich noch in ihn verbissen wie eine Wölfin. Schreiend gab er dem höllischen Schmerz nach, als ihn Barbara mit dem Dolch wie an einem Sackhaken herunterzog. Sein Schwert fiel zu Boden, Endres hieb mit der flachen Klinge auf seinen Kopf ein, während er zu Boden rutschte. Er fiel direkt in einen

Abfallhaufen aus welken Salatblättern, Eierschalen, Kohlstrünken, fauligen Obstschalen und einer Brühe aus Kot und Urin. Ein weiterer heftiger Aufschrei, als Barbara den Dolch aus der Wunde zog, sich mit allen Vieren auf ihn warf und ihm die Kapuze wegriss.

»Franz Dachs!«, schrie sie.

»Der Buchhalter der Gossembrots?«, rief Endres ungläubig.

Ja, er war es. Über jeden, der sich hinter den Untaten der letzten Monate verbarg, wären sie erstaunt gewesen. Aber bei Franz Dachs überkam sie eine böse Ahnung. Den hatten sie beide auszuhorchen versucht, als er von dem Schatz bei David Lambt noch gar nichts wusste. Hatten sie ihn erst darauf gebracht? Hatten sie seine Gier geweckt, die ihn zu drei Morden hingerissen hatte?

Franz Dachs hielt sein blutendes Bein mit beiden Händen umklammert. Doch für ihn gab es eine stärkere Regung als den Schmerz – Triumph. Er las die aufkeimenden Selbstvorwürfe in Barbaras Gesicht und stieß mit seiner letzten Waffe, dem Wort, in diese Wunde hinein: »Ja, ihr beiden seid schuld, ihr ganz allein!«, krächzte er. Er sah Barbara in die Augen, dann wanderte sein Blick zu ihrem Hals. Zitternd hob er eine blutverschmierte Hand und betastete ihn. Barbara war so verblüfft, dass sie ihn gewähren ließ, zumal er kaum noch Kraft hatte. Er zog die Lederschnur mit dem halben Ton-Medaillon heraus, der Pfandmarke für Georgs Gold bei David Lambt. »So etwas habe ich auch«, presste Dachs hervor.

Jetzt fiel es Barbara wie Schuppen von den Augen: Deshalb hatte er beim Schützenfest so auf ihr Dekolleté gestarrt: ihr Busen hatte ihn gar nicht interessiert. Er hatte erkannt, dass sie quasi den Schlüssel zu Wertsachen bei Lambt besaß.

»Meine halbe Marke war das, was vom Tafelsilber meiner Familie übrig war«, fuhr Dachs fort. »Die andere Hälfte der Marke hatte der Jude. Ich musste es an ihn verpfänden, weil er mir nicht genug Geld geliehen hatte.«

»Geld für deinen Anteil an der Gewürzladung auf Capitano de Montacadas Schiff«, vermutete Endres.

»Ja. Alles verloren, alles verloren. Mehr Geld, als ich in meinem Leben hätte sparen können. Als ich die Nachricht vom Untergang des Schiffes erhielt, musste ich kotzen. Kein Rat, wie ich die Schulden je zurückzahlen sollte. Schimpf und Schande kamen mit der Fälligkeit des Wechsels immer näher. Angst, jeden Tag und jede Nacht. Und dann sah ich dich.« Er blickte Barbara seltsam verzückt an. Blutverlust, Schmerz und der Schock der Entlarvung schienen ihn der Realität zu entrücken. »Da wusste ich – bei Lambt liegt noch mehr als nur mein Tafelsilber.«

»Dann hast du einen Kerl beauftragt, mein Pfand-Medaillon stehlen zu lassen«, rekapitulierte Barbara. »War das Veit?« Dachs schüttelte den Kopf. »Egal«, fuhr Barbara fort, »nachdem dieser Straßenköter versagt hatte, kam dir die Idee, bei Lambt einzubrechen, dein Silber und mein Gold gleich selbst zu stehlen. Der zweite Schatz brachte vielleicht genug ein, den Wechsel zu bezahlen.«

Dachs nickte eifrig, als ob Barbara ihm Recht gegeben hätte, solch einen Plan auszuhecken: »Nicht ganz, aber einen guten Teil davon. Mein Silber hätte ich nicht mehr auszulösen brauchen; der Jude hätte es mir vielmehr ersetzen, also einen weiteren Teil des Wechsels erlassen müssen. Das hätte doch neue Hoffnung bedeutet, nicht wahr? Plötzlich sah ich wieder einen Silberstreif am Horizont.« Mittlerweile umstanden einige Leute die makabre Szene. Sie hatten zwar keine Ahnung, was die Worte bedeuteten, konnten das Geständnis aber später als Zeugen wiedergeben. Franz Dachs redete sich buchstäblich um Kopf und Kragen.

»Warum bist du nicht einfach eingebrochen, sondern hast uns mit hineingezogen?«, herrschte ihn Barbara nun an.

»Jemand musste ihn doch ablenken, während ich oben einstieg«, lächelte Dachs.

Endres schüttelte verständnislos den Kopf: »Augenblick einmal – du wolltest als Einbrecher warten, bis das Haus voll war? Normalerweise geht das andersherum und man wartet, bis es leer ist.«

»Der Alte ließ sein Haus nie allein«, erklärte der Mörder. »Egal, mit welcher List man ihn herauslockte, er hätte jemanden geholt, der bei seinen Schätzen blieb. Aber wenn man ihn kannte, wusste man, dass man oben unbemerkt blieb, sobald er unten eine Besprechung hatte.«

»Was heißt das, ›wenn man ihn kannte‹?«, fragte Endres.

»Er hörte nicht mehr gut«, belehrte ihn Dachs. »Jede Unterhaltung mit ihm geriet so laut, dass unten kaum jemand mitbekam, was oben passierte. Da könnte ruhig ein Fenster zuschlagen, ein Balken knarzen oder beim Zusammenraffen der Schätze etwas klappern.«

»Aber wenn er nichts hörte, hättest du so oder so unbemerkt eindringen können«, warf Barbara ein.

Dachs schüttelte den Kopf. »Ich weiß es noch von meinem Großvater: Selbst ein Schwerhöriger nimmt es wahr, wenn die absolute Stille eines einsamen Hauses von Geräuschen durchdrungen wird. Aber im Gewirr eines Gespräches bekommt er keine Feinheiten mehr mit. Schon, bis ihr erklärt hättet, wie ihr zu seiner Pfandmarke gekommen seid, hätte ich in Ruhe einsteigen, alles, was ich in den Truhen vorgefunden hätte, in meinem Sack verstauen, diesen an einem Seil an der Rückwand hinablassen, wieder hinunterklettern und verschwinden können. Das wäre noch der einfachste Teil gewesen.« Dachs lächelte stolz in sich hinein.

»Wie wolltest du genau dann oben eindringen, wenn Endres und ich vorne an die Tür pochten?«

»Nun, ich wusste, irgendwann in den Tagen nach dem Schützenfest würdet ihr herausfinden, dass es Lambt war, nach dem ihr suchtet. Ihr hattet die Marke, ihr wusstet, dass sie bei einem Juden einzulösen war.«

»Warum hast du es Barbara auf dem Fest nicht einfach gesagt?«

»Ich dachte mir, wenn ich es ihr verschweige, bin ich später einmal über jeden Verdacht erhaben. Ich war sicher, ihr fändet den Alten auch so. Und als ich mich in den nächsten Tagen im Schutz der Kapuze meiner Gugel im Judenviertel umschaute, sollte ich Recht behalten: ich sah, wie du Tür um Tür abgeklappert hast.« Dabei musterte er Endres. »Ich legte mich beim Barfüßertor auf die Lauer. Als ich euch beide von dort kommen sah, konnte ich mir denken, dass ihr auf dem Weg zu Lambt wart. Ich beeilte mich, auf der Leiter am Fenster zu stehen, wenn ihr klopfen und den Juden ablenken würdet.«

»Es kam dann aber ganz anders«, sagte Barbara.

»Ja, man kann eben nicht mit allem rechnen«, nickte Dachs traurig. »Dabei lief es wirklich wunderbar an. Ich stellte meinen Handkarren für die Beute vor die Gosse zwischen den rückwärtigen Häusern und kam dort ungesehen hinein. Zwei Latten von Lambts altem Zaun ließen sich ohne weiteres lockern. Die Leiter lag noch da, wo ich sie gesehen hatte und ich stellte sie hinten ans Fenster.«

Dachs schrie auf und fasste sich an die Wunde. Immer wieder schüttelte der Schmerz seinen Körper, doch es drängte ihn, seine Geschichte loszuwerden.

»Du hattest vorher alles auskundschaften können?« Barbara nahm keine Rücksicht auf den Schmerz.

»Die Verhandlungen mit dem Alten gestalteten sich immer sehr langwierig. Ich war schon Stunde um Stunde mit ihm zusammen gesessen. Als ich auf den Abtritt hinter dem Haus musste, sah ich mich in dem Hof gründlich um. Und sobald der Alte selbst seinen Harn abschlug, habe ich ganz ungeniert oben alles ausgekundschaftet.«

»Wie ging denn der Einbruch vor sich?«

»Ich lauschte an der Hintertüre. Als ich Stimmen hörte, dachte ich, dass es los geht. Genau das war es, was schief ging: Der alte Mann brabbelte vor sich hin und sprach mit sich selbst. Ich dachte, es wären eure Stimmen und stieg die Leiter hinauf. Das Fenster öffnen und einsteigen, alles ging glatt. Dann geschah das Unglück.«

»Lambt hörte dich und kam die Treppe herauf.«

»Ich war völlig verblüfft. Ich kann nicht mehr sagen, was in mir vorging. Ich hielt ja noch den Dolch in der Hand, mit dem ich den Fensterriegel geöffnet hatte. Plötzlich war er voller Blut. Und Lambt lag am Boden.«

»Stell es nicht wie einen Unfall hin«, sagte Barbara kühl. »Du hast ihn erstochen und warst von vornherein bereit, es zu tun.«

Dachs ignorierte den Einwurf. »Jedenfalls kam ich schlagartig zu mir. Ich durchsuchte die Truhen und als ich tatsächlich mein Silbergeschirr und dazu noch ein Weihrauchgefäß und zwei edelsteinbesetzte Kelche aus purem Gold fand, hatte ich mein Leben wieder. Natürlich nahm ich auch meinen Wechsel aus der Truhe mit. Dann kamt ihr beide mir in den Sinn, ihr musstet ja jeden Augenblick da sein. Erst wollte ich mich sofort davonmachen, auf keinen Fall gesehen werden. Aber euch würde man sehen. Hielten sie euch am Ende noch für die Mörder? Dieser Gedanke fraß sich in meinem Hirn fest – jemand anderes, den man verdächtigt! Dann wäre mein neues Leben perfekt. Warum nicht nachhelfen? Also wurde ich mutig, rannte hinab und öffnete euch die Tür, um euch anzulocken. Ich stieg die Treppe wieder hinauf und die Leiter herunter. Ich wurde regelrecht übermütig: Damit auch ja jemand auf euch aufmerksam wurde, schleuderte ich ein Stück Holz zu dem Hund im Nachbarhof. Dann machte ich mich mit meinem Sack davon und verstaute ihn auf dem Karren.«

»Das Holzscheit hat dich verraten«, fühlte sich Endres bemüßigt, dem Mörder das Gefühl seiner Großartigkeit zu nehmen.

»Ein Holzscheit? Wie das?«

»Solches Holz gab es beim Nachbarn nicht. Nur bei Lambt.«

»Verdammt. Nun ja, jedenfalls kam ich davon. Ich wartete, bis man keinen Zusammenhang zum Tod des Juden herstellte und bis der Rossknecht Veit Bachmair wieder einmal zu meiner Familie gerufen wurde.«

»Ach, da kanntest du ihn her«, sagte Barbara.

»Ja, er hat schon mehrere, äh, Geschäfte für mich erledigt.« Dachs kicherte, er war schon ganz irr. »Wisst ihr, was lustig war? Veit kannte den Juden, weil er in meinem Auftrag schon so manches bei ihm versetzte oder verschacherte. Deshalb hatte er tatsächlich den Nördlinger Soldaten mit seinem Gold zu Lambt geschickt. Das wusste ich aber nicht. Er wiederum wusste nicht, dass es das von ihm vermittelte Gold war, das ich ihm gab und das er beim Löwenwirt losschlug. Den Zusammenhang habt erst ihr hergestellt. Wie auch immer, als ein bisschen Gras über die Sache gewachsen war, schlug er das Gold für mich los.«

»Aber wie ging es denn mit Veit nun weiter?«, nutzte Barbara die Gelegenheit, auch für den zweiten Mord ein Geständnis vor Zeugen zu gewinnen.

»Veit lief selbst in sein Unglück. Als er wieder in die Stadt kam, wusste schon ganz Augsburg, dass dem ermordeten Juden ein Kirchenschatz geraubt und an den Löwenwirt verschachert worden war. Veit erfuhr es in einer Schänke und wusste, dass es genau das Gold war, das er für mich verkauft hatte. Er war völlig aufgelöst, als er zu mir kam.«

»Da hast du seine Angst so richtig geschürt und ihn zur Flucht veranlasst?« Barbara konnte sich mittlerweile sehr gut in den Mörder hineinversetzen.

»Ganz genau; er war schließlich das einzige Bindeglied zwischen mir und dem Gold. Ich sagte ihm, dass ich selbst hereingelegt worden war und nicht gewusst hatte, dass man mir die Beute aus einem Raubmord untergeschoben hatte. Ich gab ihm zu verstehen, dass ich alles ableugnen würde und jeder mir, dem Buchhalter eines ehrbaren Kaufmannes, Glauben schenken würde. Ihn jedoch hätte der Wirt des ›Roten Löwen‹ mit Sicherheit schon verraten. Zuhause warteten wahrscheinlich schon die Büttel auf ihn, redete ich ihm ein.« Wieder verfiel Dachs ins Kichern.

»Er fing ganz verzweifelt an zu heulen und fragte, was er nur tun sollte. Da bot ich ihm zwanzig Gulden, wenn er aus der Stadt verschwände. Mit dem Geld und dem, was er vom Pferdeverkauf bei sich hatte, konnte er überall eine Existenz als Viehhändler aufbauen oder anfangen, was immer ihm beliebe, sagte ich ihm.«

»Das hat er geschluckt?«

»Was heißt hier ›geschluckt‹? Das stimmte doch, er hätte ganz neu anfangen können. Was kann ich dafür, wenn er den Bayerischen in die Fänge läuft?«

»Woher hast du das überhaupt erfahren?«

Wieder spielte dieser überhebliche Zug um Augen und Mundwinkel, der sogar im Untergang noch durchbrach. »Ich sitze im Kontor eines bedeutenden Kaufherren«, erklärte Franz Dachs. »Dort erfährt man alles, was im Rat oder den Trinkstuben geredet wird.«

»Und als du hörtest, dass der lästige Zeuge immer noch nicht verschwunden ist, hast du beschlossen, ihn im Heerlager endgültig zu beseitigen.«

»Ich hätte ihn auch befreit, wenn das einfacher gewesen wäre. War es aber nicht.«

Mit dem Blut floss immer mehr Kraft aus Franz Dachs, so dass er schließlich die Augen verdrehte und ohnmächtig wurde. Endres zerriss die Beinlinge des Mörders und verband damit die Wunde. Kurz darauf kamen zwei Büttel angerannt. Wieder war die Bulldogge dabei, warf einen bösen Blick auf Barbara und hoffte, es gäbe einen Grund, ihr etwas anzutun. Barbara kümmerte sich nicht um ihn, sondern hielt die Umstehenden, die weiter ihres Weges gehen wollten, auf, denn diese waren entscheidende Zeugen des Mordgeständnisses, falls Dachs später widerrief.

Und genauso kam es auch: Als er auf dem Krankenlager, das man ihm im Rathauskerker bereitet hatte, erwachte, war er wieder im Vollbesitz seiner bösen Kräfte. Er war wütend, dass er die Falle Johann Ilsungs durchschaut, sich klüger als dieser Fuchs gezeigt und ihn zur Strecke gebracht hatte; auf den plumpen Trick des armseligen Tölpels Endres und seiner heruntergekommenen Hure jedoch hereingefallen war. Er leugnete alles, tat sein Geständnis als Fieberwahn ab, wobei ihm ein findiger Advokat zur Seite stand.

Doch es nutzte nichts – Das Geständnis passte zu gut zu den Zeugenaussagen von Endres und den Ermittlungen Ilsungs, über die der Waibel voll im Bilde war. Deshalb war es auch am Waibel, sie weiterzuführen. Es fiel ihm nicht schwer, nachzuweisen, dass Dachs mit seinem misslungenen Geschäft an die tausend Gulden verloren hatte. In etwa eine Lücke dieser Größe tat sich in den Finanzen des ermordeten David Lambt auf, als der Waibel dessen Vermögensverhältnisse durchleuchtete. Und weder der Richter noch die Geschworenen des Stadtgerichtes hatten Zweifel, dass sich Dachs das Geld von dem Juden geliehen hatte. Der tüchtige Waibel wies noch nach, dass Dachs am Vormittag des Mordtages und in den Tagen der Belagerung

Bürens nicht an seinem Arbeitsplatz gewesen war. Den Richtern genügten die Beweise.

An einem kalten Wintermorgen verrichtete der Henker sein Werk.

»Nun seid ihr also Mann und Frau.«

Barbara und Endres küssten sich, der Domvikar lächelte. Er konnte sich noch gut an die Beichte der sündigen jungen Frau vor fast einem Jahr erinnern. Damals hätte er nicht viel darauf gegeben, dass er dieses Paar noch trauen durfte.

Nun wandte er sich Endres zu. Er machte das Kreuzzeichen vor ihm und erteilte ihm die Absolution für all seine Sünden – das gewährte die Heilige Mutter Kirche all denen, die eine Dirne aus dem Frauenhaus über den Traualtar zurück auf den rechten Weg führten.

»Äh, gilt das auch für künftige Sünden?«, wollte Endres wissen.

»So weit ich über dich im Bilde bin, kann man die Vergebung deiner bisherigen Sünden als durchaus großzügig erachten«, entgegnete der Vikar leicht säuerlich.

»War ja nur eine Frage.«

Braut und Bräutigam wandten sich den Gästen zu. Barbara schien es, als hätten sie in vorderster Reihe Platz gelassen für die, die hier sein müssten, aber fehlten. Johann Ilsung zum Beispiel. Und seine Familie, die dem Paar Mitschuld an seinem Tod zu geben schien, obwohl es nie jemand ausgesprochen hatte. So standen quasi in der zweiten Reihe die herausgeputzten Hübscherinnen mit ihrer Wirtin. Barbara traute ihren Augen nicht: sah sie da eine Träne im Auge dieser harten Frau? Dahinter hatten sich etliche der Freunde von Endres eingefunden; die Hälfte achtete nicht auf das Brautpaar, sondern auf die Hintern der Dirnen. Einen alten Mann mit verfilztem grauen Haar stellte Endres als seinen Vater vor. Das war auch schon die ganze Brautfamilie; die Mutter von Endres und Barbaras Eltern waren schon gestorben und von den Leuten, die Barbara aufgezogen hatte, ließ sich niemand blicken. Die Hochzeitsfeier fand im Frauenhaus statt, die Rudolfin ließ es an nichts fehlen. Ihr persönliches Hochzeitsgeschenk bestand darin, dass sie Barbara ihre Schulden erließ. »Jetzt kannst du wieder ganz unbefleckt bei mir anfangen«, scherzte sie.

Wie zu Beginn von Barbaras Traum bezog das Paar ein kleines Häuschen in der Jakober-Vorstadt. Statt auf Johann Ilsung konnten sie auf einen anderen Gönner bauen: Hans Fugger. Barbara spann für ihn Barchentwolle; Endres hatte sich dank seiner Erfahrungen auf der Fahrt nach Bozen selbstbewusst als Pferdeknecht und Wagenlenker andienen können. So transportierte er Fuggers Tuche als Fuhrknecht zu immer weiter entfernten Märkten. Damit hatten sie ihr bescheidenes Auskommen. »So lange der Name Fugger in Augsburg etwas gilt, hält unser Glück«, pflegte Endres immer zu sagen.

Altertümliche Begriffe

Augusta vindelicorum   Antiker Name für Augsburg
Barchent   Stoff aus Schaf- und Baumwolle
Beinlinge   Frühe Form eng anliegender Hosen
Büttel   Stadtknechte als Vorläufer der Polizei
Dupsing   Ziergürtel, oft aus Metall, mit langen Enden
Feldscher   Medizinischer Fachmann (Bader) im Gefolge eines Heeres
Gugel   Kurzer Umhang mit Kapuze
Hübscherin (vulgär auch »Arschverkäuferin«)   Prostituierte
Husse   Rund geschnittener Umhang
Katze   Hier: Dach auf Rädern als Schutz gegen Beschuss
Lanze   Hier: Kleine militärische Einheit
Meierbauernhof   Zentraler Dorfhof; Sitz des Verwalters des Grundherrn und Lager der Abgaben und Notvorräte
Panier (auch Harnisch)   Rüstung für den Oberkörper
Pavese   Großer, mittels eines Gestells frei stehender Schild

Marketender fliegende Händler im Tross einer Armee
Rossmucken Sommersprossen
Ruffian Zuhälter
Schaller Helm mit weit ausladendem Rand
Schapel metallener Stirnreif
Schecke Vorform (auch sprachlich) der Jacke
Steinbüchse Frühe Kanone
Surkot Langes Kleid, oft ohne Ärmel und mit großen Ausschnitten unter den Armen, »Teufelsfenster« genannt.
Tandler Kleinhändler
Waibel Repräsentant und Bote des Rates in Rechtsfragen
welsch italienisch
Zaddel Zinnenförmig ausgeschnittene Stoffverzierung

Dank

Meine Frau Jutta und Freunde bekräftigten mich durch Rückmeldungen in meiner Arbeit und etliche Fachleute unterstützen mich aktiv. So zeigte Dr. Wilfried Sponsel, Leiter des Nördlinger Stadtarchivs, ständige Gesprächsbereitschaft und erteilte mir im Namen der Stadt Nördlingen die Erlaubnis, einige der wertvollen Werke aus dem Archiv als Vorlage für den Einband zu verwenden. Simone Herde und Georg Feuerer vom Augsburger Stadtarchiv unterstützten mich in konkreten Fragen bei den Recherchen. Martin Eigenrauch, Heimatverleger der Rieser Nachrichten, stellte Mitarbeiter frei, die mir bei Einbandgestaltung und Illustrationen halfen und im Impressum aufgeführt sind. Die Modedesignerin Uschi Rothgang, unter anderem Expertin für die Herstellung historisch authentischer Kostüme, beriet mich in Modefragen des 14. Jahrhunderts. Und der Nördlinger Münzsammler Wolfgang Friedrich bereicherte mich um wertvolle Münzen – zumindest um die richtigen Bezeichnungen dafür.

Ihnen allen gebührt mein herzlicher Dank.

Dichter und Wahrheit

Ronald Hummel wurde 1960 in Nördlingen geboren, studierte in Erlangen Psychologie, war Werbetexter und ist Mitarbeiter bei den Rieser Nachrichten, der Nördlinger Lokalausgabe der Augsburger Allgemeinen.

Von klein auf ist der Autor geprägt von der reichhaltigen Geschichte seiner Heimat; im Mittelpunkt seines Schaffens stehen deshalb historische, regional ausgerichtete Romane. Leser aus dem Raum Augsburg und dem Allgäu zeigten schon immer relativ großes Interesse daran, weshalb Hummel dieser Region jetzt einen Roman widmete. Wie immer ist der historische Rahmen dabei authentisch. Die gesellschaftlichen Verhältnisse entsprechen der Realität von damals, soweit sie heute nachvollziehbar ist. Die Rudolfin ist im Steuerbuch von 1388 belegt; ihr Frauenhaus stand den Eintragungen zufolge tatsächlich im Spitalviertel. Die militärischen Aktionen wurden zum Teil bis ins Detail alten Chroniken entnommen. Figuren und Handlung der Krimigeschichte sind frei erfunden und in die historisch dokumentierten Verhältnisse eingebettet.

Noch mehr Geschichte(n)?

Geht es Ihnen wie dem Autor und die Geschichte lässt Sie nicht mehr los? Dann interessieren Sie sich bestimmt auch für die Heldinnen aus anderen Zeiten:

Kriegt die Patriziertochter Julia ihren Hannes, obwohl der nur ein Bauernsohn ist? Wird die keltische Häuptlingstochter Margodic mit ihrem Aidan glücklich, wo der doch ihren Vater an den Keltenfürsten verraten hat? Und was hat die schöne Apollonia mit den großen Riesdiamanten zu tun?

Diese und viele andere Akteure spannender Geschichten warten nur auf Sie. Lernen Sie sie beim Probelesen im Internet unter *www.ronald-hummel.de* kennen. Oder machen Sie sich einen ersten Eindruck auf den nächsten Seiten.

Als der Bauernbursche Hannes im Jahr 1485 in die

die tatsächlich stattgefunden hat

Er weiß nicht einmal, warum.

Oder ist es **die Romanze** zwischen ihm und der **wunderschönen Patrizierstochter** Julia?

Verdächtige
gibt es mehr als genug:

Die Geschichte spannt sich bis zu den Fuggern nach Augsburg

Ein spannender Liebes-Krimi aus dem Mittelalter.

...Belagerung Nördlingens gerät, wird er in den Gassen der Stadt verfolgt **und soll getötet werden.**

Sind es die politischen Machenschaften, in die er verwickelt wurde?

Um sein Leben zu retten, muss er unter dem Donnerhall der **Kanonen auf dem Galgenberg** aufklären, wer hinter den Anschlägen steckt.

...den Pfarrer, einen jungen Edelmann, einen Lodweber-Gesellen, einen Torwächter.

...und weiter zum Kaiser.

...gleichzeitig ein farbenprächtiges gesellschaftliches Porträt der Blütezeit Nördlingens.

Vor 15 Millionen Jahren stürzte der

Der Druck seines Aufpralls erzeugte Diamanten. Bisher wurden nur winzige Exempla

...ies-Asteroid vom Himmel

davon gefunden. Doch Lisa, Geologin in Nördlingen, entdeckt einen der richtig großen Ries-Edelsteine – als Schmuck auf dem Gemälde einer wunderschönen Frau. Das Bild gibt Hinweise auf einen mehr als 340 Jahre alten ungeklärten Kriminalfall, in dessen Mittelpunkt ein junges Paar steht. Gelingt es Lisa, den Fall zu lösen, findet sie auch die Diamanten. Beim Aufschlag des Asteroiden entstanden tatsächlich Diamanten im heutigen Geopark Ries; sie sind im Nördlinger Rieskrater-Museum zu sehen und einzigartig auf unserem Planeten.

Vor 2500 Jahren herrschte ein Keltenfürst auf dem Ip

Am Fuße des Berges werden aus einer Schmiede Eisenschwerter geraubt, damals seltene Waffen. Als der Köhlerjunge Aidan den Gegenspieler des Fürsten, einen Häuptling, dazu ausspionieren soll, verliebt er sich in dessen wilde, bildschöne Tochter Margodic. Um die Gunst seines Fürsten zu erringen, horcht er sie aus und verrät damit die Liebe seines Lebens. Die kluge Margodic kommt dahinter. Er schafft sich noch weitere Feinde – einer davon trachtet ihm nach dem Leben. Es ist der Schwerträuber, doch niemand kennt ihn. Aidan bekniet Margodic, bei dessen Entlarvung zu helfen …

Wenn Engel auf Dämonen treffen, geht es um völlig neue Dimensionen des Verbrechens – der Geheimdienst der Himmlischen Heerscharen ist im gesamten Universum aktiv, Dämonen-Agenten halten dagegen. Tan, der als Schutzengel ins Ries abkommandiert wird, gerät zwischen die Fronten und weiß nicht, wie er die atemberaubend schöne, aber äußerst zwielichtige Engelin Emanuela einzuschätzen hat.

Gibt es einen besseren Ort für einen Krimi

Lösen Sie sich – nur für ein paar Tage – von Ihren Vorstellungen über Engel als brave, dienliche, devote und geschlechtslose Wesen und tauchen Sie ein in den spannenden Kosmos eines teuflischen Schattenspiels.

n Ursprung von Gut und Böse?

Kindesentführer, Diebe und Mörder

im idyllischen Geopark Ries? Ronald Hummel füllt gleich zwei Bücher damit: Da fällt einer Hausfrau beim Saubermachen eine Leiche aus dem Putzschrank entgegen. Oder eine Schauspielerin wird auf offener Bühne ermordet. 500 Zeugen halten es für einen Unfall, aber eine Akteurin durchschaut das Spiel. Die Heldin einer weiteren Geschichte bekommt andere Fotos, als sie entwickeln ließ – sie hätte lieber keinen neugierigen Blick darauf werfen sollen. Und die Geschichte von dem Brandstifter, der das Nördlinger Hafenhaus 1955 niederbrennt, hat einen genauso wahren Kern wie all die anderen Kurzkrimis.

Ideal für zwischendurch, wenn der hektische Alltag keine Zeit für lange Lektüre lässt.

Viele Wege führen

Selbstverständlich finden Sie die Werke von Ronald Hummel im Buchhandel – was nicht vorrätig ist, kann Ihr Händler jederzeit bestellen.

Die Sünden Barbaras 16,90 €
2009, 288 Seiten, fester Einband, Fadenheftung und Lesebändchen

Teuflische Engelin 16,90 €
2008, 288 Seiten, fester Einband, Fadenheftung und Lesebändchen

Im Bann des Keltenfürsten 16,90 €
2006, 320 Seiten, fester Einband, Fadenheftung und Lesebändchen

Rieser Feuer 11,90 €
2005, 312 Seiten, Paperback

Rieser Blut 11,90 €
2003, 268 Seiten, Paperback

Das Erbe des Kometen 16,90 €
2000, 304 Seiten, fester Einband, Fadenheftung und Lesebändchen

Kanonen auf dem Galgenberg 16,90 €
1997, 328 Seiten, fester Einband, Fadenheftung und Lesebändchen

zum guten Buch

Sie kommen aber auch an die Bücher, ohne das Haus verlassen zu müssen: Ordern Sie von daheim aus, der gewünschte Band wird Ihnen ohne Porto-, Verpackungs- oder sonstige zusätzliche Kosten per Post geliefert.

Bestellen Sie unter Telefon 0 90 81 / 91 61. Dann können wir auch gerne über Sonderkonditionen bei größeren Lieferungen sprechen.

Oder schreiben Sie den oder die Wunschtitel und Ihre Anschrift formlos auf ein Blatt Papier und faxen Sie es an 0 90 81 / 8 09 84 74.

Natürlich geht es, ebenfalls ganz formlos, auch per E-mail: hummel.ronald@gmx.de

Ich freue mich selbstverständlich auch, wenn ich im Briefkasten mal keine Rechnung, sondern Ihre Bestellung finde: Ronald Hummel, Oskar-Mayer-Str. 16, 86720 Nördlingen

Und denken Sie beim Bestellen nicht immer nur an sich – andere bekommen auch mal gern ein gutes Buch geschenkt!